《中国家庭基本藏书》

新闻出版总署优秀畅销书奖
全国优秀古籍图书普及读物奖
第十七届山西省优秀图书一等奖
第二届山西出版政府奖
山西出版集团2008年度十种好书

全套藏书累计销售500万册

中国家庭基本藏书（修订版）

诸子百家卷

《诗经》《尚书》《礼记》《楚辞》《论语·大学·中庸》《孟子》《老子》《庄子》《荀子》《韩非子》《孙子兵法·尉缭子·鬼谷子》《墨子》《周易》《山海经》《吕氏春秋》《三十六计》

名家选集卷

《三曹诗集》《陶渊明集》《王勃集》《王维集》《孟浩然集》
《高适集》《岑参集》《李白集》《杜甫集》《白居易集》
《刘禹锡集》《元稹集》《李商隐集》《李贺集》《杜牧集》
《韩愈集》《柳宗元集》《李煜集》《欧阳修集》《王安石集》
《苏轼集》《黄庭坚集》《柳永集》《秦观集》《周邦彦集》
《李清照集》《辛弃疾集》《陆游集》《范成大集》《杨万里集》
《姜夔集》《文天祥集》《元好问集》《唐寅集》《张岱集》
《三袁集》《李贽集》《傅山集》《纳兰性德集》《袁枚集》
《郑板桥集》《龚自珍集》

史著选集卷

《左传》《国语》《战国策》《史记》《汉书》《后汉书》《三国志》《资治通鉴》

综合选集卷

《唐诗三百首》《宋词三百首》《元曲三百首》《千家诗》《古文观止》《汉魏六朝小赋骈文选》《唐宋八大家文选》《明清小品文选》

笔记杂著卷

《蒙学六种——三字经·百家姓·千字文·增广贤文·幼学琼林·格言联璧》《颜氏家训·朱子家训》《世说新语》《金刚经·坛经·心经·地藏经》《曾国藩家书》《菜根谭·小窗幽记·幽梦影》《浮生六记》《闲情偶寄》《近思录》《徐霞客游记》《古代书信精选》

戏曲小说卷

《元杂剧精选》《西厢记》《牡丹亭》《长生殿》《桃花扇》《今古奇观》《三国演义》《水浒传》《西游记》《红楼梦》《聊斋志异》《儒林外史》《封神演义》《话本小说选》《文言小说选》

李煜集

南唐 李煜 著
王晓枫 解评

中国家庭基本藏书 名家选集卷

山西出版集团
三晋出版社

博学工作室

智慧之府
经验之藏
可诂可鉴乃及子孙

九五夏姚奠中

· 山西大学教授姚奠中先生为《中国家庭基本藏书》题词

前言

李煜(937—978),初名从嘉,字重光,号钟隐,又称莲峰居士,是南唐中主李璟的第六子。他是南唐最后一位国君,史称"李后主"。

南唐始建于公元937年。李煜的祖父李昇,原为吴国大丞相徐温养子,原名徐知诰,徐温死后,徐知诰取得政权,复还姓李名昇。建国称帝,史称南唐。李昇时是南唐的全盛时期,国土包括现在的江西全省、江苏全省、湖南全省以及福建大部分地区和安徽南部、湖北东部。境内物产丰裕、水利兴旺、河山秀美,是五代十国中国力较为强盛的一个。李煜的父亲李璟于公元943年嗣位,史称中主。李璟嗣位后,国势日弱,屡屡受到强大起来的后周的侵凌和威胁,公元958年以后,他不得不遣使奉表,以国为附庸,去帝号,称国主,用周年号,尽献江北郡县。至李煜于公元961年即位时,赵匡胤已代后周称帝,建立宋朝。南唐名义上虽是个独立的小国,实际上已沦为宋王朝的附庸,奉宋正朔而称臣。

据《后主本纪》记载:"(李煜)为人仁惠,有慧性,雅善属文,工书画，知音律。广额丰颊，骈齿，一目重瞳子。文献太子恶其有奇表，从嘉避祸，惟覃思经籍。历封安定郡公、郑王。文献太子薨，徙吴王，以尚书令知政事，居东宫。"从这些记载可知，李煜早年遭胞兄文献太子弘冀的嫉恨，为远祸全身，只埋头诗书，赋词自娱。这时作有《渔父》等词以示无意权位。李煜即位后，作《即位上宋太祖表》，称自己"惟坚臣节，上奉天朝"，只求南唐偏安苟活，不敢与北宋王朝对抗。在李煜做国君的15年里，不思进取，苟且偷安，沉溺声色，借宴游吟咏来消磨时光。如《玉楼春》："晚妆初了明肌雪，春殿嫔娥鱼贯列。笙箫吹断水云间，重按'霓裳'歌遍彻。临风谁更飘香屑，醉拍阑干情味切。归时休照烛花红，待踏马蹄清夜月。"《浣溪沙》："红日已高三丈透，金炉次第添香兽，红锦地衣随步皱。佳人舞点金钗溜，酒恶时拈花蕊嗅，别殿遥闻箫鼓奏。"这些词都真实地再现了李煜做国君时奢华绮丽的享乐生活。在这个时期，李煜词的内容除抒写帝王奢华生活和淫靡享乐外，还有一些代宫女闺妇抒发闲愁，但更多的是描写他和大周后、小周后的爱情生活。李煜18岁时娶娥皇为妃，据《十国春秋》卷十八《列传》记载："昭惠国后周氏，小字娥皇。十九岁归皇宫。通书史，善歌舞，尤工琵琶。尝为寿元宗前，元宗叹其工，以烧槽琵琶赐之，盖元宗宝惜之器也。"李煜即位后，封娥皇为国后，夫妻二人情感甚笃。公元964年，李煜次子仲宣年仅4岁得疾而夭，"时昭惠后已疾甚，闻仲宣夭，悲哀更遽，数日而绝。初，仲宣殁，后主恐重伤昭惠后心，常默坐饮泣，因为诗以写志，吟咏数四，左右为之泣下。"（《十国春秋·列传》）昭惠后去世后，李煜写了《更漏子》"金雀钗"词及多首诗文以表达哀情，辞意悲凄，催人泪下。昭惠国后病笃之际，其妹女英奉诏来宫中侍疾，与李煜产生了爱情。据马令《南唐书》记载："后主继室周氏，昭惠之母弟也，警敏有才思，神采端静。昭惠感疾，后常出入卧内，而昭惠未之知也。后自昭惠殂，常在禁中。后主乐府词有'刬袜步香阶，手提金缕鞋'之类，多传于外，至纳后乃成礼。"李煜此时作有《菩萨蛮》"花明月暗笼轻雾"、"蓬莱院闭天台女"等词，摹写他与小周后的偷情生活。大周后昭惠病殁后，李煜与其妹女英正式完婚，封为国后，史称小周后。李煜前期词的内容大多是他帝王生活的真实写照。

据陆游《南唐书·从善传》记载："从善字子师，元宗第七子。开宝四年遣京师，太祖已有意召后主归阙，即拜从善泰宁军节度使，留京师，赐甲第汴阳坊。后主闻命，手疏求从善归国，太祖不许。而后主愈悲思，每凭高北望，泣下沾襟，左右不敢仰视。由是岁时游宴，多罢不讲。尝制《却登高文》曰：'怆家艰之如毁，萦离绪之郁陶。陟彼岗兮企予足，望复关兮睇予目。原有鸽兮相从飞，嗟予季兮不来归。空苍苍兮风凄凄，心踯躅兮泪涟洏。无一欢之可作，有万绪以缠悲。'"宋太祖开宝四年(971)，北宋大军灭南汉，屯兵汉阳，虎视南唐。李煜闻讯大惧，遣七弟从善入宋，表示愿去唐号，称江南国主。赵匡胤扣留从善做人质，李煜屡求而不放归。这几年里，李煜写作的一个重要内容，就是抒发对七弟从善的思念，借以表达自己国难家仇的精神痛苦。词《清平乐》就是这类作品的代表作："别来春半，触目愁肠断。砌下落梅如雪乱，拂了一身还满。雁来音信无凭，路遥归梦难成。离恨恰似春草，更行更远还生。"

宋太祖开宝八年(975)冬，金陵城陷，南唐亡。十一月二十八日，宋将曹彬押李煜等北上赴汴京。李煜在告别南唐故宫时，赋了《破阵子》一词："四十年来家国，三千里地山河。凤阁龙楼连霄汉，玉树琼枝作烟萝，几曾识干戈！一旦归为臣虏，沈腰潘鬓消磨。最是仓皇辞庙日，教坊犹奏别离歌，垂泪对宫娥。"又在被押解北上的渡口，回首遥望故都石城，泪如泉涌，口占了七律诗《渡中江望石城泣下》："江南江北旧家乡，三十年来梦一场。吴苑宫闱今冷落，广陵台殿已荒凉。云笼远岫愁千片，雨打归舟泪万行。兄弟四人三百口，不堪闲坐细思量。"开宝九年(976)正月，李煜到达汴京后，宋太祖令其着白衣纱帽待罪于明德楼下，封其为左千牛卫上将军、违命侯，幽居小院，由一老卒把守，非有诏外人不得入内。从此，李煜在汴京开始了他两年多屈辱的囚俘生活。痛定思痛，李煜词自此眼界始大，境界始开阔，由柔靡之音变而为凄厉之声，把个人愁苦与家国之恨融为一体，其词也有了强烈的爱国主义思想和高视千古的艺术成就。他的传世名作如《相见欢》"无言独上西楼"、《虞美人》"春花秋月何时了"、《相见欢》"林花谢了春红"、《浪淘沙》"帘外雨潺潺"等，都作于这一时期。王国维在《人间词话》中说："词至李后主而眼界始大，感慨遂深，遂变伶工之词而为士大夫之词。"胡适在《词选》中也评价说："他是久处繁华安乐之人，在这种可怜的俘虏境地里，禁不住有亡国之思，发为诗歌，多作悲哀之音。词曲起于燕乐，往往流于纤艳轻薄，到李煜用悲哀的词来写他的凄凉的身世，深厚的悲哀，抬高了词的意味，他的词，不但集五代的大成，还替后代词人开拓了一个新的意境。"这些评语，都恰如其分地概括了李煜后期词的艺术特点和对词史的贡献。

李煜于宋太宗太平兴国三年(978)七月八日卒，年四十二岁。据多种史料记载，是因作词而惹祸，被宋太宗赐毒药而毒死。

关于李煜词的版本，最早传世的是南宋人陈振孙《直斋书录解题》所著录的辑本《南唐二主词》。其后又有多本《南唐二主词》流行，其中真伪掺杂，文字也略有不同。其词集注本较早的有清刘继增的《南唐二主词笺》、近人唐圭璋的《南唐二主词汇笺》、王仲闻的《南唐二主词校订》、詹安泰的《李璟李煜词》等。近些年又有多种李煜词选注、详解及研究著作问世，在此不一一列举。本书所录李煜各首词，以南宋本《南唐二主词》为主，另据所见各本互校，并参考各种选本、笔记、诗话、词话等，择其优者而从之，并不局限于一种版本。如《虞美人》"春花秋月何时了"一词，各版本文字大体相同，只"雕栏玉砌应犹在"一句中的"应犹"二字，有的版本作"应犹"，有的版本作"依然"。从词意看，"应犹"二字比"依然"更切合实际。因为李煜此时身在北宋，他推想故国的雕栏玉砌应该还在，"应犹"二字就是推想意，而"依然"二字是肯定意，所以此词选用"应犹"。同样，这首词依据甲版本的文字，另首词也可能依据乙版本的文字。

　　李煜诗现存 17 首，残句 16 则。本书所录文字依据清康熙时彭定求等人编的《全唐诗》，并进行了新解和新评。

　　李煜有文集 30 卷，不过大多已散佚失传。清嘉庆时董诰等人编的《全唐文》收录李煜文 7 篇。本书也依此进行了注解。

　　本书后面有附录若干，主要是史书中有关李煜的传记、前人对李煜词作的评语、李煜父亲李璟的传世名词以及本书作者写的《李煜年谱》、《论李煜词》、《论李煜诗》等，以帮助读者更好地了解李煜其人与其作品。"名言警句"在正文中用着重号标出，以方便读者查阅。

　　本书的新解、新评部分，借鉴和吸收了有关著作的一些研究成果，在此一并致以敬意和谢忱。

王晓枫

2008 年 4 月

中国诗史·唐五代词·李煜(代序)

名家选集卷 李煜集·代序

陆侃如 冯沅君

李煜(937—978),字重光,初名从嘉,为李璟第六子。初封安定郡公,累迁诸卫大将军、诸道副元帅,封郑王。961年(宋建隆二年),李璟以国境蹙弱不自安,移豫章,乃立煜为太子监国。是年秋,嗣位建康。此时南唐早已成北朝的附庸,他即位后对付宋朝的策略,主要是卑躬折节,以珠宝、金帛结宋主的欢心。《宋史》说:

> 煜每闻朝廷出师克捷及嘉庆之事,必遣使犒师修贡。其大庆节更以买宴为名,别奉珍玩为献。吉凶大礼,皆别修贡。

这确是当年的实况。但宋太祖所要的是江南的富庶的土地,区区金帛,如何能满足他的欲求。故终于974年(开宝七年)遣曹彬等将兵伐南唐。次年冬,金陵陷,他遂率近臣殷崇义等肉袒出降。976年(太平兴国元年),他与他的家人、近臣数十人到宋京。宋太祖封他为违命侯。自是而后,他便由国君降为俘虏。宋太宗即位,始革去他这个违命侯的耻辱的封号,进封他为陇西郡公。978年(太平兴国三年)七月卒,相传他是被宋太宗毒死的。

关于他的为人,《石林燕语》有这样一段记载:

> 江南李煜既降,太祖尝因曲宴问:"闻卿在国中好作诗。"因使举得意者一联。煜沉吟久之,诵其咏扇云:"揖让月在手,动摇风满怀。"……他日复燕煜,顾近臣曰:"好一个翰林学士!"

"好一个翰林学士",对于李煜,真是个最确切不过的评语。

这种人多是和人生实际隔离的,对国家安危是不很重视的,他们的精神上充满以个人为中心的感伤与空想。所以李煜在国破家亡,"仓皇辞庙"的时候,却独对宫娥挥泪。甚至于花落鸟啼,酒阑人散,在一般人所漠不经意的,他也要为之荡气回肠而凄然叹道:

> 林花谢了春红,太匆匆!无奈朝来寒雨晚来风!(《相见欢》)
> 落花狼藉酒阑珊,笙歌醉梦间。(《阮郎归》)

这种人多是有文艺才能的,而且酷爱创作。所以《唐音戊签》说:

> 煜少聪慧,善属文。惟好聚书,宫中图籍充牣,钟王墨迹尤多。置澄心堂于内苑,延文士居其间。……著杂说百篇,时人以为可继《典论》。兼善书画,又妙于音律。

《西清诗话》更记他在围城中推敲词句的传说(当然这只是种传说)道:

> 南唐后主在围城中作《临江仙》,词未就而城破。尝见残稿,点染晦昧,心方危窘,不在书耳。艺祖曰:"李煜若以作诗工夫治国家,岂吾俘也。"

这种人又多是怯懦而颠顶的,所以宋师要造浮桥渡江了,别人告诉他"载籍以来,长江无为梁之事"。他便也说:"吾亦以为儿戏耳。"宋师已渡江了,他竟丝毫不晓得,直到登城见旌旗遍野,方知早已兵临城下。甚至于长围既合,内外隔绝,合城都惶怖万状,他正幸净居室听沙门德明、云真、义伦、崇节等讲《楞严圆觉经》呢。纵然偶然间瞥到人生的实际,他的态度还是逃避,而不敢去迎战。《五代史》说:

> 煜常怏怏以国蹙为忧,日与群臣酣宴,愁思悲歌不已。

是的,酒和诗便是他逃避人生的实际的安乐国。不幸他被人生的实际所攫拿着了,他也不过叹息道:

> 人生愁恨何能免!(《菩萨蛮》)
> 自是人生长恨水长东!(《虞美人》)

这样一个空具才华的幻想者、怯弱者,偏教他主持一个"日蹙百里"的国家,则亡国破家自是很平常的事。"南朝天子多无福,不作词臣作帝王"，像陈叔宝、李煜这一流人物，都是翰林学士胚子。

李煜的一生可以说是场豪华凄凉的梦，同时也可以说是首哀感顽艳的诗。

李煜有个做"小楼吹彻玉笙寒"的父亲，有两位做《蔷薇》诗和《观棋》诗的弟弟(韩王从善与吉王从谦，诗并见《全唐诗》)。他的大小两个周后皆美而慧。

李煜早年的生活在精神方面固然很适意，就是物质方面也备极豪华。他这种豪华的生活见于后人的记载的很多。如《清异录》说：

> 李煜居长秋，周氏居柔仪殿，有主香宫女，其焚香之器曰：把子莲、三云、凤折腰、狮子、小三神山、互字、金凤口、罂玉、太古容华鼎，凡数十种。(《南唐书》注引)

《十国春秋》说：

> 常于宫中制销金红罗幕壁，而以白金钉、玳瑁押之。又以绿钿刷隔眼中，障以朱绡，植梅花于其外。

李煜自己的词也说：

> 红日已高三丈透，金炉次第添香兽，红锦地衣随步皱。佳人舞点金钗溜，酒恶时拈花蕊嗅，别殿遥闻箫鼓奏。(《浣溪沙》)

这种精神和物质都极美满的生活，到李煜的中年便呈现了缺陷。964年(乾德二年)，大周后死了。李煜同她的感情本极浓厚，而且周后之死是为的思念她的亡儿。他此时既伤爱子，又痛娇妻。小周后固然是他所钟爱的，但这个娇憨的、不知世故的少女终填不满他心头的缺陷。他的《病中感怀》道：

> 憔悴年来甚，萧条益自伤。风威侵病骨，雨气咽愁肠。
> 夜鼎唯煎药，朝髭半染霜。前缘竟何似，谁与问空王。

《全唐诗》引他的断句道：

> 衰颜一病难牵复，晓殿君临颇自羞。

这便是李煜中年的写真。在此时，周后用过的手巾，周后弹过的琵琶，固然足以引起他的悲哀，就是一草一木也常使他目击心伤。他的诗中如：

> 谁料花前后，蛾眉却不全。(《梅花》)
> 又见桐花发旧枝，一楼烟雨暮凄凄。
> 凭阑惆怅人谁会，不觉潸然泪眼低。(《感怀》)

这些诗都可为证。"归时休照烛花红，待踏马蹄清夜月"，他此时再唱不出这样的句子了。

975年（开宝八年）携着李煜的更不幸的命运来到人间。在这年的冬天，金陵城破，"几曾识干戈"的他，也只好携着家口北迁。他的《渡中江望石城泣下》诗说：

> 江南江北旧家乡，三十年来梦一场。……云笼远岫愁千片，雨打归舟泪万行。兄弟四人三百口，不堪闲坐细思量。

国破家亡的惨痛，于此可见。抵汴后，他们便白衣纱帽，听候宋主的处分。虽然宋主不曾加他们死刑，并赐他们以冠带、器币、鞍马，封他们种种官爵，但俘虏的生活，终是人所难堪的。《宋史》说：

> 太宗尝幸崇文院观书，召煜及刘鋹从观。谓煜曰："闻卿在江南好读书，此简策多卿之旧物，归朝来颇读书否？"煜顿首谢。

《默记》说：

> 〔小周〕后岁时例随命妇入宫朝谒，每入必留内数日，出对后主辄涕泣骂詈，后主常宛转避之。（《南唐书》注引）

《宋史》又说：

> 太平兴国二年，煜自言其贫。

在这三条记载中，我们不难想见李煜归宋后所受的精神的与物质的痛苦。这个时候，他的脑中所憧憬的只有过去的追忆和死的诱惑。他所用以消除痛苦的办法是流泪、悲吟、痛饮。我们看到他《与故宫人书》有这样的痛语：

> 此中日夕只以泪洗面！（《避暑漫抄》引）

又如《岁暮题牖》的断句：

> 万古到头归一死，醉乡葬处有高原。

由此便可知道纵然宋太宗不赐牵机药，李煜也不会久居人世，因为他的心已碎了，他的生活动力已消失了。

总结上文，作一年表（见第006页）。

在政治上，李煜固然是个下材，但在文学上，他却是有才华的。他的词，据刘毓盘的辑本，存者凡四十余首，但这决不是李词的本来面目。元·白朴的《水调歌头》说：

> 南郊旧坛在，北渡昔人空。残阳澹澹无语，零落故王宫。前日雕栏玉砌，今日遗台老树，尚想霸图雄。谁谓埋金地，都属卖柴翁。
>
> 慨悲歌，怀故国，又东风。不堪往事，多少回首梦魂同。借问春花秋月，几换朱颜绿鬓，荏苒岁华终。莫上小楼上，愁满月明中。（《天籁集》）

这首词的原题是"感南唐故宫檃括后主词"，所以他用的字句大都出于李词。但以现存的李词和它比较，除"雕栏玉砌"、"春花秋月"诸语外，不可考的很多。由此可知现存的李词与元人所见的已经不同，其去李词的本来面目当然更远了。

李煜的词处处反映着他的身世。因此，我们可把他的词分三个时期来研究。

第一个时期，起自李煜的幼年，终于964年（宋乾德二年）大周后之死。这个时期的词约20馀首，《浣溪沙》（"红日已高三丈透"）、《菩萨蛮》（除去"人生愁恨何能免"一首）、《喜迁莺》、《阮郎归》、《木兰花》诸词可为代表。这个时期内，李煜的生活最为美满，因之，这个时期的作风也以华艳温麈为特点。这些词的内容不外这几种：大周后如何同他调情，小周后如何同他幽期，清歌妙舞如何使他流连，花残春老如何使他惆怅。关于第一种的例子有：

晚妆初过，沉檀轻注些儿个，向人微露丁香颗。一曲清歌，暂引樱桃破。

罗袖裛残殷色可，杯深旋被香醪涴。绣床斜凭娇无那，烂嚼红绒，笑向檀郎唾。（《一斛珠》）

关于第二种的例子有：

画堂南畔见，一晌偎人颤。好为出来难，教君恣意怜。（《菩萨蛮》）

关于第三种的例子有：

晚妆初了明肌雪，春殿嫔娥鱼贯列。笙箫吹断水云间，重按《霓裳》歌遍彻。　临风谁更飘香屑，醉拍阑干情味切。归时休照烛花红，待踏马蹄清夜月。（《木兰花》）

关于第四种的例子有：

重帘静，层楼迥，惆怅落花风不定。（《应天长》）

留连光景惜朱颜，黄昏独倚阑。（《阮郎归》）

写欢愉的作品，本称难工，但李煜却突破这个常例。"绣床斜凭娇无那，烂嚼红绒，笑向檀郎唾"，谁都看得出它写的是个放诞风流的少妇。"画堂南畔见，一晌偎人颤。好为出来难，教君恣意怜"，谁都看得出它写的是个玲珑娇怯的少女。周氏姊妹在李煜词中，真成"活色生香"了。至于"临风谁更飘香屑，醉拍阑干情味切"，则于华美中寓以豪迈。"惆怅落花风不定"，"留连光景惜朱颜"，更使后代文人为之宛转低徊，不能自已。

第二个时期，起自964年大周后之死，终于975年（宋开宝八年）的

记年			记事		
公元	中历	李煜	历史的	传记的	文学的
937年	南唐烈祖昇元元年	1岁	南唐建国。	李煜生。	
943年	元宗保大元年	7岁	元宗李璟即位。		
954年	十二年	18岁		与大周后娥皇结婚。	
958年	交泰元年	22岁	周逼南唐去帝号。		
961年	宋太祖建隆二年	25岁	李璟卒。	立为太子,旋即位。	
964年	乾德二年	28岁		大周后卒。	"花明月暗笼轻雾"诸词及《梅花》、《感怀》诸诗疑作于此时。
974年	开宝七年	38岁	宋遣曹彬伐南唐。		
975年	八年	39岁	曹彬下金陵,南唐亡。	降宋北迁。	作《渡中江望石城泣下》诗。
976年	太宗太平兴国元年	40岁		二月,到汴。太祖封为违命侯。太宗即位,封陇西郡公。	
977年	二年	41岁			《浪淘沙》、《忆江南》诸词疑作于此二三年中。
978年	三年	42岁		七月八日卒。	相传《虞美人》作于此年。

北迁。这个时期的词约 10 首左右,《浣溪沙》("转烛飘蓬一梦归")、《谢新恩》("樱花落尽阶前月")、《虞美人》("风回小院庭芜绿")等词句为代表。这个时期的作品有四种特点:一,多写人生的无常,如:

　　转烛飘蓬一梦归,欲寻陈迹怅人非,天教心愿与身违。(《浣溪沙》)

　　世事漫随流水,算来一梦浮生。醉乡路稳宜频到,此外不堪

行。(《锦堂春》)

二,多写独处与沉默,如:

无言独上西楼。(《相见欢》)

凭阑半日独无言。(《虞美人》)

别巷寂寥人散后,望残烟草低迷。(《临江仙》)

三,多写秋夜的凄清,如:

秋风多,雨相和,帘外芭蕉三两窠,夜长人奈何。(《长相思》)

昨夜风兼雨,帘帏飒飒秋声。烛残漏滴频欹枕,起坐不能平。(《锦堂春》)

四,间写悼亡的哀感,如:

樱花落尽阶前月,象床愁倚熏笼。远似去年今日,恨还同。双鬟不整云憔悴,泪沾红抹胸。何处相思苦?纱窗醉梦中。(《谢新恩》)

这四种特点造成了黯淡萧索的作风来替代第一期的华艳温靡。原来自大周后死后,李煜便由乐观变而为悲观了。虽然"依旧竹声新月似当年","笙歌未散尊罍在","粉英金蕊自低昂",春花秋月,妙舞清歌,不改旧观,但"风情渐老见春羞","满鬓清霜残雪思难禁",他的形神俱老了。在这种情况中,怎教他不趋于沉默?怎教他不感到人生的无常?怎教他不深夜"辗转反侧"?怎教他不追伤逝者?这种忧伤憔悴的生活使他对于愁苦有深切的理解。他说:

剪不断,理还乱,是离愁。别是一般滋味在心头。(《相见欢》)

这寥寥数语便抵得上一篇"愁赋"。

第三个时期,起于975年的北迁,终于978年(宋太平兴国三年)的被害。这个时期虽只短短的三四年,所存的作品虽只10首左右,但李煜最成功的杰作(《浪淘沙》、《虞美人》诸词)皆成于此时。在这几年内,李煜备受了人间的艰辛和侮辱。这艰辛和侮辱使他的梦样的往事一一在他的梦中再现。这艰辛和侮辱使整个世界在他眼中失去了光辉。往事的再现能使他倍觉当前遭际的不幸,同时当前不幸的遭际也逼他去追忆往事。这种过去和现在交织成的苦闷,使他作成几首"以血书"的词。这些"以血书"的词大都具有哀怨凄绝的作风,它们所歌咏的对象大都是孤独、梦和对于人生的厌倦。李词中,如:

往事只堪哀,对景难排。秋风庭院藓侵阶。一任珠帘闲不卷,终日谁来!(《浪淘沙》)

高楼谁与上?长记秋晴望。(《菩萨蛮》)

这些词写的便是孤独之感。又如：

> 帘外雨潺潺，春意阑珊。罗衾不耐五更寒。梦里不知身是客，一晌贪欢。(《浪淘沙》)

> 多少恨，昨夜梦魂中。还似旧时游上苑，车如流水马如龙，花月正春风。(《忆江南》)

这些词写的便是梦。又如：

> 春花秋月何时了？往事知多少。小楼昨夜又东风，故国不堪回首月明中。(《虞美人》)

这首词如果作者对人生未感到厌倦，是决写不出来的。这些"以血书"的词真能写出士大夫们人人所感到而苦于说不出的悲哀。王国维说：

> 后主之词真所谓以血书者也。宋道君皇帝《燕山亭词》亦略似之。然道君不过自道身世之戚，后主则俨有释迦、基督担荷人类罪恶之意，其大小固不同矣。(《人间词话》)

"俨有释迦、基督担荷人类罪恶之意"，这句话似乎有点取喻不伦，但我们若将"担荷人类罪恶"解释为道尽士大夫们共同的悲哀，则王说实为最深切的批评。

最后，我们给李词作个总评。上述的三个时期实代表李煜对于人生的三种态度。第一个时期，他对于人生的态度是眷恋，他似乎不晓得人生的苦辛；第二个时期，他对于人生的态度是觉得它太无常；第三个时期，他对于人生的态度是厌倦。他这种态度自然是人所轻视的弱者的态度，但是他能——而且肯——将他这个弱点整个地、忠实地表现出来。此外，我们还该知道，在诗史上，李煜差不多是遗世独立的。在他这个时代内，如韦庄的"未老莫还乡，还乡须断肠"、"对酒且哈哈，人生能几何"；冯延巳的"冷红飘起桃花片，青春意绪阑珊"、"日日花前常病酒，不辞镜里朱颜瘦"，未尝不沉痛、深刻，余饶蕴藉，但以之与李煜的《浪淘沙》诸词相较，终不免如王国维所说的"其大小固不同矣"。

陆侃如（1903—1978），1927年毕业于清华大学研究院，曾任燕京大学中文系主任、东北大学文学院院长、山东大学副校长等职及全国政协委员。著有《楚辞选》、《文心雕龙译注》等。同冯沅君伉俪合著《中国诗史》，是中国诗歌史研究的开山之作。

冯沅君（1900—1974），1917年考入中国第一所女子高等师范学校，1922年入北京大学研究所。曾任教于金陵女子大学、北京大学、东北大学等。曾任山东大学副校长。同夫陆侃如双双获巴黎大学文学博士学位，都是国家一级教授。她著有《古剧说汇》、《古典文学论文集》等，主编有《中国历代诗歌选》等。

以上"代序"选自陆、冯二先生合著之《中国诗史》，题目为编者所加。

目录

名家选集卷
李煜集·目录

前言 /001
中国诗史·唐五代词·李煜(代序)
　　陆侃如　冯沅君 /001

◎ 词

南唐时期

渔父(浪花有意千重雪) /001
001 渔父(一棹春风一叶舟) /002
阮郎归(东风吹水日衔山) /004
谢新恩(樱花落尽阶前月) /005
采桑子(庭前春逐红英尽) /006
菩萨蛮(铜簧韵脆锵寒竹) /008
长相思(云一緺) /009
蝶恋花(遥夜庭皋闲信步) /011
喜迁莺(晓月坠) /012
捣练子(云鬟乱) /014
捣练子(深院静) /015
柳枝词(风情渐老见春羞) 016
浣溪沙(红日已高三丈透) /017
一斛珠(晚妆初过) /018
长相思(一重山) /020
谢新恩(樱花落尽春将困) /021
玉楼春(晚妆初了明肌雪) /022
菩萨蛮(花明月暗笼轻雾) /023
菩萨蛮(蓬莱院闭天台女) /025

目　录

菩萨蛮(寻春须是先春早)　/026
谢新恩(秦楼不见吹箫女)　/028
清平乐(别来春半)　/029
采桑子(辘轳金井梧桐晚)　031
谢新恩(庭空客散人归后)　/033
临江仙(樱花落尽春归去)　/034

北宋时期

破阵子(四十年来家国)　/036
虞美人(风回小院庭芜绿)　/038
忆江南(多少恨)　/039
忆江南(多少泪)　/041
忆江南(闲梦远)　/042
忆江南(闲梦远)　/043
浣溪沙(转烛飘蓬一梦归)　/044
子夜歌(人生愁恨何能免)　/045
乌夜啼(林花谢了春红)　/047
浪淘沙(帘外雨潺潺)　/048
相见欢(无言独上西楼)　/050
乌夜啼(昨夜风兼雨)　/051
浪淘沙(往事只堪哀)　/053
三台令(不寐倦长更)　/055
谢新恩(冉冉秋光留不住)　/055
虞美人(春花秋月何时了)　/057

存疑词

应天长(一钩初月临妆镜)　/058
望远行(玉砌花光照眼明)　/060
帝台春(芳草碧色)　/061
开元乐(心事数茎白发)　/063
更漏子(金雀钗)　/064
更漏子(柳丝长)　/066

浣溪沙(风压轻云贴水飞)　/067
南歌子(云鬟裁新绿)　/069
忆王孙(四首)　/070
后庭花破子(玉树后庭前)　/073
青玉案(梵宫百尺同云护)　/074

◎诗

悼诗　/076
书灵筵手巾　/077
挽辞二首　/078
梅花二首　/081
感怀二首　/082
书琵琶背　/084
九月十日偶书　/085
病中感怀　/087
病中书事　/088
病起题山舍壁　/089
题《金楼子》后并序　/091
送邓王二十弟从益牧宣城　/092
渡中江望石城泣下　/093
秋莺　/095
残句十六则　/097

◎文

即位上宋太祖表　/102
送邓王二十六弟牧宣城序　/104
书评　/105
昭惠周后诔　/107
乞缓师表　/110
却登高文　/111

不敢再乞潘慎修掌记室手表 /113

◎附　录

南唐诗词选解 /114
李煜传 /129
李煜年谱 /131

李煜词述评辑录 /136
李煜诗词纪事 /148
论李煜词 /149
论李煜诗 /158
李煜研究主要文献 /162
《李煜集》名言警句 /162

◎ 词

南唐时期

渔 父

渔父,本名渔歌子。《词谱》云:"唐教坊曲名。按《唐书·张志和传》曰:'志和居江湖,自称烟波钓徒。每垂钓,不设饵,志不在鱼也。宪宗图真求其人,不能致。尝撰渔歌,即此调也。'"《诗话总龟》:"予尝于富商高氏家,观贤画盘车水磨图,及故大丞相文懿张公第,有春江钓叟图,上有南唐李煜金索书《渔父词》二首。"又《宣和画谱》卷八:"卫贤,长安人,江南李氏时为内供奉,长于楼观人物。尝作《春江图》,李氏为题《渔父词》于其上。"由此可知,《渔父词》是李煜的题画词作。写作年代当在早期,他还未即皇帝位。《南唐书·后主本纪》:"文献太子恶其有奇表,后主避祸,惟覃思经籍。"文献太子为了保住自己的继承权,曾用毒酒杀死自己的叔父,他更嫉妒弟弟李煜的才干,所以,李煜为了远祸全身,很少出头露面,在表面上表现出一副轻松快活、与世无争的样子,这两首《渔父词》反映的就是他这个时期的心态。

　　浪花有意千重雪,桃李无言一队春。一壶酒,一竿身,世上如侬有几人?

浪花有意千重雪——《词谱》、《花草粹编》等为"阆苑有情千里雪"。《诗话总龟》、《历代诗馀》、《全唐诗》作"浪花"。阳春三月,桃李花开,塞北尚不再下雪,何况江南呢?这句诗与苏东坡的"乱石穿空,惊涛拍岸,卷起千堆雪"意境相同,给人一个动态的壮丽画面:千重浪花堆起,犹如卷起漫天飞雪,极有气势。"有意"二字注入了作者的主观感受,将人的意愿巧妙地化为天公的意愿,实际上则在表达作者自己对大自然壮丽景色的热爱。

桃李无言一队春——"桃李无言"四字出自《史记·李将军列传》:"桃李不言,下自成蹊。"这句是写静态,与上句的动态形成对比。桃花红李花白,色彩相间,争奇斗妍,组成一幅美妙的春天景象。"一队"极言桃树李树的众多,与上句的"千重"构成对照。既有有意之美,又有无言之美。

一壶酒,一竿身——"一竿身"或作"一竿纶"。前两句写自然景色,三、四句才出现了人物。你看他,一边饮酒,一边钓鱼,多么悠闲,多么逍遥自在!这是通过具体物象来表现人物的心理状态。这与张志和的"青箬笠,绿蓑衣,斜风细雨不须归"意境相同,表示身心极度轻松。

世上如侬(nóng)有几人——或作"快活如侬有几人"。这是自问,也是反问,是代画中的钓叟说的,也是自我写照。这一问,表明他不愿卷入帝位的争夺战中,不愿在是非窝里消耗青春。一壶酒、一竿纶足矣,没什么希求,忘我入化,真是快活呀!像我这样的,能有几个人呢?

此词并非一定是李煜词作之始,因写于早期,且具有一定的代表性,故列于首。前两句对仗工整,写春水秀美,春光明媚,桃李花开,一派绚烂的景色。在这里,作者给"浪花"和"桃李"注入了灵气,"有意"和"无言"都是拟人化的写法。这样写,就有了亲切感,就有了情感,仿佛浪花和桃李通人性一样。尤其是"一队春",写桃李成排成行,恰似列队而来,欢迎赏春的人。在前两句铺垫气氛后,在特定环境中,人物安然登场,饮酒钓鱼。最后一句是反问,也是议论,表明自己的人生态度,其实作者的人生态度已渗透于春水、春花、春情之中,结句信口拈来,也就显得水到渠成、自然而然了。

渔　父

这首词的写作背景与上一首相同,还是表现作者的避祸之心和遁世思想。据《十国春秋》卷十九《列传》:"弘茂,幼颖异,善歌诗,格调清古。年十四,为侍卫诸军都虞候,封安乐公。初,文献太子刚果,人多惮之,故时望归弘茂。保大九年七月薨,追封庆王。"又据《南唐书·后主本纪》:"后主为人仁惠,有慧性,雅善属文,工书画,知音律。广额丰颊,骈齿,一目重瞳子。文献太子恶其有奇表,从嘉避祸,惟覃思经籍。历封安定郡公、郑王。文献太子薨,徙吴王,以尚书令知政事,居东宫。"由这些记载可知,文献太子先是嫉恨弘茂,后是嫉恨李煜,李煜一直小心翼翼,埋头诗书,避事远祸,直到文献太子去世后才有所放松。这些情况都可作为理解《渔父》词的参考资料。

一棹春风一叶舟,一纶茧缕一轻钩。花满渚,酒盈瓯,万顷波中得自由。

一棹(zhào)春风一叶舟——在习习春风里,钓叟独自一人驾一叶扁舟,在茫茫的水波里安然稳坐,漫兴垂钓,何其自得,何其自乐。柳宗元也有写渔翁的诗:"千山鸟飞绝,万径人踪灭。孤舟蓑笠翁,独钓寒江雪。"同样写的是独钓,但柳诗给人的却是一幅寂寞的、惆怅的寒江景色,与这首词的心态形成强烈的反差,可以对比着来读这首词。

一纶茧缕一轻钩——纶,比较粗的丝线,常指钓丝。茧缕,即丝缕,指丝制的钓鱼线。这是写钓鱼的工具,很简单,一条粗丝线,一个轻鱼钩,就足够了,一生一世也都满足了。

花满渚,酒盈瓯(ōu)——渚,水中的小块陆地。瓯,古代的一种饮器,用于装酒。这两句说,钓叟感到有点疲倦了,就把小船停靠在开满鲜花的小洲上,打开饮器中的美酒,自斟自饮,其乐无穷。这真有点桃花源中人的味道。

万顷波中得自由——顷,一顷为一百亩。万顷,极言水波浩渺无涯。这句一语双关,既言无边无际的自然界的波涛,又暗寓世上人事的险恶。

前两句四个"一"字连用,在词意上充分表示自己要生活得简单再简单,无所多求。在修辞上却毫无重复累赘之感,只有轻快活跃之趣。

这两首词明显受张志和《渔歌子》和柳宗元《江雪》的影响,有模仿的痕迹,说明李煜此时尚未形成自我,同时也是他早期词的特点。

这两首词轻松快活,毫无感伤怨恨,与他后期词形成鲜明的对比,是李后主词里很少有的快词。说明他年轻时思想单纯,性格开朗,向往自由自在的世外生活。李煜曾在《即位上宋太祖表》中说:"臣本于诸子,实愧非才。自出胶庠,心疏利禄。被父兄之荫育,乐日月以优游。思追巢许之余尘,远慕夷齐之高义。"这些话并非违心之辞,而是他年轻时真实心态的表白。这两首词与李煜前期其他的词和后期词都不大相同。他前期词大多描写个人安逸生活,借思妇抒己情并反映与小周后等的艳情;后期词又多写别离感伤和国破家亡后的悔恨之情。而这两首词言简意长,境界开阔,紧扣画意又善于生发妙趣,歌颂的是大自然的美景和普通人的自由生活,具有活泼自然的情趣,而没有公子哥气或脂粉气。

阮郎归

呈郑王十二弟

阮郎归,用刘晨、阮肇事作调名。《绍兴府志》:"刘晨、阮肇入天台山采药,遇二女,容颜妙绝,因相款待,被留半年。求归,至家,子孙已是七世。"此题作"呈郑王十二弟",实不知确为何人,因为《宋史》记载郑王为后主七弟从善。《草堂诗馀》、《古今词统》题作"春景"。从词里的情绪看,当写于早期,一是写他的消闲,二是写他的消沉。

另外,此词又收入欧阳修的《六一词》;收入冯延巳的《阳春集》;收入晏殊的《兰畹集》。

东风吹水日衔山,春来长是闲。落花狼藉酒阑珊,笙歌醉梦间。　　佩声悄,晚妆残,凭谁整翠鬟。留连光景惜朱颜,黄昏独倚阑。

东风吹水日衔山,春来长是闲——日衔山,指红日将坠落西山。开首两句描写内心的空虚无聊。从早晨醒来到日落西山,无所事事,眼观东风吹过水面,逗起阵阵涟漪,花儿被吹得四处飞扬,自己却不知该怎样打发这时光。所以一直挨到日落时分,发出"春来长是闲"的感叹。正因为惧怕文献太子的迫害,才逃避现实,度日如年。

落花狼藉酒阑珊,笙歌醉梦间——狼藉,纵横散乱的样子。阑珊,残尽。内心空虚了,就把歌女们召集到一起,饮酒弹唱,醉生梦死。宴席上酒也喝空了,一片狼藉,与满地的落花组成了一幅残败的景象。弹唱着靡靡之音,全然不知今夕是何夕。这是李煜早年空虚烦恼、借酒浇愁的生活写照。

佩声悄,晚妆残,凭谁整翠鬟(huán)——翠鬟,绿鬟,即乌黑的环形发髻。这几句是写酒后的纵情。李煜才华横溢,多愁善感,与宫女们的情感生活非常丰富。但为了保住自己的声誉,以免引起父皇的呵斥,他只能掩饰行踪,与宫女们偷偷幽会,所以才有"佩声悄"的举动。两人在一起待的时间长了,衣服不整,头发杂乱,所以才有"晚妆残,凭谁整翠鬟"的场面。这是李煜早年偷情生活的写照。

留连光景惜朱颜，黄昏独倚阑——享受了美酒妙音，享受了短暂的幽欢，还是拂不去心头的惆怅。流光易逝，红颜易老，还是多加珍重，多加爱惜。在黄昏时分，独自凭栏，思绪万千。

上片开始两句点明节令和时间，写李煜在避祸遁世的日子里，内心极度空虚，只好在笙歌醉梦中打发时光的颓废生活。下片直写幽情，描述与美人相会时的短暂快乐，但仍无法排遣心头的孤独感，忧伤之情无人能解。

"东风吹水日衔山"，在艺术造型上与冯延巳的"风乍起，吹皱一池春水"、李璟的"西风愁起绿波间"，都有某些相似之处，说明李煜前期词仍摆脱不了花间词风的影响。"佩声悄"，是写宫女收束起佩饰，来与自己幽会，这与他另一首词所写"划袜步香阶，手提金缕鞋"的意象相同，都是写偷情时的胆怯动作。

谢新恩

谢新恩，即临江仙，唐教坊曲名。这是一首相思之词，是李煜代宫中美人抒写想念意中人时的愁苦之情。词中虽然用语意境深沉，但写的是闲愁，当是后主早期的作品。

樱花落尽阶前月，象床愁倚熏笼。远似去年今日恨还同。
双鬟不整云憔悴，泪沾红抹胸。何处相思苦，纱窗醉梦中。

樱花落尽阶前月，象床愁倚熏笼——樱花，一作"樱桃"。象床，用象牙雕饰的床。熏笼，火炉上以笼覆盖，用香熏衣被。白居易《后宫词》："红颜未老恩先断，斜倚熏笼坐到明。"这两句写美人夜晚对月难以入睡，愁倚熏笼苦苦冥思的神态。用"樱花落尽阶前月"来说明夜已很深了，月下人依然难寐，与顾况诗"美人扶踏阶前月"的意境相同。美貌红颜犹如樱花，正在衰落。象床虽然精美，但独自一人有何意味。

远似去年今日恨还同——离恨别愁，年年如此，多少个"去年今日"，一样的相思之苦。这句与李贺诗"独睡南床月，今秋似去秋"意境相同，都是写更深更长更苦的思情。

双鬟不整云憔悴，泪沾红抹胸——云，形容头发蓬松高耸。抹胸，即兜肚，用以防凉。这两句是写美人没有心思打扮自己,任凭头发混乱,面容憔悴。眼泪流得多了,把贴身穿的红抹胸都湿透了。女为悦己者容,悦己的人走了,不再来了,打扮整齐了又有什么用呢?

何处相思苦,纱窗醉梦中——既然难以入睡,那就借酒浇愁吧,酒喝得多了,人醉了,在醉梦中依然梦的是心上人,这种相思之苦更深刻,更让人难以排遣。

词中的写作时间是樱花落尽,也就是春末。地点在宫苑。内容是思念恋人。是后主代宫中美女抒写情愁的。

开头二句以"花"、"月"两个惹人苦思的景物,作为比兴,为整首词的抒情定下凄惋的基调。

词的下片有回肠荡气之感,因愁而酒、而醉、而梦,有三进层的意思。全词所述的此时此地此情此景此人此心,都在这几句里得到总结。自古道:女为悦己者容,而此时,女子的容颜不整就更真实地展示了她被相思折磨得十分愁苦的心境。《诗经》中有"自伯之东,首如飞蓬。岂无膏沐?谁适为容"。此处"双鬟不整云憔悴,泪沾红抹胸",鲜活地写出了女主人公为情所困、为愁所苦的声容音貌。结尾两句既是写实,又有寓意。无限欢情转眼成空,不但抚抹不了心头的创伤,反而因梦中的欢会更增加许多愁怨,所以最苦是梦中。这两句以设问的方式写出,就有了警示之意、提醒之意,女子的全部心思被烘托而出。

全词突出了愁情别恨的主题,借"樱花"、"象床"等景物描写为映衬,假"双鬟不整云憔悴,泪沾红抹胸"等容颜举止为意象,虚实相生,形象感人,写出了主人公愁苦无依、无可奈何的心情,笔意含蓄,手法高妙,有较高的艺术价值。

采桑子

采桑子,又名丑奴儿令,唐教坊曲名,后用为词牌。这首词描写少妇伤春怀人、愁思难遣的情怀,当是李煜前期的作品。全词以妇人之心见妇人之恨,以妇人之心见妇人之愁,写景与写情交相辉映,紧密结合,既有正面描写,也有侧面衬托;既有情状,也有气氛,是一曲哀婉深沉的悲歌。

"庭前",或作"亭前"。"霏微",或作"霏霏"。"芳音",或作"芳英"、"芳春"。"可奈",或作"可赖"。此词调下《花草粹编》、《续选草堂诗馀》、《古今诗馀醉》中均题作"春思"。

庭前春逐红英尽,舞态徘徊。细雨霏微,不放双眉时暂开。绿窗冷静芳音断,香印成灰。可奈情怀,欲睡朦胧入梦来。

新解

庭前春逐红英尽,舞态徘徊——逐,跟随。红英,红花。春逐红英尽,是说春天已过去了,红花落尽,百花凋零。舞态徘徊,并非说花的舞姿,而是说宫女的舞姿,正因为春尽花落,没有了青春之气,所以才显得舞蹈动作缓慢、迟钝、没有生气。这两句写暮春残景对人的影响,美人看到残景,联想到自己红颜将老,恋人不逢,怎么能不舞态老迈呢?

细雨霏微,不放双眉时暂开——霏微,雨点细小,迷迷蒙蒙的样子。唐代李端《巫山高》诗:"回合云藏日,霏微雨带风。"正为落英缤纷而伤心,恼人的小雨又来了,这怎能让人忍受得了呢?所以怨恨老天爷,真是不让人的双眉舒展片刻,总在忧愁中。这两句把美人的忧愁又加重了一层。

绿窗冷静芳音断,香印成灰——绿窗,即绿纱窗,古人用以代指女子的闺房,这里指美人闺房。香印,打上印迹的香,元稹诗:"香印白灰销。"这两句写美人的闺房冷冷清清,孤人独处,所爱之人的音信已断绝,因而呆呆静坐一直看着香烧成灰。

可奈情怀,欲睡朦胧入梦来——无可奈何的情怀,无可奈何的景物,还是入睡吧,睡着了也就一切都忘记了。可是刚要入睡,他又朦朦胧胧地到我梦中来了,于是又难以成寐了。最后一句,塑造了一个被爱情折磨得辗转反侧的美人形象。

新评

近代词人陈廷焯把这首词的主题概括为幽怨,真是抓住了实质。作者运用白描手法,写相思之情无时不在困扰着相思的人,春尽花尽舞尽香尽梦尽,幽怨之情表露殆尽。

上片写春尽花残,舞态迟疑,细雨绵绵,是有双重含意的。既描写了暮春时的残败景象,也是词中人凄凉哀伤心情的生动写照。"细雨霏微"四字,写出了一个幽怨的境界,是对"春逐"、"舞态徘徊"、"红英尽"的进一步深化。

下片转入正面刻画。"芳音断"三字,点出了整首词愁苦的原因所在。正因为"芳音断",所以才"香印成灰",才"欲睡朦胧入梦来"。"香印成灰",看起来是写景,实际上是写人。"成灰"既有时间的概念,暗示夜已很深了,蜡烛和香料已燃烧将尽了,可这位愁人却依然难以入睡,在痛苦地煎熬着;也有心情的感慨,它与杜甫《北征》诗中的"老夫情怀恶,呕泄卧数日",李商隐《无题》诗中的"春蚕到死丝方尽,蜡炬成灰泪始干"的含意是相同的。这里少妇的心境也有"成灰"之感,由此可见其愁思苦闷之情。"可奈情怀",近乎白话,却言浅意深,既突出了无可奈何的心情,也暗示了百无聊赖的困境,把少妇那种梦寐以求的怀思之情准确地表现了出来。"欲睡朦胧入梦来",更是形象生动,描写真实,写出了主人公半醒半梦、非醒非梦的情态,也暗示了她只有在梦中才能求得片刻的安慰。这与李煜后期词中的"梦里不知身是客,一晌贪欢"的写法是相同的。

菩萨蛮

题解

俞陛云说:"《古今词话》云,词为继后作也。幽情丽句,固为侧艳之词,赖次首末句以迷梦结之,尚未违贞则。"词中所写的美人,是个乐工,后主与她暗送秋波,互示爱慕。所以这首词是后主自己的生活写照,是述说他与一个美丽的女乐工的幽情。全词写男女欢情大胆直露,不拘礼节,形象生动,有轻有重。既有明白直叙的描写,又有委曲含蕴的深沉。

"秋波",《词林纪事》作"娇波"。"未便",《全唐诗》等本作"来便"。"魂迷",《全唐诗》、《历代诗馀》等本作"梦迷"。《古今词选》、《续选草堂诗馀》在调下题作"宫词"。

铜簧韵脆锵寒竹,新声漫奏移纤玉。眼色暗相钩,秋波横欲流。 雨云深绣户,未便谐衷素。宴罢又成空,魂迷春雨中。

注解

铜簧韵脆锵(qiāng)寒竹——铜簧寒竹,是指乐器笙。笙就是编竹管十三枚,把铜簧装其上制成的。刘长卿诗"旧笋成寒竹",许浑诗"对窗寒竹雨潇潇",都是写用竹做的乐器。这句的意思是说铿锵韵脆之声来自寒竹,声音十分响亮清脆。

新声漫奏移纤玉——新声,是指新谱的乐曲。纤玉,形容美女的手纤细柔美如白玉。这句点出奏乐的乐工是位美女,她移动纤美的手指,演奏着新谱出的乐曲。

眼色暗相钩,秋波横欲流——这句写后主自己与美女之间的调情。他俩眉目传情,心领神会,互慕之情油然而生。秋波,是形容美人的眼睛明亮美好,清澈如秋水。横欲流,是形容心中之情几乎要流溢出来。这句对人物的刻画十分形象生动。

雨云深绣户,未便谐衷素——雨云,形容美人所居之处迷茫,不容易找到。绣户,是美人的居住地。衷素,相爱之情。这句说美人居住的地方幽深迷茫,自己难以找到她吐露心中的爱慕之情。"未便"二字,点出后主自己虽贵为皇帝,也是有所顾忌的,不能由着性子来。

宴罢又成空,魂迷春雨中——宴,指这场演奏新乐的宴会。虽然双方有情,但难以相会,互诉情肠,所以,宴会就要结束了,一切又成了空的,望着绵绵春雨,一切如同在梦里,令人迷茫。

新评

上片写女子演奏技巧之高,手法之优美,音韵之艳丽,情态之丰富。据马令《南唐书》记载,李煜曾获得唐玄宗时大乐《霓裳羽衣曲》,由大周后"变易讹谬,颇去哇淫,擎手新声,清越可听"。另据《徐游传》载:"昭惠后好音律,时出新声。"陆游《南唐书·昭惠后传》记载:昭惠"尝雪夜酣宴,举杯请后主起舞。后主曰:汝能创为新声则可矣。后即命笺缀谱,喉无滞音,笔无停思,俄顷谱成,所谓《邀醉舞破》也。"由这些记载来看,南唐宫廷的音乐时时更新当是常事。此处的新声当是一个貌美而又通晓音乐的宫女所为。"眼色暗相钩,秋波横欲流",是极好的人物造型,达到了如见其人的艺术效果,使一个有着热烈情怀的女子形象跃然读者目前。

下片写爱情的挫折,来了个转折。前面所铺垫而出的柔情蜜意至此由于种种原因未能尽欢尽兴,从侧面说明了两人之间相见恨晚,春光苦短而相互依恋的心境。这其实是先扬后抑的写法,让读者以为爱情必然成功,谁知最后是"魂迷春雨中"。

沈际飞《草堂诗馀续集》评此词"精切",徐士俊《古今词统》中也认为"后主词率意都妙,即如衷素二字,出他人之口便村"。这些评语都点中了此词的一个特点,那就是描写男欢女爱恋情大胆,但未失清雅,有一种清丽明艳的风致,尤其对形象的描绘和情思的表现上,时有传神之笔,令人叫绝。所以说,此词善于剪裁,工于表达,虽是艳情,却并非淫词。

长相思

题解

陈廷焯在其《闲情集》卷一称此词"情词凄惋",可见仍是一首闺怨词,写一位美女在秋雨之夜的相思之苦。全词大致可以分为两部分,一部分着重写人,另一部分着重写景,写景时不忘写人。相互照应,浑然一体。整首词言辞浅近,笔调自然,修饰不多但清新俊逸,明白直叙却含蓄委婉,篇中处处写愁,但只见愁意,未见愁字,是写雨夜愁思的佳作。

"绸",《阳春白雪》等作"窝"。"衫儿",《阳春白雪》、《龙洲词》等作"春衫"。"秋风",《阳春白雪》、《龙洲词》等作"风声"。"帘",《阳春白雪》等作"窗"。《续选草堂诗馀》、《古今词统》、《古今诗馀醉》在此词调名下题作"佳人"。

云一缍,玉一梭,淡淡衫儿薄薄罗。轻颦双黛螺。　　秋风多,雨相和,帘外芭蕉三两窠。夜长人奈何!

云一缍(guā),玉一梭,淡淡衫儿薄薄罗——这几句写美人的梳妆和衣饰。云,指头发茂密如云。缍,发髻的盘结状。玉,指发结的装饰品用玉做成,形状像梭子。用丝织成的衫儿颜色淡雅。这是极美丽的少女形象。

轻颦双黛螺——黛螺,指螺形的墨,用以画眉,引申为妇女眉毛的代称。这句写美女不经意间双眉轻轻一皱,表明她心里有一丝怨情。上片几句从人物的头饰、衣着写到表情,一个美丽可爱的少女形象栩栩如生。

秋风多,雨相和,帘外芭蕉三两窠(kē)——这几句写秋风、秋雨、芭蕉发出的风声、雨声,以及打在芭蕉上的声音,对美人心态的影响。这些声音本来就令人心烦,何况今年秋风特别多,再加上秋雨相和、雨打芭蕉,简直让人心烦得难以忍受。

夜长人奈何——这才是症结所在。正因为心有所思,所以听着窗外风雨声,不能入睡,一人孤处,长夜难熬。

上片写人物的衣饰形容,既有静态,又有动态。"淡淡衫儿薄薄罗",两个叠词的使用,别具一格,于浅白中见新意,于细微处见精神,是写人物的静态。"轻颦双黛螺",是写人物的动态,女子轻皱双眉的神情,突兀其来,直扣人心,不仅突出了女子愁思不解的容态,而且直逼人物的内心世界,仿佛其人直立读者目前,自然而然地会感受到人物的心理变化。

下片主要写秋夜风雨的环境和气氛,美女独守空房之苦,是通过风声、雨声表现出来的。风吹残叶,雨打芭蕉,更增添了秋夜愁思的凄苦,让人感受到女子的孤独寂寞。李清照《声声慢》词曰:"满地黄花堆积,憔悴损,如今有谁堪摘!守着窗儿,独自怎生得黑!梧桐更兼细雨,到黄昏点点滴滴",写的也是残秋景色和愁苦心情。"夜长人奈何",是一声叹息,也是一声哭泣,春宵苦短,秋夜嫌长,欢乐与愁苦自是其中原因。下片中的"多"字、"和"字极妙,把寂寞烦躁之情形象地表现了出来。通过一系列景物描写营造气氛,渲染环境,就是为了强调结句"夜长人奈何"。

此词有情有景,有声有色,人物活动在风里雨里,风声雨声又暗寓着人物的内心独白,笔调委曲,意境深挚。

蝶恋花

题解

蝶恋花，唐教坊曲名，采用梁简文帝萧纲乐府《东飞伯劳歌》中"翻阶蛱蝶恋花"句三字为名。这首词明写少妇伤春，实际上是抒发作者本人的闲愁，从词意上看，当属李煜前期作品。

全词多用白描手法写主人公感伤春景忧怀自伤的情绪，一切景语皆为情语。写愁情春恨时，多用对比手法，造成反差，给人以强烈的视觉效果，疏而能深，淡而能远。

"早觉"，《历代诗馀》、《全唐诗》、《古今词统》等本作"渐觉"。"桃李"，《古今词统》、《词的》、《尊前集》、《类编草堂诗馀》等本作"桃杏"。此词于《唐宋诸贤绝妙词选》、《词的》、《类编草堂诗馀》、《古今诗馀醉》等本调名下均有题作"春暮"。

　　遥夜庭皋闲信步。乍过清明，早觉伤春暮。数点雨声风约住，朦胧淡月云来去。　　桃李依依春暗度。谁在秋千，笑里低低语？一片芳心千万绪，人间没个安排处！

新解

遥夜庭皋(gāo)闲信步——遥夜，长夜。庭皋，水池边的平地。高启《双庭树》诗："偶移弱质傍庭皋。"信步，自由自在地散步，心里无目的无负担。这句写主人公在遥遥长夜里睡不着觉，遂信步水池边，借夜的景色排遣时光。

乍过清明，早觉伤春暮——乍过，刚刚才过了。这句就有了心理负担了，按时节讲，才刚刚过了清明，春天也才刚刚开始，而主人公就有了迟暮的伤感。可见主人公有着焦躁不安的情绪，他的心里有着伤心事。

数点雨声风约住，朦胧淡月云来去——天空突然飘起了小雨点，但很快就被风刮跑了，不让它下了。这时候，云彩飞来飞去，淡月朦胧穿行其中。这两句借写景抒发主人公的迟暮之悲，他看到的是淡月残云，听到的是风声雨声，越发加重了心上的伤感。

桃李依依春暗度——尽管桃花李花开了，它们对春天恋恋不舍，不愿意让春天过早地离去，但春天还是不声不响地向前走着，走向迟暮。这句借桃李依依，表明主人公对过去美好时光的恋恋之情。

谁在秋千，笑里低低语——秋千，古代妇女们游戏的用具。苏轼词："墙里秋千墙外道，墙外行人，墙里佳人笑。"正在主人公感到伤心的时候，突然从远处传来了妇女们的荡秋千的嬉戏声，并互相低语倾诉衷情，这正惹起了主人公的心绪。

一片芳心千万绪，人间没个安排处——一片芳心，指荡秋千的少妇们，她们无忧无虑地嬉戏玩耍。千万绪，指主人公的心绪。这些少妇们的欢乐情绪，引起我无限的感慨，我的心在人间没个安排的地方。

【新评】

上片写景，以遥夜、清明、春暮点明季节时间，以庭皋点明地点，以伤春点明写作主题。下片是写复杂的感情变化，通过两相对比，表现作者的心理状态。正如俞陛云《南唐二主词辑述评》所说："上半首工于写景，风收残雨，以'约住'二字状之，殊妙。雨后残云，惟映以淡月，始见其长空来往，写风景宛然。结句言寸心之愁，而宇宙虽宽，竟无容处。其愁宁有际乎？"

"数点雨声风约住，朦胧淡月云来去"二句，历来为人们所称道。张先的"云破月来花弄影"，宋祁的"红杏枝头春意闹"，或脱胎于此，或与此意境相仿。而沈谦在《填词杂说》中认为，张、宋二句虽佳，俱不及李后主此二句。因为"约"字用得很好，风雨都抒以灵性了，自来自去成为活的了，所以艺术性是极高的。

"桃李依依春暗度。谁在秋千，笑里低低语"，也是十分生动的艺术形象。《诗·召南》中有"何彼秾矣，华如桃李"，以桃李形容美人的容貌姣好。此词在这里写春光本来很明媚，但却暗暗溜走了，实际上也包含有青春易逝、美貌易衰的意思。"谁在秋千，笑里低低语"，以活动的景色昭示主人公欲静不能的心情，与上句的静态形成反差。苏轼词里的"墙里秋千墙外道，墙外行人，墙里佳人笑"，句式词意均脱胎于此。"谁在秋千，笑里低低语"，以提问的句式说明秋千上的少女无忧无虑、活泼可爱，与词中的女主人公形成对照，他人欢娱而惟我独伤，相映见意，别有情趣。最后两句"一片芳心千万绪，人间没个安排处"，直抒胸臆，情怀喷发而出，难以自收。难怪陈继儒在《南唐二主词汇笺》中于此处发问："何不寄愁天上，埋忧地下？"此二句真是语尽而情不绝，言收而意更进。

喜迁莺

喜迁莺，小令调，起于唐，又名《鹤冲天》、《万年枝》、《春光好》、《雁归来》等，始见于《花间集》韦庄词。这首词是李煜前期作品，描写相思情怀，也有作者自己对佳人的思念。全词以"无语"、"寂寞"为基调,把远梦与近景紧扣在一起,喻象多而不杂,相思烦而不乱,既有空灵淡远之致,又有自然清疏之势,塑造了一个因情而暗伤的思人形象,是一篇十分成功的佳作。

"晓",侯本二主词作"晚"。"坠",晨本二主词作"堕"。"宿云",《历代诗馀》、《尊前集》、《词谱》中均作"宿烟"。"频",侯本二主词、晨本二主词、吴本二主词、《花草粹编》均作"凭"。

晓月坠,宿云微,无语枕频欹。梦回芳草思依依,天远雁声稀。　啼莺散,馀花乱,寂寞画堂深院。片红休扫尽从伊,留待舞人归。

晓月坠,宿云微,无语枕频欹——晓月,天快亮时的月亮。宿云,昨夜的云。频欹,频频倾斜地靠着枕头。这几句说,天亮了,月儿落下去了,天空中只飘着薄薄一层昨夜的云彩,而我却早早地醒来了,再难以入睡,默默无语,斜靠着枕头,陷入沉思之中。

梦回芳草思依依,天远雁声稀——回,回味。芳草,此处指思念中的佳人。这两句说,我醒来后,呆呆地坐着,回味梦中与佳人依依不舍的恋情,真让人无限惆怅。这时,从远远的天空中传来几声大雁的鸣叫,更让人难以忍受。

啼莺散,馀花乱,寂寞画堂深院——馀花,春末晚花。画堂,用彩画装饰的厅堂。这三句写暮春时主人公的伤感情绪。啼叫着莺儿们飞走了,不叫了,树上的残花稀稀落落地飘下,飞落了一地,而我却独自一人待在深深的画堂中,倍觉寂寞。

片红休扫尽从伊,留待舞人归——片红,落花。舞人,指思念中的佳人。这两句是主人公对仆从的吩咐,不要去打扫庭院里的落花,就让它们这样留着,任凭它们去乱飞乱舞吧。等待参加舞会的人归来,她看到满地落红一定会有所感觉的。

上片写对佳人的思念。"无语"与"雁声"形成鲜明的对比,人的愁思越来越重,以至于"无语枕频欹",而天空中的雁声却让人烦躁难忍。这个对比极好,生动地写出了词人孤枕独眠、满腹惆怅的心情,其彻夜辗转、春梦苦短之情历历在目。"芳草"是一种代指,是主人公梦中所见依依怀恋的人。淮南小山《招隐士》中有句:"王孙游兮不归,芳草生兮萋萋。"牛希济《生查子》词云:"记得绿罗裙,处处怜芳草。"都是用"芳草"代指所怀念的人。"天远雁声稀"也形容极好,相传鸿雁能传书,而今雁声稀少,说明没有远方所思念之人的音信,这是借景寓情的写法,可见其情切、其思苦、其意远。

　　下片是写词人的生活环境。他居住在美丽的大堂里，但却深感寂寞，"啼莺"、"馀花"正是对这种寂寞的衬托。最后两句通过作者的惜花，来说明词人对春天是多么的热爱，充满了无限的希望。词人让落花自由自在地发挥灵性，犹如一层地毯铺在地上，留待舞人来欣赏，说明词人对舞人也一往情深。白居易《长恨歌》有句云："春风桃李花开日，秋雨梧桐叶落时。西宫南内多秋草，落叶满阶红不扫。"抒写唐玄宗对杨贵妃的思念之情，与此词的"片红休扫尽从伊，留待舞人归"有异曲同工之妙，委婉深沉地传达出主人公的渴念思盼之情。虽然暮春残景，形单影只，但思佳人、恋佳人、盼佳人的情是锁不住的，一个"归"字，寄予了无限希望。

捣练子

　　捣练子，《升庵词品》："李后主词，即《咏捣练》，乃唐词本体也。"多用为妇女怀念征夫之作。《续选草堂诗馀》在此词调下题"闺情"，《花草粹编》在这首词下题作"春恨"，说明此词是表现闺妇的怨。从词意看，乃是李后主代人之作，代替闺中少妇描写其内心的幽，是李煜前期的作品。

　　　云鬓乱，晚妆残，带恨眉儿远岫攒。　　斜托香腮春笋嫩，为谁和泪倚阑干？

　　云鬓乱，晚妆残，带恨眉儿远岫(xiù)攒——云鬓乱，形容头发高耸蓬乱如云。晚妆残，指无心打扮，晚上的穿着不整齐。远岫，远山，是对美人眉毛的形容。这三句说，美人头发混乱，晚妆不整齐，眉头像远山一样攒一起，心里有无限的哀怨。

　　斜托香腮春笋嫩，为谁和泪倚阑干——香腮，指妇女施过粉脂的面颊。春笋，是形容美女手指细嫩如春天的小竹笋。这两句说，美人很忧愁，用白嫩的小手斜托着面颊，靠在栏杆上，也不知在为谁伤心流泪。

　　况周颐《蕙风词话》评价此词说："前段尤能以画家白描手法形容一极贞静之思妇，绫罗之暖寒，非深闺弱质，工愁善感者，体会不到。"可见，此词能使读者在字里行间看见这位少妇的绰约风姿。

全词文辞秀美,尤其是结句"为谁和泪倚阑干",留给人无限遐想,这美人犹如杜牧《阿房宫赋》:"一肌一容,尽态极妍,缦立远视,而望幸焉,有不得见者三十六年。"字字不及相思,但字字俱关相思,用形态写心情,用远山喻愁情,明白如话,直描其景,笔意清新,淡远悠长,有极高的抒写性情的水平。

捣练子

从词意看,这首词仍是一首闺怨词。《花草粹编》在调名下题作"闻砧"。《词的》中题作"本意"。《续选草堂诗馀》、《古今诗馀醉》、《古今词统》中题作"秋闺"。《历代诗馀》于调名下注曰:"一名《深院月》,又名《深夜月》。李煜秋闺词中有'断续寒砧断续风'之句,遂以捣练名其调。"杨慎《词品》云:"李后主词,词名捣练子,即咏捣练,乃唐词本体也。"可见,此词调名始自于李煜。这首词描写的是主人公因寒夜捣衣之声而引起的离怀愁绪,是李煜词中少妇抒写心中幽恨的。

    深院静,小庭空,断续寒砧断续风。　　无奈长夜人不寐,
数声和月到帘栊。

深院静,小庭空,断续寒砧(zhēn)断续风——砧,捣衣石,用以把衣服捣平。寒砧,指寒夜里在砧上捣衣。这三句说,夜深人静了,小院里一片空寂,只有断断续续的夜风吹过来断断续续的捣衣声。用"深"字表明居处幽闭,用"空"字表明少妇孤寒,这几句既是对环境的描写,又是对人物情绪的反衬,犹如寒空孤鸿,其声幽哀。

无奈长夜人不寐,数声和月到帘栊——帘栊,挂着帘子的窗户。这两句说,夜太长了,人睡不着,又无可奈何,只得听着单调的捣衣声,伴随着月光爬上窗格子。"无奈",《尊前集》等本作"早是"。"不寐",《尊前集》等本作"不寝"。

词开首两句是环境描写,写院落极深极静,庭室极小极空,给人一种孤清冷寂之感,同时也反衬着词中主人公彻夜难眠、心绪难平的情状,营造渲染了一种气氛,为后面的抒情做好了铺垫。"断续寒砧断续风",这句极好,点明时令已届暮秋,气候已经转凉。"断续"二字,写女主人心绪不宁,用神不专,一会儿捣衣,一会儿停下

来,说明她并非在捣衣,而是在思人,所以才时捣时停。这一句是全词的核心。唐代杜甫《秋兴》诗中有句云:"寒衣处处催刀尺,白帝城高急暮砧。"李白《子夜吴歌》诗中云:"长安一片月,万户捣衣声。秋风吹不尽,总是玉关情。"沈佺期《古意呈补阙乔知之》诗中云:"九月寒砧催木叶,十年征戍忆辽阳。"这些都是用寒月夜和捣衣声来衬托征夫思妇的怀念情绪的,是把心境加之于砧声的。前面三句以景寓意,以砧见情,是一种委婉含蓄的写法。

全词并无惊人之语,而在于巧妙构思和精心安排。像"深院"、"小庭"、"寒砧"、"长夜"等,都是极平常的物象,也是被诗人们用滥了的词句,而经李后主这样一位大手笔重新组合,一个闺中思妇形象就生动地描绘出来了,真能把平凡化为神奇。词的结句尤为传神,"数声和月到帘栊",既写捣衣时间持续之长,月光随着砧声一步步爬上了帘栊,夜已经很深了,又暗寓词中人辗转难寐,长夜不眠,被情思困苦之深刻。全词主要从听觉和视觉方面写心情心境,遣词造句无不恰到好处。

柳枝词

柳枝词,《词谱》注云:"唐教坊曲名。按白居易诗注:杨柳枝,洛下新声,其诗云听取新翻杨柳枝是也。薛能诗序:令部妓作杨柳枝健舞,复度新声,其诗云试踏吹声作唱声是也。盖乐府横吹曲有折杨柳名。此则借旧曲名,另创新声,后遂入教坊耳。"

张邦基《墨庄漫录》云:"后主书此词于黄罗扇上,赐宫人庆奴……想见其风流也。扇今传在贵人家。"据此知该词作于李煜在位时,内容是代宫女抒愁。

风情渐老见春羞,到处消魂感旧游。多谢长条似相识,强垂烟穗拂人头。

风情渐老见春羞——风情,男女欢爱之情。这句说,自己的美好年华已一逝不复返了,再没有当年的风韵了,一天天老了,见到春天,都感到害羞了。用自然之春比较人的青春,来说明人的青春易逝。

到处消魂感旧游——消魂,一作芳魂。旧游,旧日同游之人,这里指昔日情人。这句说,现在再到昔日与情人同游的旧地上转一转,真是让人能消掉魂魄。旧地重游,徒增伤悲。

多谢长条似相识——多谢,或作多见。昔日的情人看不到了,昔日的柳条还依依拂来,欢迎我这位似曾相识的老朋友,我真得谢谢柳条了,还是它们有情有意。

强垂烟穗拂人头——这句写柳穗的亲昵动作,它们还没忘记我这位老朋友,争相把茂密的似烟如雾的穗条垂下来,轻拂我的头,表示欢迎。

据史书记载,宫女庆奴年轻时极为美丽动人,曾得到李后主的宠爱。如果此词真是后主为庆奴所作,那么抒发的就是庆奴的伤感情绪了。庆奴感慨春光易逝,物是人非,美貌易衰。这首词把人与柳作对比,来说明柳有情,人无情。"多谢长条似相识",是通过对柳条的谢意,来发泄自己对人的无情的怨恨。

全词构思新妙,先写人"见春羞",是实写;再写人见柳喜,是虚写。虚实结合,刻画了人物内心的复杂状态。"见春羞"三字,新而警,是对"风情渐老"的心理刻画和实际描写,说明了女子年华已逝、美艳不复当初的自伤自艾。"强垂"二字,也是人物的内心独白,有哀怨之意在其中,通过对柳穗的埋怨来写内心的伤感。全词以第一人称的口吻写成,读起来就有亲切感、真实感,让人能感受到宫女内心的细微变化。

浣溪沙

浣溪沙,唐教坊曲名,因西施浣纱于若耶溪,故又名浣纱溪。从词意看,这首词当是李后主即位后期的作品,因为没有了思想负担,可以自由自在地大胆狂欢,无所顾忌。此词是李后主帝王奢华生活和淫靡享乐的真实写照。

红日已高三丈透,金炉次第添香兽,红锦地衣随步皱。
佳人舞点金钗溜,酒恶时拈花蕊嗅,别殿遥闻箫鼓奏。

红日已高三丈透——红日,《诗话总龟》等本作"帝日"。三丈透,三丈多了。这是从时间上写夜以继日的狂欢生活,太阳已高高升起来了,可昨夜的舞会还在继续,玩兴正浓。这是李后主与宫中妃嫔们通宵欢宴纵情逸乐的豪奢生活的写照。

金炉次第添香兽——金炉,《诗话总龟》中作"佳人"。金炉,铜炉。香兽,掺和香料做成兽状的炭块,始用于晋代。这句说,舞兴正浓,还没有停罢的意思,散发着香味的炭块还在不断地往铜炉里添加,为的是使舞庭中香气浓郁。

红锦地衣随步皱——地衣,地毯。红锦地衣,用丝织成的红地毯。这是舞态轻狂的描写,一夜了,舞女们尚未感到疲倦,还在酣舞不停,那红地毯随着舞者的步子,这儿皱皱,那儿皱皱,起伏不平。

佳人舞点金钗溜——舞点,一作舞急、舞彻。点,是伴舞的鼓点。这句写舞女们的狂态,她们伴随着鼓点疯狂起舞,连金钗掉在地上也顾不上捡起来了。

酒恶时拈花蕊嗅——酒恶,酒醉之意。已经整整一夜了,歌舞不断,宴饮不断,酒常常往上涌,使人觉得有些恶心,于是不停地拈着花朵嗅一嗅以解酒醉。这是醉生梦死的生活方式的描写。

别殿遥闻箫鼓奏——别殿,皇宫里的其他宫殿。遥闻,一作时闻、微闻。这个宫殿里通宵达旦,别的宫殿呢?你听一听,也远远地传来箫鼓的声音。别殿也与此殿一样狂欢曼舞,整个宫廷都处在寻欢作乐之中。

【新评】

这首词虽然写的是南唐小朝廷腐朽没落的生活,但在艺术上还是有可取之处的。一个"皱"字,生动地反映了舞女们的狂态和舞会时间之长,真不愧为传神之笔。"酒恶时拈花蕊嗅",写宫女们醉意朦胧时的娇媚之态,也很形象。舞会时间长了,所以地毯都打皱了。酒喝多了,所以才拈花蕊嗅。作者还善于环境描写,"红日"既点明时间,也透露了昨夜的狂欢,再通过"次第添香兽"来渲染气氛。汉司马相如《长门赋》中有句:"夫何一佳人兮,步逍遥以自虞。"南朝梁代江淹《别赋》中有句:"琴羽张兮箫鼓陈,燕赵歌兮伤美人。"唐白居易《长恨歌》也有描写唐玄宗与杨贵妃的彻夜狂欢:"骊宫高处入青云,仙乐风飘处处闻。缓歌慢舞凝丝竹,尽日君王看不足。"这些描写都可以与此词对比着来读,从而进一步看出南唐宫廷通宵达旦的歌舞、奢丽浮华的器具、放浪不拘的生活,气氛喧闹而内心空虚。以点概面,这个宫殿里如此,别的宫殿里也如此,可以想像整个朝廷的腐朽没落,不亡更待何时?

此词思想内容虽不可取,但艺术手法却精妙绝伦。语言华丽,喻象生动,场面描写细腻入微,情态表现活灵活现,尤其"酒恶时拈花蕊嗅"一句,贴近生活,真切自然,使一个醉酒享乐、醉生梦死的人物形象跃然纸上。

一斛珠

一斛珠,源自唐人曹邺传奇《梅妃传》,言唐玄宗密封珍珠一斛以赠爱妃江妃,江妃不接受,写诗以谢:"长门自是无梳洗,何必珍珠慰寂寥。"玄宗见诗不悦,命人谱乐府曲唱之,名一斛珠,曲名始于此。这首词,《古今诗馀》、《古今词统》题作"咏佳人口",《历代诗馀》题作"咏美人口",可见这是一首描写一个歌女情态的词。它把歌女的音容笑貌,特别通过口的不同变化,活灵活现地描绘出来,使人如闻其声,如见其人,有如影视画面在我们眼前闪过,从词意看,当为李煜前期作品。

晚妆初过,沉檀轻注些儿个。向人微露丁香颗。一曲清歌,暂引樱桃破。　　罗袖裛残殷色可,杯深旋被香醪涴。绣床斜凭娇无那。烂嚼红绒,笑向檀郎唾。

晚妆初过,沉檀轻注些儿个——沉檀,深颜色的香料,唐代女子的闺妆多用此色泽。轻注些儿个,是说轻轻地涂抹一点儿,此语乃当时的方言。这两句写美人打扮自己,渲染环境,以等待心上人的到来。她穿上艳丽的晚装,轻轻地往身上涂抹了一些香料,以使周围香味四溢,气氛宜人。

向人微露丁香颗——丁香,本香木名,一名鸡舌香,常用作女子舌的代称。见到自己的心上人来了,美人喜不自胜,微微张开香唇,嬉戏逗乐。

一曲清歌,暂引樱桃破——樱桃,指美人口红润如樱桃。美人翩翩而舞,唱起了清亮动听的歌曲,那红红的嘴唇一张一闭,有如小樱桃一样令人喜爱。

罗袖裛残殷色可,杯深旋被香醪(láo)涴——裛,沾染。殷色,深红色。香醪,香酒。涴,注满。这两句写酒酣舞狂时的情态。酒喝得多了,美人的丝衣袖子染上了酒汁,更红了,更美了。深深的酒杯,顷刻间,又被香甜的美酒注满,再次开始了狂欢。

绣床斜凭娇无那——娇无那,无限娇娜可爱之态。酒醉了,舞累了,就斜躺在装饰华丽的床上,那种娇媚之态更加动人。

烂嚼红绒,笑向檀郎唾——红绒,红绣丝。檀郎,美男子潘安小字檀奴,古代女子因称自己所钟爱的男子为檀郎或檀奴。这两句写美人饮酒微醉后嚼烂红绣丝,朝自己心上人唾去的娇憨情态。

这首词是李煜前期帝王生活的一个录像镜头、一个真实写照,词中的"檀郎",实际上就是他本人。所以从思想内容来看,并无多大价值。但此词却有极高的艺术价值。全词笔力集中,以写"口"为主,衬以衣着、装扮、神态,忽而给人娇憨可掬的动态,忽而给人一个玲珑可爱的特写,最终把色、声、身、情融为一体,定格于"笑唾"。沈际飞在《草堂诗馀别集》二卷中称此词"描画精细,似一篇小题绝好文字","后主、炀帝辈,除却天子不为,使之作文士荡子,前无古,后无今",正说明李煜是政坛败类,词场高手。唯有真,才有美,此词正因为是原态,是真情,没有丝毫的掩盖,才显得意境优美,形象可爱。所以贺黄公《词鉴》说:"词家多翻意入词,虽名流不免。吾常爱李后主《一斛珠》末句云……被杨孟载翻词入诗。"

长相思

《乐府解题》:《长相思》,古怨思二十五曲之一,本古诗"上言长相思,下言久别离"。又"著以长相思,缘以结不解,以致缠绵之意"。此词调名下《新刻注释草堂诗馀评林》题作"秋怨",可见是一首闺怨词,是李后主代闺妇抒写秋怨相思和心中愁恨。

　　一重山,两重山,山远天高烟水寒。相思枫叶丹。　　菊花开,菊花残,塞雁高飞人未还。一帘风月闲。

　　一重山,两重山,山远天高烟水寒——烟水,雾气蒙蒙的水面。这三句写这位闺中少妇站在高楼之上,极目远眺,看到的只是重重关山,烟波浩淼,寒气袭人,阻隔了自己与情人,只得两地相望,一片迷茫。

　　相思枫叶丹——丹,红色。这句用形象化的比喻,来写这位女子的相思之情愈加强烈。枫叶红了,秋天来到了,可相思的人儿依然不见,我的相思如同红枫叶,更为迫切了,更为深沉了。

　　菊花开,菊花残,塞雁高飞人未还——塞雁,也作塞鸿。唐白居易《赠江客》诗:"江柳影寒新雨地,塞鸿声急欲霜天。"这三句用菊花的花开花落,来代表时间的消逝。时间一天天地过去了,我从花开时节盼到花落时节,还不见你归来。塞北的大雁都已经南归了,可你为什么还不回来呢?

　　一帘风月闲——风月,喻男女欢爱之情。你不归还,我空守着闺房,有何情趣呢?只能是一腔情爱,付与西风寒月。

　　此词句句均有怨字,上片怨山,下片怨花,实际上是怨那个人。塞雁南还,而丈夫离家后却一直音信全无,令人心生无限怨恨。难怪俞陛云评价此词时说:"此调以轻淡之笔,写深秋风物,而兼葭怀远之思,低回不尽,节短而格高,五代词之本色也。"这确实是一首写秋思的好词,紧紧抓住秋色来写相思。"枫叶"、"菊花"、"塞雁",都把秋的特色点得明明白白,众多的意象烘托出一个清冷寂寥的秋境,人在其中,相思之情与之和谐,愈发喷薄而出。

　　语言秀美清丽,意境高远,也是此词的一大特色。"一重山,两重山",辞重意不重,是下句"山远天高"的具体写照。"菊花开,菊花残",通过菊花形象的重叠,说明由秋到冬时间的延续,是"塞雁高飞"的季节形象铺垫。"相思枫叶丹",既言相思时间之长,由春及秋,枫叶都红了,相思还在持续;又言心里持有希望,枫叶红了,人也该回来了。"一帘风月闲",却是对"相思枫叶丹"的回答。通过"风月闲",来写相思的人该回来却没回来,来写闺中人内心寂寞,心灵空虚,无法自遣。由于辞意清秀,意境也就丽远,读后令人玩味长思,爱不释手,确实是一首摄人魂魄的绝妙好词。

谢新恩

　　这首词是《谢新恩》的一种变式,故与其他同调名词字数句式不尽相同。此词写一位妇女的情思,意含愁恨,以苦思为主。

　　　　樱花落尽春将困,秋千架下归时。漏暗斜月迟,在花枝。彻
　　晓纱窗下,待来君不知。

　　樱花落尽春将困——春将困,春将尽。此句是点明时间,已到残春时节了,满树的樱花都落光了,人为春色所困,也为情所困。

　　秋千架下归时——写女主人公的无聊之态。为了解愁,自己去荡秋千,可荡来荡去,还是无法排遣心中的空虚,所以从秋千架下归来,还是满腔的惆怅寂寞。

　　漏暗斜月迟,在花枝——漏,古代的计时用具。这句说,随着计时漏水的一滴一滴落下,夜已深了,天色已暗了,月儿西斜迟迟徘徊,满天银光洒落在庭院里的花枝上。

　　彻晓纱窗下,待来君不知——彻晓,通宵。我通宵达旦地守候在纱窗下,等待着心上人的归来,可你迟迟不归。这种相思之苦,你是不知道的。

　　这首词是一位思妇自说心中之苦,但不明言而痛苦自见,痛苦是通过"落花"、

"春困"、"漏暗"、"斜月"、"彻晓"等物象表现出来的。

"樱花落尽春将困"是借景寓人,说春困,实际上是说人困。"秋千架下归时",也有着言外之象,是说形单影只,孤身一人月下归来,已不见往昔二人相亲相伴之影。

玉楼春

陆游《南唐书》曰:"昭惠国后周氏,小名娥皇,通史书,善歌舞,尤工琵琶……尝雪夜酣宴,举杯请后主起舞,后主曰:汝能创为新声则可矣。后即命笺缀谱,喉无滞音,笔无停思,俄顷谱成,所谓《邀醉舞破》也。又'恨来迟破',亦惠后所制。故唐盛时,《霓裳羽衣》最为大曲。乱离之后,绝不复传。后得残谱,以琵琶奏之,于是开元天宝之遗音复传于后世。"从这段记载可知,此词是写李后主与后妃宫女们彻夜歌舞的狂欢生活,词里春宫夜宴歌舞享乐的盛况,也说明了李煜醉生梦死、疏于治国的生活方式。

此词调《全唐诗》作《木兰花》,并注曰:"一名《玉楼春》,一名《春晓曲》,一名《惜春容》。"《草堂诗馀》、《词的》、《古今词统》、《古今诗馀醉》等本中题作"宫词"。

　　晚妆初了明肌雪,春殿嫔娥鱼贯列。笙箫吹断水云间,重按《霓裳》歌遍彻。　　临风谁更飘香屑,醉拍阑干情味切。归时休照烛花红,待踏马蹄清夜月。

晚妆初了明肌雪,春殿嫔娥鱼贯列——晚妆,《全唐诗》作"晓妆"。初了,刚刚结束。美丽的宫娥们刚刚打扮完,穿着艳丽的晚服,透露着白如冰雪的肌肤,一队一队地来到春色暖人的宫殿里。这两句写舞会开始前的情景。

笙箫吹断水云间,重按《霓裳》歌遍彻——笙箫,《词综》等本作"凤箫"。《花草粹编》作"笙歌"。这两句写舞会开始后的情景。吹奏笙箫的声音,非常响亮,以至于飘飘扬扬,充满了云水之间。这与许浑诗"舞移清夜月,歌断碧空云"的意境相同,就是说歌声把云唱得全没有了,露出了碧色天空。唱的是什么曲呢?原来是重新整理过的《霓裳羽衣曲》,一遍又一遍地边唱边舞,欢乐不已。

临风谁更飘香屑,醉拍阑干情味切——临风,或作"临春"。香屑,香粉。在歌舞兴浓之时,又有人撒下香粉,飘来香气,令人欢快。更有人喝得有了醉意,拍着栏杆,情态可爱。

归时休照烛花红，待踏马蹄清夜月——休照，或作"休放"。待踏，或作"待放"。歌舞停了，词人也醉了，在回宫的路上，他不用烛光照，不用侍从扶，自己骑马踏月，在明亮的月光下悠然而归，尽显潇洒浪漫的情怀。

新评

这首词是纪实之作，是后主生活的一个片断。时间是春天的一个夜里，人物是后主与自己的后妃宫女们，内容是歌舞宴饮，狂欢不已。"明肌雪"，足见人物之美。"鱼贯列"，足见场面之大。"吹断水云"，足见歌声之亮之久。"歌遍彻"，足见时间持续之长。

《艺苑卮言》说："归时休照烛花红，待踏马蹄清夜月，致语也。"的确，此二句写得清俊潇洒，是风流诗人的情致，也令人产生无限想像。今人叶嘉莹曾详评此句说："后主真是一个最懂得生活之情趣的人，而且'踏马蹄'三字写得极为传神。一则，'踏'字无论在声音或意义上都可以使人联想到马蹄嗒嗒的声音。再则，不曰'马蹄踏'而曰'踏马蹄'，则可以予读者以双重之感受，是不仅用马蹄去踏，而且踏在马蹄之下的乃是如此清夜的一片月色，且恍闻有嗒嗒之声入耳矣。这种纯真任纵的抒写，带给了读者极其真切的感受。"

全词笔法自然奔放，意兴流畅挥洒，语言明丽直快，情境描绘动人，的确是写得极为俊逸神飞的一首好词。这与词中的音律欢愉逸飞有极大的关系。《霓裳羽衣曲》原是唐代宫廷著名法曲，经唐玄宗润色并配制歌词，音律轻曼秀逸，白居易《琵琶行》："轻拢慢捻抹复挑，初为《霓裳》后《六幺》。"后来经过李煜与大周后夫妇二人的改制后，音律愈加清新明亮。据马令《南唐书》载："唐之盛时，《霓裳羽衣》最为大曲，罹乱，瞽师旷职，其音遂绝。后主独得其谱，乐工曹生亦善琵琶，按谱粗得其声，而未尽善也。后辄变易讹谬，颇去哇淫，擎手新音，清越可听。"说明经过后主夫妇修改后的霓裳新曲，歌曲长久，音调高亢急促，与"笙箫吹断水云间"的描写是相符合的。高亢的音乐自然能燃发激情，所以才有"重按《霓裳》歌遍彻"的数遍之多。《六一词》"玉楼春"有"重头歌喉响铮钹，入破舞腰红乱旋"之句，亦可见此曲的高亢急促。

菩萨蛮

题解

菩萨蛮，又名《子夜歌》、《巫山一片云》，唐教坊曲名。《词谱》云："大中初，女蛮国入贡，危髻全冠，璎珞被体，号菩萨蛮队。当时倡优遂制《菩萨蛮》曲，文士亦往往声其调。"《花草粹编》于此词调名下题作"与周后妹"。《古今词统》题作"幽欢"。《词的》等本题作"闺思"。

其实,这是一首描写男女幽会偷情的爱情词,是李煜和小周后婚前偷欢生活的真实写照。据陆游《南唐书》记载:"初后寝疾,小周后已入宫。后偶褰幔见之,惊曰:汝何日来?小周后尚幼,未知嫌疑,对曰:既数日矣。后恚,至死,面不向外。"马令《南唐书》也记载:"后主继室周氏,昭惠之母弟也,警敏有才思,神采端静。昭惠感疾,后常出入卧中,而昭惠未之知也。后自昭惠殂,常在禁中。后主乐府词有'刬袜步香阶,手提金缕鞋'之类,多传于外,至纳后乃成礼而已。翌日,大宴群臣,韩熙载以下皆为诗以讽焉,而后主不之遣。"其他如沈雄《古今词话》和沈际飞《草堂诗馀》眉评也认为此词是李后主为小周后所作。依此,此词可视为后主与小周后的爱情词,词中感情真实生动,描写细致,形象十分动人。

花明月暗笼轻雾,今宵好向郎边去。刬袜步香阶,手提金缕鞋。　　画堂南畔见,一晌偎人颤。奴为出来难,教君恣意怜。

花明月暗笼轻雾,今宵好向郎边去——笼,《古今词统》等本作"飞"。《词的》作"水"。首句写时间、环境,也衬托人物心情。月暗了,代表着夜色深了。笼轻雾,说明一片迷蒙,正是幽会的好机会,不容易被人察觉。第二句是写小周后的举动,今天晚上花儿亮,月色暗,多好啊,我正好到所爱的人那里去。

刬袜步香阶,手提金缕鞋——刬袜,穿着袜子。金缕鞋,绣有金丝线的鞋。这两句写小周后赴幽会时偷偷摸摸、小心翼翼的神态。怕发出响声,所以把鞋脱下来,提在手上,只穿着袜子在有香味的台阶上轻轻行走。

画堂南畔见,一晌偎人颤——南畔,南边。一晌,一会儿。小周后与李后主终于在画堂南边相会了,此时,还未从担惊受怕中缓过神来,所以她全身颤抖着羞怯地依偎在情人的怀里,尽情地享受着情人的爱抚安慰。

奴为出来难,教君恣意怜——奴,小周后自称。恣意怜,任情地爱。这两句是小周后对李后主的诉说:我受姐姐的管束,很难出来与你相会,所以就让你爱个够吧!

在这首词下,《词统》题为"幽欢",《花草粹编》题为"与周后妹",《词韵》题为"闺思"。其实是小周后与李后主的爱情写照。上片写赴幽会时的时间、环境、心态,寥寥几笔,便把少女的担惊受怕活灵活现地勾勒出来了,符合少女私赴幽会的处境身份,明白具体。这首词可称得上是词中佳品,不论是对神态的描写,还是对人物语言的剖白和动作的刻画，都浑然一体，一个娇媚、大胆、热情的少女跃然纸上，如在目前。

这首词的思想性并不高，但感情真切，脱尽花间词的铅华，是李煜想作为一个普通人的真实生活的体现，而不是帝王生活的写照。因此，读此词，我们感觉不到帝王与后妃的爱情，而是感到一个民间郎官与一个情窦初开的少女的幽会，大胆而热烈。唐《醉公子》词中有："划袜下香阶，冤家今夜醉。"完全是用民间的口语方言而写的。李煜此词也有这种韵味。词中所展现的少女情怀，与山妇村姑并无二致。韦庄曾有词云："春日游，杏花落满头。陌上谁家年少，足风流。妾拟将身嫁与，一生休。纵被无情，不能羞。"与此词的女主人公性格多么相像。"奴为出来难，教君恣意怜"，完全是口语化表达，是娇滴滴的少女声音，向来为人们所称道。《南唐二主词汇笺》中潘游龙称其为"极俚极真"。《词的》中茅暎称其为"竟不是作词，恍如对话矣"。《古今词话·词品》中孙琼说它"正是词家本色"。这些评语都非常中肯确切。

菩萨蛮

题解

从"蓬莱院闭"和"潜来"等句看，可知此词仍写的是与小周后的幽会。大周后因病，召小周后入宫服侍汤药，时年15岁。与李后主偷偷相爱，终被大周后发觉，管束极严。在后主词中，她是个热情而可爱的少女。依此，这首词是写小周后初入宫时，大周后管束她的情景。这首词的视点是男主人公的，是从情郎的言行音貌和心理活动来刻画二人的爱情生活及其情感世界。

蓬莱院闭天台女，画堂昼眠人无语。抛枕翠云光，绣衣闻异香。潜来珠锁动，惊觉银屏梦。脸漫笑盈盈，相看无限情。

新解

蓬莱院闭天台女，画堂昼眠人无语——蓬莱，传说中的海上三座仙山之一。天台，出自《列仙传》："晋明帝时刘晨、阮肇入天台采药，遇二仙女。"蓬莱院，指小周后的居室。天台女，形容小周后美丽如仙女。这两句说，小周后独居一室，犹如仙女被幽禁一般，春困袭人，她在闺房里悄悄无语，沉入梦乡。"人无语"三字，既表现了环境的寂静，又表现了无可奈何之情。

抛枕翠云光，绣衣闻异香——第一句写小周后的睡态，她睡觉极不老实，把枕头抛到一边，秀发披在上边，美丽而有光泽。翠云，指头发，杜牧《山石榴诗》："一朵佳人玉钗上,只疑烧却翠云鬟。"第二句写小周后绣衣散开,放出异香,令人心动。

潜来珠锁动,惊觉银屏梦——银屏,或作"鸳鸯"。后主悄悄地来了,身上的珠锁发出细碎的玉声,惊动了正在银屏中睡觉的小周后,睡美人终于从梦中醒来了。

脸漫笑盈盈,相看无限情——小周后一看是李后主,十分惊喜,满脸笑意相迎,两人久久相视无语,无限情意尽在不言中。

这首词写李后主悄然前往与小周后相会,小周后的惊喜之情。"抛枕翠云光,绣衣闻异香",是门外人偷看室中美女睡姿的词句,但并不落于轻佻,足见作者的技巧,把一个睡觉不老实的活泼可爱的少女的娇态刻画得非常形象生动。"脸漫笑盈盈,相看无限情",写少女的灿烂笑容,由惊喜而引起的相视无语,描绘得十分耐人寻味,是李煜词于白描中见深情的一大特色。

此词是《菩萨蛮》"花明月暗笼轻雾"的姊妹篇,不过,上首词是从少女潜见情郎的角度去写的,这首词则是从情郎往见少女的视点来写的。这说明李煜在爱情题材作品的创作中善于变化写作手法,技巧多样而纯熟。注意描写男主人公的情态和心理,是上片的重点。一个"闭"字,既说明了少女的处境,也点明了男主人公何以"潜来"的原因。男主人公以欣赏的眼光偷窥少女昼寝的美丽姿态,又从"闻异香"的动作里表现出对少女的喜爱,这情景之中自然夹杂着紧张的心理活动,害怕被别人撞见,也说明确实是幽会。下片重点写少女梦醒后与情郎欢会调情的场景。一个"惊"字,看似闲笔,却是晴天霹雳,这里既有少女的惊喜之意,也有确实害怕的成分,害怕被大周后发觉后又严加训斥。所以,这里的描写含蓄、生动、准确。结句是点睛之笔。"笑盈盈"是实写,是具体动作,是神态;"无限情"却是虚写,是抽象概括,是情态。虚实相生,反映出男女主人公的内心世界。古诗《青青河畔草》中有句:"盈盈楼上女,皎皎当窗牖。"南朝刘遵《繁华应令》中有诗:"鲜肤胜粉白,慢脸若桃红。"这些诗句都不错,但都只写出了少女的肤色之美和笑容之美,没有像李煜词这样,又多了一层情态之美的内容。

菩萨蛮

此调调名《南唐二主词》作《子夜歌》。此词写宫廷中帝王与后妃们赏花饮酒的情景,当是李煜在位时的作品,表现了李煜这个文人皇帝沉湎酒色、不思进取的思想性格。

寻春须是先春早，看花莫待花枝老。缥色玉柔擎，醅浮盏面清。何妨频笑粲，禁苑春归晚。同醉与闲平，诗随羯鼓成。

【新解】

寻春须是先春早，看花莫待花枝老——寻找春色，应该早于春天，在春尚未来临之际就准备迎接春光。欣赏花色不能等到花老凋谢。第二句与杜秋娘《金缕衣》"花开堪折直须折，莫待无花空折枝"意思相同。开首两句是说人生短暂，应及时行乐，不该空负良辰美景。

缥色玉柔擎(qíng)，醅(pēi)浮盏面清——缥色，淡青色，这里指酒的颜色。玉柔，是形容美女的手白嫩如玉。醅，酒沫。这两句说，美女用洁白如玉的纤手高举着酒杯向我敬酒，酒沫漂浮在酒盏上，汁液清亮。

何妨频笑粲，禁苑春归晚——大家自由自在无拘无束地欢笑宴饮，帝王园林的春景特长，正适合行乐。

同醉与闲平，诗随羯鼓成——同醉，是指与小周后同醉。据《十国春秋》记载，李煜宠爱小周后胜于大周后，常于群花中作亭，幕以红罗，押以玳瑁，雕镂华丽，而极近小，仅容二人，每与后酣饮其间。闲平，即闲评，高谈阔论。羯鼓，用羊皮做的鼓。这两句说，李煜与小周后共饮，高谈阔论，诗意顿发，随着鼓点一吟而成。

【新评】

上片写人生行乐须趁早，美酒美女堪开怀。下片写皇园春色长，帝后欢愉多，李后主与小周后诗酒美人，开怀醉饮。通篇都是描写饮酒赋诗的闲逸生活。从此词可以看出李煜是个多情种子，他与后妃们在一起无拘无束，尽是自由人性的流露，尤其是后四句，更显得真实、自然、质朴，再次印证了李后主工于造词、疏于治国的特点。

开首两句以意起词，直接取唐杜秋娘诗句意："花开堪折直须折，莫待无花空折枝"，全词基调由此而定，就使得整首词格调不高，透露着及时行乐的腐朽没落的思想情趣。但是这首词以景会意，十分真实地体现出了作者作为常人的心态，移情于春色，移情于诗酒，他感到美好的景色永远不会消亡，明媚的春光永远伴随着他，不必再去忧虑人间琐事。"生于深宫之中，长于妇人之手"的性格特点毕现无遗。在语言使用上，全词都有明白直快的特点。开首即如与人对话，后边的"何妨"、"同醉"等，以口语入词，既明白质朴，又亲切动人，体现出不事雕琢、自然清新的语言风格。

谢新恩

这首词写对一位已经逝世的女子的怀恋之情。从词意看应当作于大周后去世后,是对大周后的悼念。据史书记载,李煜18岁时娶周宗之女娥皇,即位以后立为昭惠皇后。昭惠后温婉秀丽,通书史,善歌舞,尤工琵琶,二人情感甚笃。婚后10年昭惠后因染病再加上次子仲宣不幸夭折,溘然逝世。李煜十分悲伤怀恋,以至于哀苦骨立,杖而后起。他在《挽辞》中写道:"秾丽今何在,飘零事已空,沈沈无问处,千载谢东风。"在《感怀》诗中写道:"又见桐花发旧枝,一楼烟雨暮凄凄。凭阑惆怅人谁会,不觉潸然泪眼低。"都是写见春花而思人,见春景而悲伤,去年春色依然来,赏花丛中少一人,与这首词中"秦楼不见吹箫女,空余上苑风光"、"碧阑干外映垂杨"的情景是相同的。依此,这是一首悼亡词,所悼之人为昭惠皇后。

  秦楼不见吹箫女,空余上苑风光。粉英金蕊自低昂。东风恼我,才发一衿香。　　琼窗梦回留残日,当年得恨何长,碧阑干外映垂杨。暂时相见,如梦懒思量。

秦楼不见吹箫女,空余上苑风光——"秦楼"句,相传春秋时,秦穆公女儿弄玉爱慕善吹箫的萧史,后二人结为夫妻。箫声引来凤凰,二人乘凤成仙。上苑,皇家苑林。这两句说,大周后已经去世了,望着她生前居住过的卧室,再也看不到她的身影了,只留下园林一片空荡荡,往昔她在园林中嬉游的情景也不能再见到了。

  粉英金蕊自低昂——粉英,粉红色的花朵。金蕊,黄色的花心。这句是写艳丽的花儿照旧开放,高的高,低的低,并不知道人世间的悲情。

  东风恼我,才发一衿香——东风不停地给我送来一襟又一襟的微香,不断地搅乱我的心绪,使我的思念之情愈加深厚。

  琼窗梦回留残日,当年得恨何长——琼窗,华丽的窗户。这两句是写梦醒后的惆怅。我长日思念,百无聊赖,困倦后昏然入睡,一觉醒来已是残阳夕照时分。在梦中梦见了当年的欢爱之情,而梦醒后一切都是空的了,这恨该是何等长久呀!

  碧阑干外映垂杨——这是梦醒后看到的景象。往年两人曾一起在垂杨处依恋相爱,而如今都看不到了。

  暂时相见,如梦懒思量——我和她在梦中暂时相会,真短呀!梦中的这些东西,还是不去再想吧!

　　上片写大周后逝世后给词人造成的情感上的孤寂,下片由梦入手,追怀往事。全词字里行间给人以沉重感,是把景物描写与悲伤心境统一起来。后主此词,不仅写爱,而且写恨。只有爱得深,才能恨得长,可见他在艺术构思上不同凡响。"当年得恨何长"就是这种复杂心情的直接表白。结句是正话反说,正因为想勤思量,所以才说懒思量,到此把怀恋之情推向了高潮,留给读者无限遐想。

　　写作方法有三点尤为突出。一是借典喻事,点明词意。据西汉刘向《列仙传》记载:"萧史者,秦穆公时人,善吹箫,能致孔雀、白鹤于庭。穆公有女字弄玉好之,公遂以女妻焉。日教弄玉作凤鸣。居数年,吹似凤声,凤凰来止其屋。公为作凤台,夫妇止其上,一旦皆随凤凰飞去。"后人遂以"凤去楼空"作为睹物思人的代语,此词"吹箫女"既有典事,也有实指。据《十国春秋》和《全唐诗》记载:"昭惠周后周氏,小字娥皇,十九岁归皇宫。通书史,善歌舞,尤工琵琶,尝为寿元宗前,元宗叹其工,以烧槽琵琶赐之,盖元宗宝惜之器也。""烧槽即蔡邕焦桐之义,或谓焰材而斫之,或谓因爇而存之。后临殂,以琵琶及常臂玉环亲遗后主。"这样,"吹箫女"与"琵琶女"同为一人,抒发作者痛失爱妻的苦痛心情。二是采用拟人手法,移情于物。"粉英金蕊自低昂。东风恼我,才发一衿香",情移繁花东风,而东风却无意,所以满腔怨闷、怅恨尽在此处。这与杜甫诗中的"感时花溅泪,恨别鸟惊心"之意是相同的。三是多用虚景,以虚带实,常用反语,以反见真。"秦楼不见吹箫女"和"暂时相见"都是虚景,却深发实情。"暂时相见,如梦懒思量"与苏轼悼亡词中的"相顾无言,唯有泪千行"的意境是相同的,都是写愁苦相思之深而生发出的虚幻梦境。"懒思量"是反语,不是不思量,而是不能不思量,是作者相思之苦已到极致的一种反语。这种写法,新颖别致,至真至切。尤其是一个"懒"字,正如周之琦《词评》中所云:"重光天籁也,恐非人力所及,绝妙好字。"

清平乐

　　这首词是李煜怀人念远、忧思难禁之作。词中之事是牵挂其弟从善入宋不得归,故触景生情而作。据陆游《南唐书》卷十六《从善传》记载:"从善字子师,元宗第七子。开宝四年遣京师,太祖已有意召后主归阙,即拜从善泰宁军节度使,留京师,赐甲第汴阳坊。后主闻命,手疏求从善归国。太祖不许,以疏示从善,加恩慰抚,幕府将吏皆授常参官以宠之。而后主愈悲思,每凭高北望,泣下沾襟,左右不敢仰视。由是岁时游燕,多罢不讲。尝制《却登高文》曰:昔予之壮也,意如马,心如猱,情倿乐恣,欢赏忘劳。量珠聘伎,纫采维艘。被墙宇以耗帛,论丘山而委糟。年年不负登临节,岁岁何曾舍逸遨。小作花枝金剪菊,长裁罗被翠为袍。岂知荏苒乎性,忘长夜之靡靡,宴安岂毒,累大德于滔滔。今予之齿老矣,心凄焉而忉忉,怆家艰之如毁,萦离绪之郁陶。陟彼冈兮企予足,望复关兮睎予目。原有鸰兮相从飞,嗟予季兮不来归。空苍苍兮风凄凄,心踯躅兮泪涟洏。无一欢之可作,有万绪以缠悲。"这就是这首词的写作背景,依此,所怀之人当为七弟从善,所怀之情当为求其归而不得。

别来春半,触目愁肠断。砌下落梅如雪乱,拂了一身还满。

雁来音信无凭,路遥归梦难成。离恨恰似春草,更行更远还生。

别来春半,触目愁肠断——春半,即半春,春天的一半。柳宗元《柳州二日》诗:"宦情羁思共凄凄,春半如秋意转迷。"别来春半意思是:自分别以来,春天已过去一半,说明时光过得很快。开首两句点明时间,是仲春时分,确定感情基调,是愁肠断。与弟弟从善分别至今,已过去半个春天了,如今江南莺啼草长,繁花似锦,自己却没有心思去欣赏。反而满眼看到的都是惹人肠断的景色,景色越美,忧愁越重,因为自己已无法与七弟共赏。这一切愁绪,都是由于不能与亲人重逢引起的。

砌下落梅如雪乱,拂了一身还满——砌,台阶。落梅,指白梅花,开放较晚。江南梅花有很多品种,在寒冬时节竞相开放,惟有白梅开得较晚,到仲春时开始凋落。这两句写作者久立梅下,思念北方的七弟,任凭白梅片片落下。"拂了一身还满",即写梅花落英缤纷,又暗寓愁思如此,刚下眉头,又上心头。

雁来音信无凭,路遥归梦难成——古代有凭借雁足传递书信的故事,《汉书·苏武传》:"天子射上林中,得雁,足有系帛书。"故见雁而想所思之人。北方的大雁飞到了南方,但带不来七弟的音信,所以对雁也产生了怨恨。在古人传说中,鱼雁能传书,而如今,雁来,信没来,所以说"无凭"。那就在梦中想像七弟能归来吧!但路途遥远,在梦里也不见七弟归来。梦的成否,原不在乎路的远近,却说路远以致归梦难成,语婉而意悲。

离恨恰似春草,更行更远还生——这句是写愁名句,我与七弟的离别之恨,就像春天的野草,满山遍野都是。无论你走到哪里,走得再远,也有野草丛生,那就是我的愁、我的恨。

"砌下落梅如雪乱,拂了一身还满",塑造了一个思人的愁苦形象,逼真动人,突出一个"乱"字,既写出了主人公独立无语却又心乱如麻,也写出了触景伤情、景如人意的独特感受,用生动的比喻把愁情说得明白如见。前有"拂"字,显示主人公有抑制念头之举,但一个"满"字,却把主人公那种无奈之苦、企盼之情、思念之深刻画得至真至实。

"雁来音信无凭,路遥归梦难成",写的违背常理,却恰恰说明愁深。人做梦无所谓路途远近,再远的地方在梦中也能到达,而作者却说路遥归梦难成,可见作者多么怨恨路遥阻隔了兄弟两人。

最后两句以春草象征离愁绵绵不断,形象贴切,寓意丰富。犹如《楚辞》句:"王孙游兮不归,春草生兮萋萋",写的是闲愁,而作者却写的是真愁、大愁、深愁。以春草喻离愁在李煜之前已多有之,如古诗"青青河边草,绵绵思远道",白居易《赋得古原草送别》:"离离原上草,一岁一枯荣。野火烧不尽,春风吹又生。远芳侵古道,晴翠接荒城。又送王孙去,萋萋满别情。"都写了离愁之意,但李煜此词用正反相生来比喻,却别有新意,韵味悠长。正如俞平伯《论诗词曲杂著》所说:"于愁则喻春水,于恨则喻春草,颇似重复,而恰似一江春水向东流,以长气一句直下,更行更远还生,以短语一波三折,句法之变换,直与春水春草之姿态韵味融成一片。外体物情,内抒心象,岂独妙肖,谓之入神也。虽同一无尽,而千里长江,滔滔一往,绵绵芳草,寸接天涯,其所以无尽则不同尽也。词情调情之吻合,词之至者也。"

全词语言明净自然,意境悲婉,以离愁别恨为中心,上下两片浑成一体而又层层递进,感情的抒发和情绪的渲染都十分到位。作者手法自然,笔力透彻,尤其在喻象上独特别致,有感人的艺术力量。

采桑子

宋太祖开宝四年(971),赵宋王朝灭南汉,紧逼南唐。据《南唐书·后主本纪》:"冬十月,国主闻宋灭南汉,屯兵于汉阳,大惧,遣太尉、中书令韩王从善朝贡,称江南国主,请罢诏书不名,许之。"在兄弟之中,李煜排行第六,从善排行第七,素来关系密切。据史书说,李从善到汴京后,赵宋王朝为之营造府第,封为南楚国公,赐以绝色宫女,实际上是将李从善作为人质软禁起来。李煜多次上书求归,都不允许。据《南唐书·后主本纪》:"开宝七年冬,遣使求南楚国公从善归国,不许。"

从词意看,这是一首秋怨词,写主人公悲秋伤怀、离情难寄的情态,当属李煜怀念七弟从善之作。明里写宫女怀念远方情人,实际是李煜写自己的忧愁,把自己的愁与宫女的愁相叠在一起来抒发。

词中的"几树惊秋",有的版本作"几树凉秋"。"旧雨新愁",有的版本作"昼雨新愁"。"回首边关",有的版本作"回首边头"。"九曲寒波不溯流",有的版本作"九曲寒波不沂流"。"上玉钩",有的版本作"在玉钩"。

　　辘轳金井梧桐晚,几树惊秋。旧雨新愁,百尺虾须上玉钩。
　　琼窗春断双蛾皱,回首边关。欲寄鳞游,九曲寒波不溯流。

辘轳金井梧桐晚,几树惊秋——辘轳,安装在井上的摇车,是汲水的工具。金井,宫苑中有雕栏的水井,是对井的美称。"辘轳金井",可以看出此词的写作地点在宫苑中。"梧桐晚",是具体时间,一天的傍晚。"几树惊秋",是写凉秋来临,让人有凋残的恐惧之感。这两句写看到晚间宫女汲水、秋风萧瑟之状,让人有惊秋之感。与王昌龄的《长信秋词》"金井梧桐秋叶黄"意境相同。

旧雨新愁,百尺虾须上玉钩——虾须,指帘子,因帘子用细竹编成,密如虾须。年年旧雨年年下,年年新愁年年生,又是一年秋雨来,更让人愁肠万断。宫女登楼凭窗卷帘远望,看到的是绵绵秋雨,一片朦胧,更加伤怀,更加思人。这两句明里是写宫女,其实有李煜自己的愁在里面。李煜与胞弟从善友好,而胞弟又不在身边,所以把自己的愁转接到宫女的身上,以宫女代言。

琼窗春断双蛾皱,回首边关——琼窗,华美的窗子。双蛾,双眉。边关,边塞关口。这两名明写离情,描述窗外景色已经变化,室内境况已经改观,而欢乐难再,亲人远在边关,自己望断秋波,无可奈何。实际上是写自己对胞弟从善的思念,胞弟不在身边,自己愁苦无聊,难对别人言说心中烦恼。

欲寄鳞游,九曲寒波不溯流——鳞游,游鱼。古人常用鲤鱼传书的故事代指书信。溯流,逆流而上。想给弟弟从善遥寄书信以倾诉衷情,可弟弟却在寒波的上游,难以委托鲤鱼逆流而上。这句表现作者的绝望之情。

写作地点在宫苑,时间是秋天。有明暗两个形象,明里是宫女怀人,实际是写自己思念胞弟而又无可奈何的愁苦。

词的下片将宫女触景生情、凭窗远眺、满腹愁怀的情状,表现得淋漓尽致,一字一泪,委曲感人。

全词写景与写情交相辉映,紧密结合,既有正面描写,也有侧面烘托,既有情状,也有气氛,是一曲哀婉深沉的悲歌。

谢新恩

这首词写的是欢乐宴会之后的人去楼空,陡然冷落。从全词内容看,没有了往昔的狂欢,字里行间预示着国势不妙,当是李煜在位后期的作品。

庭空客散人归后,画堂半掩珠帘。林风淅淅夜厌厌。小楼新月,回首自纤纤。　　春光镇在人空老,新愁往恨何穷。金窗力困起还慵。一声羌笛,惊起醉怡容。

庭空客散人归后,画堂半掩珠帘——首句描写一场宴会刚刚结束,制造了一种特定心境下的特定氛围。第二句写欢聚之后的陡然冷落,殿堂如画,何其华丽,而人却半掩珠帘,没有心劲。庭院顿时空寂死静,令人难耐。

林风淅淅夜厌厌——淅淅,指风声。厌厌,漫长的样子。《诗·湛露》:"厌厌夜饮,不醉无归。"这是通过环境描写衬托人物心情。园林里的风低低哀鸣,夜是那样地长,令人生厌。

小楼新月,回首自纤纤——纤纤,形容新月纤巧。鲍照《玩月城西门廨中》诗:"始见西南楼,纤纤如玉钩。"这两句写夜长人烦,难以入睡,回头看小楼上升起的一弯新月,如今只剩下一牙如钩,说明夜已很深了。

春光镇在人空老,新愁往恨何穷——镇在,常在。唐太宗《咏烛》诗:"镇下千行泪,非是为思人。"春光年年常在,而人却一天天地老了,物是人非,新添的愁,往昔的恨,怎么就这么多,无穷无尽,人怎么能忍受得了呢?

金窗力困起还慵——这是写早起时的懒态。一夜忧烦,没有睡好,所以早晨就显得身困无力,赖在床上,不想起身,不想干别的事。

一声羌笛,惊起醉怡容——正当此际,突然从远处传来一阵幽怨深沉的羌笛声,那样令人心惊,那样令人忧伤,惊得人一脸醉容顿时消失。羌,中国古代少数民族之一,原住青海、四川、新疆一带,东汉时移至甘肃一带。笛为羌族乐器。据东汉马融《笛赋》所载:"近世双笛从羌起,羌人伐竹未及已。龙鸣水中不见已,截竹吹之声相似。"羌笛音乐多有悲怨之意,故在古代诗词中屡屡出现,用以表悲情。如:"羌笛何须怨杨柳?春风不度玉门关。"

上片以环境状人物心情,很有特色。"半掩珠帘"、"林风淅淅"、"夜厌厌"、"小楼新月",字里行间,都刻画的是人物对自然环境的感受,是人物孤寂心理的物化。客散人去后,庭院空寂,夜月冷清。从词意看,应是秋景;从写法上看,以空起,以静收,情绪气氛浓,直抒胸臆淡,有空灵剔透之特色。"林风淅淅夜厌厌",与冯延巳《长相思》词中的"红满枝,绿满枝,夜雨厌厌睡起迟",懒态相似,心绪相似。

下片写主人公春晨睡起后的感愁伤恨之情。春光依然明媚,人却空然老去,去年的秋恨与今年的春愁怎么就这样无穷无尽。过去有人认为这首词是在收集整理时由两个半首词合成的,如《全唐诗》云:"李后主《临江仙》前后两调,各逸其半。"这种观点是非常错误的。这首词是由去年的秋恨写到今年的春愁,这可从"新愁往恨何穷"中得到印证。往恨是何?新愁为谁?不一定有实指,但排除不了实指。小儿仲宣、爱妻娥皇的病逝,爱弟从善被北宋王朝扣留难归,国势日衰而无策,宋兵紧逼而无力退敌,都在新愁往恨之中。想到这些,情绪愈发低沉,心情更加郁闷。最后两句陡然一转,如晴空一声惊雷,震起了酣睡人。"一声羌笛惊起",形象地传达了人物此时心理的脆弱。

临江仙

《西清诗话》云:"后主围城中作此词,未就而城破。尝见残稿,点染晦昧,心方危窘,不在书耳。"并引宋太祖语曰:"李煜若以作诗工夫治国事,岂为吾虏也!"从词意看,这段话是说得有道理的。全词情绪低迷,心意昏乱,悲叹之声,近乎哀鸣,可看出是对大祸将临时的恐惧。依此,此词当是李煜于开宝八年(975)春夏在围城中所作,仍是一首春怨词,借怨妇之口传达自己的无奈和愁恨之情。

樱花落尽春归去,蝶翻金粉双飞。子规啼月小楼西。玉钩罗幕,惆怅暮烟垂。　　别巷寂寥人散后,望残烟草低迷。炉香闲袅凤凰儿,空持罗带,回首恨依依。

樱花落尽春归去,蝶翻金粉双飞——樱花是春的代表,在李后主词里,多以樱花代春。如今,樱花全落完了,春天已经过去了,而蝴蝶却翻动着翅膀上金黄色的鳞粉,成双成对地飞舞。睹物思人,人却形只影单,不能成双。

子规啼月小楼西——子规,即杜鹃鸟。古代传说蜀帝杜宇为人所害,死后其魂化为杜鹃,常在春末出现,啼声十分凄厉。这句说,从小楼西边传来了杜鹃哀怨的啼叫声,令人十分伤感,尤其在月儿西斜的夜深时分,更显得气氛恐惧。

玉钩罗幕,惆怅暮烟垂——丝织的帘幕,玉做的钩带,如今也看不出华丽了,因为人的心情已完全变样了,极写人在暮烟下垂之际的无限惆怅。这两句,一作"画帘珠箔,惆怅卷金泥"。

别巷寂寥人散后,望残烟草低迷——第一句一作"门巷寂寥人去后"。别巷,指别殿。这两句说,宫殿里一片寂冷,没有了往昔的欢情,人已经走光了,大有树倒猢狲散、飞鸟各投林之感。别人可以走,而我却久久地凝视着远处模糊不清的烟草,心如刀割。

炉香闲袅凤凰儿,空持罗带,回首恨依依——香料还在燃烧着,袅袅升起的烟雾,形状犹如凤凰儿,在飞来飞去。望着它,我心绪混乱,手拿着罗带,不知该做些什么。回首往事,无限感慨,已没有了欢乐,只有愁恨久拂不去。这三句《墨庄漫录》或补为"何时重听玉骢嘶,扑帘飞絮,依约梦回时",或补为"闲寻旧曲玉笙悲,关山千里恨,云汉月重规"。

此词词意甚哀,与李煜前期词大不相同,说它作于亡国时,是可信的。词里所表达的繁华已逝、欢乐不再,确实透露出大势已去的信息,从中可以想见作者的哀伤。"惆怅暮烟垂"、"子规啼月小楼西"、"望残烟草低迷",都是令人伤心的词句,也是此词表情的核心句,从中可以推断出写作此词时的心境。

词的上片由写景起笔,点明时间在暮春,地点在宫闱,营造出一种春尽无归、独处伤怀的氛围,暗示主人公的忧愁情态,也昭示出全词的主旨和思路。"子规啼月小楼西"、"樱花落尽春归去",都是用典寓意国将亡。古代传说失国的蜀帝杜宇,被其相开明所逼,逊位后隐居山中,其魂化为杜鹃。经常于夜间鸣叫,令人生悲,故古人有"杜鹃泣血"之说。白居易《琵琶行》诗句"其间旦暮闻何物?杜鹃啼血猿哀鸣",就是写这种愁恨。古代又有帝王以樱桃献宗庙的传统,《礼记·月令》记载:"仲夏之月,天子以含桃先荐寝庙。"此处用樱桃难献宗庙、杜宇失国两个典故,写伤逝之情和亡国的预感,用心良苦。

下片写孤苦伶仃之意。"望残烟草低迷",是借"烟草"喻愁恨之多,宋代贺铸词中的"试问闲愁都几许?一川烟草,满城飞絮,梅子黄时雨",与李煜此词同,都是以"烟草"喻愁多。"炉香闲袅凤凰儿",是由远及近,由外及内,写室内景色,暗示主人公情迷意乱,一个孤苦无依的忧人形象呼之而出。

全词意境由恨而生,由恨而止。语言极其哀婉动人,诚如陈廷焯《别调集》中所云:"低回留恋,婉转可怜,伤心语,不忍卒读。"《隐居通议》卷十一在评价李煜此词时说:"汉高帝大风之歌曰:大风起兮云飞扬,威加海内兮归故乡,安得猛士兮守四方。宋太祖咏日出之诗曰:欲出未出红剌剌,千山万山如火发。须臾推出大金盆,赶退残星逐退月。陈后主之诗曰:午醉醒来晚,无人梦自惊。夕阳如有意,偏傍小窗明。南唐李后主之词曰:樱桃落尽春归去,蝶翻轻粉双飞。又曰:门巷寂寥人去后,望残烟草低迷。合四君所作而论之,则开基英雄之主与亡国衰弱之君,气象不同,居然可见。"这段评语的确说中了要害,"气象不同"四字,正是对李煜前期词的全面概括。

北宋时期

破阵子

题解

据史载,宋太祖开宝八年(975)冬,宋将曹彬攻破南唐都城金陵,后主肉袒而降。第二年春正月,他和小周后一起被押解至宋都城汴京。宋太祖因其抗诏不朝及出师抗拒,封他为违命侯。在被押解北上的渡口,他回首故国,泪如泉涌,口吟七律一首:"江南江北旧家乡,四十年来梦一场。吴苑宫闱今冷落,广陵台殿已荒凉。云笼远岫愁千片,雨打归舟泪万行。兄弟四人三百口,不堪回首细思量。"到达汴京后不久,他即写了这首《破阵子》词。他曾给故旧写信说,"此中日月,只是日夕以眼泪洗面",说明他过着屈辱的俘虏生活。这首词是他刚当俘虏时的生活写照,词中回忆了南唐故国的历史和告别祖庙的情景,抒发了亡国之恨。也就是从此时起,他的词风有了很大的转变。

四十年来家国,三千里地山河。凤阁龙楼连霄汉,玉树琼枝作烟萝,几曾识干戈! 一旦归为臣虏,沈腰潘鬓消磨。最是仓皇辞庙日,教坊犹奏别离歌,垂泪对宫娥。

四十年来家国,三千里地山河——开头两句,从大处落笔,总结了故国的历史以及故国的疆域。南唐从开国到灭亡共38年,国境包括现在江苏、安徽、江西、福建一带,约三千里方圆。和他写的《渡江诗》:"江南江北旧家乡,四十年来梦一场"是一个意思。

凤阁龙楼连霄汉,玉树琼枝作烟萝——这是写南唐宫廷的华丽高大。刻画着龙凤图案的楼阁,极其高大,几乎连接到了九天银河。宫廷内外的树林,极其美丽,如同琼玉,密密麻麻,如同烟雾。陆游《南唐书》:"元帝于宫中作大楼。"《景定建康志》载,"南唐宫中旧有百尺楼、绮霞阁"。

几曾识干戈——是词人对诗酒美人生活的沉痛反思,他生于深宫之中,长于妇人之手,未经过战乱,哪里认识过兵器呢?这确实是李煜的真心话。

一旦归为臣虏,沈腰潘鬓消磨——沈腰,据《梁书·沈约传》沈约致书好友徐勉:"老病百日数旬,革带常应移孔,以手握臂,率计月小半分。以此推算,岂能支久?"意思是说他一天天消瘦,行将死亡。后人遂以沈腰代指消瘦。潘鬓,西晋潘岳是美男子,他在《秋兴赋》中说"斑鬓发以承弁兮",后人以潘鬓代指衰老。这两句李煜以沈腰潘鬓自喻,来说自己自从当了俘虏后,度日如年,一天天消瘦衰老,痛苦不堪。

最是仓皇辞庙日,教坊犹奏别离歌,垂泪对宫娥——辞庙,辞别祖宗灵庙,即将北迁入宋。教坊,宫中掌管舞乐的机构。这三句是写自己被迫北上告别宗庙时的伤心情景。最让人伤心的是那天匆匆忙忙的告别宗庙,教坊里还为我演奏着别离的歌曲,我与朝夕相处的宫娥们含泪相对,无语而别。

这首词作于李煜刚亡国当俘虏时,他的心情还难以平静。一下子由帝王之尊变成了俘虏之辱,可想而知他日夜难眠。这首词真实地反映了他当时的情状。

只有当了俘虏后,他才开始了对自己过去过错的反思。"几曾识干戈"就是反思。据王铚《默记》记徐铉见后主:"铉遂径往其居,望门下马。但一老卒往报。徐入立庭下久之,老卒遂入取两椅子相对。铉遥见谓卒曰:但正衙一椅足矣。顷间,李主纱帽道服而出,铉方拜,而后主遽下阶引其手以上。铉告辞宾主之礼,主曰:今日岂有此礼。徐引椅稍偏乃敢坐。后主相持大哭乃坐。默不语,忽长吁叹曰:当时悔杀了潘佑、李平。"陆游《南唐书·潘佑李平传》记二人多次上书力谏后主不要作乐误国,有云:"陛下力蔽奸邪,曲容谄伪,遂使家国暗暗如日将暮。古有桀、纣、孙皓者,破国亡家,自己而作,尚为千古所笑。今陛下取则奸回,败乱国家,不及桀、纣、孙皓远矣。后主怒,意潘佑素与李善,乃收李平属吏;并使收佑。佑闻命自到。系平大理狱,缢死。"李煜亡国后,想起二人对自己的苦口良言,想起自己淫逸误国,悔恨的心情油然而生。还有,据陆游《南唐书·后主本纪》中记载:"后主以军旅委皇甫继勋,机事委陈乔、张洎,又以徐元瑀等为内殿传诏。而遽书警奏日夜狎至,元瑀则屏不以闻。王师屯城南十里,闭门守陴,后主犹不知也。"群臣都知亡国在即,而李煜却听信张洎等人胡言,益自安,昏庸至此,国焉能不亡?国破之后,李煜进行了彻底的反思,"几曾识干戈",就是反思后深刻的自责和悔恨。今人白苹洲评价说:"这一句,使上片结论,有猛然顿住、令人惊醒之感。虽为哀痛之语,却不乏千钧之力。虽听之突兀,但感之自然,可见作者倚声作句之精熟和自如。"

"垂泪对宫娥",是最凄楚、最惨痛、最断肠的词句。相视无语,惟有泪千行,是一个很好的形象写照,李煜身上那种特有的文人情怀和声色之恋显露无遗。难怪苏轼在《东坡志林》中批评他:"后主既为樊若水所卖,举国与人,故当恸哭于九庙之外,谢其民而后行,顾乃挥泪宫娥,听教坊离曲哉!"其实,"垂泪对宫娥",也有悔恨在其中,只能向宫娥默默表达。

王国维《人间词话》和吴梅《词学通论》中曾评说:"其辞脱口而出,无一矫揉装束之态。以其所见者真,所知者深也。""二主词,中主能哀而不伤,后主则近于伤矣!然其用赋体不用比兴,后人亦无能学者也。"李煜此词语言浅近,明白如话,正体现了言浅意深的风格。

虞美人

虞美人,唐教坊曲名。最初是咏项羽宠爱的虞姬的,后成为词牌名。这首词当是李煜被俘后所做的,词里有"竹声"、"笙歌",与宋人王铚《默记》记载相同。《默记》说,"后主在赐第因七夕命故伎作乐,声闻于外,太宗闻之大怒",说明李煜在囚徒生活中还是有乐人相伴的。依词意看,充满着往事不堪回首的怨愁情思,借伤春抒发怀旧之情,也是刚当俘虏后到汴京的生活写照。

风回小院庭芜绿,柳眼春相续。凭阑半日独无言,依旧竹声新月似当年。　　笙歌未散尊罍在,池面冰初解。烛明香暗画楼深,满鬓清霜残雪思难任。

风回小院庭芜绿,柳眼春相续——芜,丛生之草。柳眼,柳树发芽。李商隐《二月二日》诗:"花须柳眼多无赖,紫蝶黄蜂俱有情。"这二句写春风回来了,小院里庭台上的小草又转绿了,柳树也发芽了,春天相继陆续来到了,一片风光旖旎的景象。

凭阑半日独无言——心情却与春色极不相称,这是因为词人已沦为囚徒,心情悲凉,实在是有恨难言,不如不言,久久发呆。

依旧竹声新月似当年——竹声,乐器声。既然有恨难言,那就在歌乐声中消磨时光吧。所以一直熬到夜里,才与乐工们一起演奏音乐,像当年在南唐宫廷一样,月光下的乐器声美妙而动听。

笙歌未散尊罍在,池面冰初解——尊罍,盛酒的器具。歌舞还在弹奏着,有美酒佳酿助兴,有春回地暖池面如洗的美好景色,也可以聊慰一下我的愁怀。

烛明香暗画楼深,满鬓清霜残雪思难任——到了夜深人静时分,诗人举着明烛,揽镜自照,只见满头白发如秋霜冬雪,一下子苍老了许多,怎能让人忍受得了这种愁思之苦呢?

这首词可与他的另一首《虞美人》"春花秋月何时了"对照着读,都是写囚徒生活,都是写亡国之恨、故国之思,字里行间都浸透着怨恨之情。

词里把美丽的景色与词人未老先衰的境况作一对比,形成强烈的反差,从而突出了人物复杂矛盾的心理状态。还有过去与现实的对比。俞陛云说"此词上下段结句,情文悱恻,凄韵欲流,沉痛而味厚,殊耐咀嚼",的确是总结到了点子上,上下段结句也正好形成今昔对比。

词的上片,通过写春景以引起对往昔生活的回忆。"春相续"三字,把今年的春天往前推移,推到了当年那个"竹声新月"的春夜,那时还是一国之君,还享受着故国美好的春景和美妙的音乐。所以说,眼前的春光图越是生机勃勃,耳中的竹乐声越是愉悦动听,越能激发起对往昔生活的怀恋,这就是为什么要"凭阑半日",为什么"独无言"。以景起笔,以情收束。

下片由回忆回到现实情景。"烛明香暗画楼深",既是指夜深之时,也是喻孤独情思无法自禁。揽镜自照,鬓发苍白,如同霜雪,年已衰老,极度忧伤令人难以承受。这是全词的点题之句,也是全词中最具情感震撼力的一句,几乎到了欲发狂的地步。

全词描写生动,意象感人,由看春而伤春,由伤春而怀旧,由怀旧而发怨,由发怨而抒恨,随着时间由初夜到深夜,情感也层层递进,最后达到了喷薄的最高峰。

忆江南

忆江南,《乐府杂录》谓唐李德裕为亡姬谢秋娘作,本名《谢秋娘》,后改为此名,玄宗时教坊已演奏此曲。晚唐时白居易亦有《忆江南》词传世。李后主此词是写被囚时梦忆江南，通过对往昔生活的追忆，抒发作者的故国之思和亡国之痛，词意与词牌名完全相同。

　　多少恨，昨夜梦魂中，还似旧时游上苑，车如流水马如龙，花月正春风。

　　多少恨，昨夜梦魂中——梦魂，古人认为人在睡梦中灵魂会离开肉体，故称梦魂。刘希夷《巫山怀古》诗："颓想卧瑶席，梦魂何翩翩。"这两句说只有梦是自由的，谁也囚禁不了。虽然我过着囚徒生活，有苦难言，有恨难抒，但昨夜在梦里，我把自己的一腔怨恨都发泄了个够！

　　还似旧时游上苑，车如流水马如龙——上苑，皇家园林。第二句语出《后汉书·马后纪》："前过濯龙门上，见外家问起居者，车如流水，马如游龙。"司马光亦有诗云："车如流水马如龙，花市相逢咽不通。"李后主此词也一样，极言车马之盛。这两句写往昔在皇家园林里赏春时的盛况。

　　花月正春风——现在亦是花春季节，而人却由皇帝变成了囚徒，所以才有"多少恨"，才有家国兴亡之恨。

　　李煜在此词的后三句极言往昔赏春的盛况，并不是为了向人显示帝王的高贵，恰恰相反，是对"多少恨"的注解，是对往昔不思治国沉于享乐的悔恨心情。在《南唐二主词辑述评》中俞陛云说后两句"为时传诵，当年之繁盛，今日之孤凄，欣戚之怀，相形而益见"。的确，用极少的语言，表现万千的情绪，艺术性是很高的。

　　李煜降宋后，悔恨长伴，追忆不断。他的恨有许多方面，这首词的"恨"当是悔恨往昔过于奢华安逸，以致误了国事。这从"车如流水马如龙"这个典事中可以得到印证。据《后汉书·孝章皇帝纪》记载："建初二年太后诏曰：吾万乘主，身服大练，食不求甘，左右旁人无香熏之饰，衣但布帛，如是者欲以身率服众也。前过濯龙门，见外家车如流水马如龙，吾亦不遣怒之，但绝其岁用，冀以默愧其心。"马太后身为国母，尚轻衣简食，生活简朴，而皇戚们却车水马龙，异常奢侈，所以马太后决定断绝他们的薪俸，以使其悔悟。这个典故的含意李煜当深切明白，用在这里自有寓意，对自己当年的安于奢丽、偏于闲逸的生活有检讨悔恨之意。

　　作者以反写正，以乐写悲，以欢情写悔恨，以梦境写现实，今昔对比形成巨大反差，但也寓含了极深的用意，所以回味无穷，耐人深思。

忆江南

题解

这首词是一首哭词、泪词,与上一首词牌名相同,内容也相同,都是抒写因禁生活中的愁苦和幽恨。

多少泪,断脸复横颐!心事莫将和泪说,凤笙休向泪时吹,肠断更无疑。

新解

多少泪,断脸复横颐——颐,脸面。词以"多少泪"发问,既是自问,又是自叹。泪水昼夜流,正符合李煜被俘后对旧臣所说的话"此中日月,只是日夕以泪洗面"。泪珠源源不断,刚从脸上擦去了,转眼间又泪流满面。

心事莫将和泪说,凤笙休向泪时吹——和泪说,一边流泪,一边述说。这两句是说更让人难以忍受的是,满腹心事却无法向人诉说。因为他这时过着监禁生活,宋政权对他的防范是很严密的,所以他只能把怨恨埋在心里。凤笙,刻着凤凰图案的乐器。乐器也不要在流泪时吹奏,越吹越伤心,越吹泪越多,还是不吹吧。

肠断更无疑——我确实相信,我的确因悲伤而肝肠寸断了,因为恨太多了,泪太多了,怎能不断肠呢?

新评

"断脸复横颐",一个"复"字,把泪水涟涟、持续不断的情景生动形象地再现了出来。这句一作"沾袖复横颐",也是很好的句子,也很生动。

"凤笙休向泪时吹",与他父亲写的"小楼吹彻玉笙寒"有相似之处,不过其父写的是闲愁,李后主却写的是真愁大恨。唐白居易《长恨歌》:"行宫见月伤心色,夜雨闻铃肠断声",写唐明皇闻铃而肠断,与此处李煜闻笙而落泪是相同的。王国维在《人间词话》中说"词至李后主而眼界始大,感慨遂深,遂变伶工之词而为士大夫之词",说得很有道理。李煜只有在做了俘虏后,词的境界才开始开阔,才有了深度。

《忆江南》"多少恨"用的是以反写正的艺术手法,以乐来反衬苦,笔意婉曲。这首词则不同,是直笔明写,直抒胸臆,直吐愁恨,因而愈见沉痛。"多少泪"三字,写的是什么"泪"呢?李煜不愿明说,"心事莫将和泪说",就是不想告诉别人。据史书记载,旧臣徐铉看望李煜时,"后主相持大哭,长吁叹曰:当时悔杀了潘佑、李平"。这次流泪是悔恨误杀忠臣,以至国破家亡,这没有什么不可说的,不符合"心事莫将和泪说"的含义。另据《江南录》云:"李国主小周后随后主归朝,封郑国夫人。例随命妇入宫,每一入,辄数日。出必大泣,骂后主,声闻于外。后主多宛转避之。""后主归朝后与金陵旧宫人书云:此中日夕,只以眼泪洗面。"自己的爱妻小周后多次被召入宫数日才放出,出必大泣,此中情形不言而喻,李煜受此奇耻大辱,自然比亡国之恨更深了一层,刻骨铭心,但又毫无办法,自己无力保护小周后,所以才日夕以泪洗面。由此而知,此词的"多少泪",此词所言"心事",即是指小周后受辱一事。

忆江南

这首词写的是江南美景,是俘虏生活中对故国的思念。写春色迷人,江南正是赏花季节,一片诱人景象。词里情绪较为和缓,该词作于去掉违命侯改封陇西公之时。据《宋史·李煜传》记载:"太宗即位,始去违命侯,加特进,封陇西国公。"李煜于太平兴国二年(977)改封陇西国公,此词当作于是时。

闲梦远,南国正芳春。船上管弦江面绿,满城飞絮滚轻尘。忙杀看花人。

闲梦远,南国正芳春——一个"闲"字,写出了此时的心理变化,与前两首的"多少恨"、"多少泪"有了区别。心里稍微平静了,才能做闲梦。在梦中梦见了千里之外的故国,正是浓春季节,芳香袭人,南国该是一片什么景象呢?

船上管弦江面绿,满城飞絮滚轻尘——这是对南国景象的正面描写。江水清清,江面碧绿,水色多好啊!而更迷人的是江面上的游船,船上管弦齐奏,仙乐飘飘,水与人浑然一体,动与静和谐相处。而城里人还在驾着马车,源源不断地来观赏春色,你看,满城里柳絮随风翻舞,车马过处,轻尘远扬。

忙杀看花人——这才写到了人。大好春光,怎肯空负,所以红男绿女们扶老携幼,目不暇接,四处欣赏各色各样的花朵。真是出门尽是看花人,莫将春色自放流。

"闲梦远"三字,正是以乐景写哀情,以苦景写乐事,情态虽然悠游自在,但可以看出作者是苦中寻乐,这与他后来写的"梦里不知身是客,一晌贪欢"意思相同。后主后期词,多写梦境,在梦中寻找一丝欢乐,这是值得读者注意的。

"芳春"是对"闲梦"的注解,说明梦里的内容。一个"正"字,把读者带入了南国芳春的美妙境界。

"忙杀"二字用得极妙,写出了看花人的神态,也写了南国春色,内容极丰富,怎么看也看不够。无限美景,尽在不言中。

全词以闲梦起笔,以春景收笔,愁情苦意尽寓于阳春美景之中,草草数笔,含意无穷。正如陈廷焯《别调集》所云:"寥寥数语,括多少景物在内。"此词与前两首《忆江南》相比,凄厉之音稍缓,当与后主的境况稍略改善有关。据《后主本纪》:"后主自言其贫,宋太宗命增给月俸,仍予钱三百万。太宗尝幸崇文院观书,召后主及南汉后主令纵观,谓后主曰:闻卿在江南好读书,此简策多卿旧物,归朝来颇读书否?后主顿首谢。"去掉了具有讽刺意味的"违命侯",改封陇西国公,又增加了薪俸,还能观看南唐旧书,这种境况当然较前有了好转,所以才有情绪的缓解,才有词里的"闲梦"。

忆江南

这首词与前三首《忆江南》所写春景不同,写的是江南秋景。后主在囚俘生活中,有更多的时间回忆往事,反省自我。这首词虽不十分凄厉,但仍有淡淡哀愁在里面。

闲梦远,南国正清秋。千里江山寒色暮,芦花深处泊孤舟。笛在月明楼。

闲梦远,南国正清秋——清秋,深秋。杜甫《宿府》诗:"清秋幕府井梧寒,独宿江城蜡炬残。"一个"清"字,定下了这首词的基调。秋色本也有可爱之处,但作者选择的是凄清的秋天景象,可见仍有难解的愁绪。

千里江山寒色暮,芦花深处泊孤舟——芦花,芦苇花絮。隋江总《赠贺左丞萧舍人》诗:"芦花霜外白,枫叶水前丹。"这两句堪称写秋名句。极目南国的千里江山,在黄昏里,一片寒色,令人心冷。这正是深秋的萧条肃杀,让人心境凄凉。而在江里的芦花深处,却有一叶孤舟在漂泊着。孤舟上的人,是在欣赏秋色呢?还是有伤心事呢?不得而知,给读者留下了无限的思考。

笛在月明楼——这是写秋夜里的景物,以明月下的笛声来倾诉心中的哀愁,更让人体会到了无穷的意味。

陈廷焯在《别调集》评价李煜《忆江南》词时说:"寥寥数语,括多少景物在内。"的确,此词以景物状秋,很有特色。"寒色"、"芦花"、"孤舟"、"月明",都是让人不寒而栗的秋物。

"千里江山"二句,出现了芦花深处孤舟人,让人有迷茫朦胧之感,可以引出无穷的想像。景色迷茫,正反映了词人心中的迷茫。

结句对月怀人,感慨极深。这与张若虚《春江花月夜》"谁家今夜扁舟子,何处相思明月楼"的意境相同。"笛在月明楼",由景及人,把前面的空景用有人的画面来接续,把眼见的凄凉秋色用耳听的哀怨笛声来充实,时空转换,韵味无穷。笛声清凉委婉,向来有思旧感怀的用意。如向秀《思旧赋》:"听鸣笛之慷慨兮,妙声绝而复寻。"杜甫《吹笛》诗:"吹笛秋山风月清,谁家巧作断肠声。"王昌龄《从军行》诗:"更吹羌笛关山月,无那金闺万里愁。"李煜自己词中也有"琼窗梦笛残日,当年得恨何长"。笛声向来与秋风明月紧紧融合在一起,写孤独寂寞、愁恨悠长之情怀。此词也以此收语,词意毕显,寓意深刻。

全词以闲梦起笔,以笛声收意,把万语千言都倾注在"笛在月明楼"五个字中,确实收到了言有尽而意无穷的艺术效果。

浣溪沙

从词意看,悲凉凄苦,怅恨难消,当属李后主亡国后不久所作。他在囚禁之所登临眺望,感慨万千,泪下沾衣,引起无限的忧愁,遂写词以抒发感慨之情。

转烛飘蓬一梦归,欲寻陈迹怅人非。天教心愿与身违。
待月池台空逝水,荫花楼阁漫斜晖。登临不惜更沾衣。

转烛飘蓬一梦归——转烛,谓燃烛一根转接一根,喻时间消逝极快。杜甫《佳人》诗:"世情恶衰歇,万事随转烛。"飘蓬,随风飘扬的枯草,此处喻人生漂浮不定。这句词人感叹人生有如飞蓬,飘忽不定,时光易逝人易老,好像一场大梦一样,最终都将归于无有。这句是全词的宗旨,奠定了其抒愁的基调。

欲寻陈迹怅人非——陈迹,往昔的事情,遗留下的痕迹。我真想寻找一下往昔的事情,过去的踪迹,可到哪里去寻找呢?人已经不是过去的人了,过去是皇帝,如今是囚徒,真让人落寞惆怅啊!

天教心愿与身违——这都是天意,都是老天爷的安排,让我的内心所想与个人行为相违背。词人在这里,无法把造成目前处境的原因归咎于宋王朝,只好说天意如此,自己也认命了。

待月池台空逝水——自己百无聊赖,站在池塘台榭上,看着流水无情空自消逝。正如《论语》所言:"子在川上曰:逝者如斯夫!"以流水消逝来比喻人生变老。

荫花楼阁漫斜晖——荫花,此处谓楼阁高大,荫凉遮住了花朵。我依傍在开满鲜花的楼阁旁,注视着傍晚的阳光,眼前满是夕阳馀晖。

登临不惜更沾衣——登山临水,再也看不到往昔的身影,看不到故国的山河,我禁不住泪水沾湿衣襟,就让它痛快地流个够吧!

首句总领全词的主旨,"一梦归",正是"怅人非"的原因。刘过《醉太平》词:"思君忆君,魂牵梦萦。翠消香暖之屏,更那堪酒醒。"萨都拉《满江红》词:"六代豪华春去也,更无消息。空怅望,山川形胜,已非畴昔。思往事,愁如织。怀故国,空陈迹。"都可以对比着与此词来读。李煜词中也有"往事已成空,还如一梦中",都是写时光易逝、人生易老,人生如飞蓬转瞬变化无穷。上片三句是句句感慨,字字关情,总把自己的怀想与残酷的现实对照起来写,反差明显,想寻旧迹而人非,想了心愿而身违,这一切看来似乎是天意,自己只能在这凄苦寂寞的现实中无可奈何,而"转烛"、"飘蓬"四字充分烘托出这种难以泯灭的愁恨。

下片写黄昏时的萧索凄凉,尤其是"登临不惜更沾衣",与李清照的"物是人非事事休,欲语泪先流"、杜甫的"花近高楼伤客心,万方多难此登临"有相同的意味。"不惜"二字,含意极深,直抒胸臆,任凭泪流,有无限的伤情在里面,既写出作者亡国失家后必然的愁苦,也写出作者悔恨自责的复杂情怀。

子夜歌

这首词与上首词的语调、用词基本相同,都有"梦归"、"泪垂"、"高楼"、"一梦"等字样,可以看做是同时写的作品。这首词也寄托的是亡国的哀思和对囚徒生活的怨恨。即如马令《南唐书·后主书第五》注中所云:"后主乐府词云:故国梦重归,觉来双泪垂。又云:小楼昨夜又东风,故国不堪回首月明中。皆思故国者也。"

  人生愁恨何能免?销魂独我情何限?故国梦重归,觉来双泪垂。 高楼谁与上?长记秋晴望。往事已成空,还如一梦中!

【新解】

  人生愁恨何能免——这是自我安慰自我解脱之辞。人生在世,谁都有愁,谁都有恨,谁都免不了受愁恨的折磨。从常人常性入题,是一种铺垫,为下面的抒愁立下基调。

  销魂独我情何限——这就是在作对比了,同样是愁恨,别人都能慢慢忘记,唯独我让愁恨折磨得能销蚀掉魂魄,这悲情太多了,怎么也忘记不了。极写自己超越了常人常理,个人愁恨太多了,太独特了,别人难以理解。

  故国梦重归,觉来双泪垂——这就写到了自己愁恨之所以多的原因。怀念故国,怀念家乡,才惹起了我"双泪垂",才惹起了我"愁恨"、"销魂"。李后主后期词,一改前期儿女闲愁之态,凄厉之音不绝于耳,爱国主义贯穿始终,如"故国不堪回首月明中"、"四十年来家国"等。当然,他的爱国主义夹杂着对往昔帝王生活的怀恋,这是难免的。但毕竟是在反省,是在升华。

  高楼谁与上?长记秋晴望——这是对往昔生活的回忆,清清楚楚地记得,在秋光明媚的日子里,自己与心爱的人登楼远眺,共赏秋色。而如今,高楼无人再共上,是何等地无奈,何等地无望。

  往事已成空,还如一梦中——结句把愁恨推进到了极点,词人知道一切都成为空的了,因此发出了哀叹和呼号,今后只能在梦中与过去相会了,现实已一片死寂。

【新评】

  清代学者俞陛云评此词:"起句用翻笔,明知难免而我自销魂,愈觉埋愁之无地。"这评价很中肯,开首两句言自己与常人的愁恨不同,"销魂"二字正是血与泪的写照。"独我"二字语气透彻,词意深入,表现出只有作者才能体会出的悲哀和绝望。"故国梦重归",把前两句关于"愁恨"和"销魂"进一步具体化和个性化,"愁恨"和"销魂"也在此处找到了答案,原来皆是因思念故国而起。"觉来双泪垂",是现实情境的孤苦无奈,因此才"愁恨",因此才"销魂"。上片四句先果后因,先写现实情状,再交代引起情状的原因。

  下片以"高楼谁与上"发问,引出对往日成空、人生如梦的感慨! 宋代辛稼轩有词曰:"少年不识愁滋味,爱上层楼,爱上层楼,欲赋新词强说愁。而今识尽愁滋味,欲说还休,欲说还休,却道天凉好个秋!"正好能说明李煜此时的心情,过去的愁都是闲愁,如今的愁才是真愁,所以也就不上高楼赋愁了。

关于此词,马令在《南唐书》注解中说:"后主《子夜歌》词,有凄然故国之思。"《草堂诗馀》也说此词"梦觉语妙,那知半生富贵,醒亦是梦耶?"这种评价抓住了李后主词的要害。李煜的故国之思有着明显的个人特色,因为他曾经是帝王,所以他梦里多是"半生富贵"的内容。但细细品味,李后主词正因为有了这梦,境界才开始开阔,才有了真情,才有了感人的艺术力量。

乌夜啼

《乌夜啼》,又名《相见欢》、《西楼子》、《秋夜月》、《上西楼》等,唐教坊曲名,薛绍蕴始用作词牌名。这首词描写春残花谢的自然景象,借以喻指国破家亡和人生失意的无限愁恨,当作于在汴京囚俘时期,是一篇即景抒情的名作。

> 林花谢了春红,太匆匆。无奈朝来寒雨晚来风。胭脂泪,留人醉,几时重?自是人生长恨水长东。

林花谢了春红,太匆匆——林花,泛指一切林木草丛之花。谢,凋谢。这两句说转眼间,花草就凋谢了,红色就消失了,春天过得太快了。用林花衰落之速,隐指自己亡国之快。"匆匆"二字,含有无限语意。

无奈朝来寒雨晚来风——林花之所以凋谢得快,是因为有寒风苦雨的摧残;家国之所以灭亡得快,是因为赵宋大军的入侵打击,而这都是没有办法可以避免的事,无可奈何,只得如此。

胭脂泪,留人醉,几时重——"胭脂泪",既指春天的红色花朵与人告别时的惨态,又指当时国亡北迁时与宫女们告别的情态。胭脂泪原本指的是宫娥们的泪花,这令人想起他国破初写的词"最是仓皇辞庙日,教坊犹奏别离歌,垂泪对宫娥"。故国难以恢复了,自己也就无法与宫娥们重新相会了。

自是人生长恨水长东——人生就如同东逝的长江水,流去了就再也回不来了。此句把个人愁恨升华为所有人的人生普遍真理,是一种高度的概括。

新评

李后主在被囚禁时，经常遭受到宋帝的监视和呵斥，因此他不敢在词里直抒胸臆。此词的一个显著特色，就是他运用象征和比喻的手法来表达情意，抒写自己的家国之恨。如以"林花"自指，以"风雨"喻宋军事力量，以"胭脂泪"喻宫娥们的眼泪等。词里有企盼与人团圆之意，象征欲返故国之思，所以就有了哲理性。王国维对此词评价很高，他在《人间词话》中说："词至李后主而眼界始大，感慨遂深，变伶工之词而为士大夫之词。周介存置诸温、韦之下，可谓颠倒黑白矣！'自是人生长恨水长东'，'流水落花春去也，天上人间'，《金荃》《浣花》能有此气象耶！"《金荃》、《浣花》是温庭筠和韦庄的词，王国维说李煜的意境气象远在温、韦二人之上，周介存不识货。王国维可以说是独具慧眼，知人之论，温、韦二人词正如同后主前期词，只有闲愁，没有真恨。

词的上片写景，通过风雨摧花使之凋零的景物描写，寄予作者的感伤和情怀。下片抒情，抒发他哀往痛今的惆怅与怨恨。在语言运用上，一是明白如话，平直而入。诸如"林花谢了春红，太匆匆"等句，都是常语口语，却言浅意深，意在笔先，如同叹气，如同对话，暗有惜恋之情。二是善化他人诗句入词。如"胭脂泪"，化自杜甫"林花着雨胭脂湿"之句，以"泪"字代"湿"字，就有了新意。因为泪是人流的，这就有了人的身影，就用人情替代了花意，别具特色而哀艳异常。三是有叙有问，叙的是无奈之情，问的是难得之再聚。在叙述与发问都难以解怀的情状下，作者禁不住一声浩叹："自是人生长恨水长东。"今人周汝昌评价此句时说："问君能有几多愁，恰似一江春水向东流，其美中不足在恰似，盖明喻不如暗喻，一语道破如似，意味便浅。自是人生长恨水长东，恰好免去此一微疵，使尽泯比喻之迹，而笔致转高一层矣。"这个评价很有见地，指出了此词喻象明确却了无痕迹的特点。

浪淘沙

《草堂诗馀》在此词下题"怀旧"。《西清诗话》云："南唐李后主归朝后，每怀江国，且念嫔妾散落，郁郁不自聊。尝作长短'句帘外雨潺潺'云云，含思凄婉，未几下世。"今人唐圭璋认为："此词殆后主绝笔。"此词的具体写作时间虽难以确定，但可以肯定是亡国后的作品，抒写故国之思和失国之恨。

帘外雨潺潺，春意阑珊。罗衾不耐五更寒。梦里不知身是客,一晌贪欢。　　独自莫凭栏。无限江山,别时容易见时难。流水落花春去也,天上人间。

帘外雨潺潺,春意阑珊——潺潺,雨水的声音流态。柳宗元《雨中赠仙人山贾山人》诗:"寒江夜雨声潺潺,晓云遮尽仙人山。"阑珊,残尽。这两句点明了写作地点及时间。人在帘内,听着外面令人心烦的下雨声,无限悲伤,因为这雨声预示着春天快完了。

罗衾不耐五更寒——罗衾,丝绸被子。这既是写夜深,又是写心态。不单单是天气寒,人的心也寒。再厚的绫罗被子,也遮挡不住半夜时分的寒冷,实际上是自己内心太凄苦、太寒冷。

梦里不知身是客,一晌贪欢——一晌,片刻,一会儿。韩愈诗:"虽得一晌乐,有如聚飞蚊。"白居易诗:"无如饮此销愁物,一晌愁销值万金。"这两句写苦中之乐,在梦里我并不知道自己过着囚俘的生活,还依然是帝王的富贵之态,可是这欢乐只是暂时的、片刻的。因为在五更天我被寒冷冻醒了,回想梦中的情景,让人心如刀割,生不如死。

独自莫凭栏——这是对自己的嘱咐:一个人时千万不要去独自依栏远眺。为什么呢?下面紧接着解释原因。

无限江山,别时容易见时难——江山,指的是故国三千里江山。为什么要凭栏呢?为的是远眺故国山河。可故国山河却是容易离别,难以再见。既然见不到故国山河,为什么要凭栏呢?所以,独自莫凭栏。

流水落花春去也,天上人间——流水无情送落花,说明春天已经过去了,犹如两个世界,一个在天上,一个在人间,这实际是写自己。自己的人生际遇如同春天消逝,过去在天上过着的帝王生活结束了,如今过着人间的囚俘生活。

这是李煜囚俘生活中的一个片断,时间在春末,地点在自己的卧房,内容是抒写自己怀念故国的悲苦心情。

词的上片起意为倒叙,由醒后写梦中:梦里无比欢乐,在故国无忧无虑,醒来后才知道自己已是囚俘,只听见户外雨声潺潺,春色将尽,五更夜寒,原来自己只享受了一会儿的欢愉。词的下片主要是抒情,写梦醒后的无限感慨和忧愤,表现出对故国的无限怀念和对现实的深切绝望。"莫凭栏"的"莫"字用的极妙,同他词中的"心事莫将和泪说,凤笙休向泪时吹"的"莫"、"休"一样,语势起伏跌宕,将悲愤至极的情绪反语说出,令人有悚然之感。

全词语句平实,多用白描,直抒胸臆。陈锐《裛碧斋词话》中云:"李后主词'帘外雨潺潺',寻常白话耳。金元人亦说白话,能有此缠绵否?"说明此词的语言特色,是在平白直露中寓意深刻,曲折委婉。

李商隐《无题》诗云:"相见时难别亦难,东风无力百花残。"《颜氏家训·风操》中云:"别易会难,古今所重。江南饯送,下泣言离。北间风俗,不屑此事。歧路言离,欢笑分首。"这些句意翻用到李煜词里,就成了"无限江山,别时容易见时难",却更有了深意。作者在这里要"别"要"见"的是"无限江山",是故国山河,是家国大恨,而不是儿女离别之情,朋友告别之恨,所以他的怅恨超过常人。

"罗衾不耐五更寒。梦里不知身是客,一晌贪欢。"写梦与现实的反差,通过对比,来说明现实的残酷。同时又说明因果关系,正因为人醒了,才知道了梦里的内容。《南唐二主词汇笺》中评价此句时说:"绵邈飘忽之音,最为感人至深。李后主之梦里不知身是客,一晌贪欢,所以独绝也。"

"流水落花春去也,天上人间"是千古名句,个人生活如同春去不返,今昔对比有天壤之别,所以意境更为深刻。王国维认为这些词句"真所谓以血书者也","《金荃》、《浣花》能有此气象耶?"今人朱帘雨也评价说:"把天上和人间两词贴在一起,可悟出诗人遇际之迥异和急骤。水流、花落、春去、人亦将亡,合于一起做结句,足显绝望之烈、悲痛之剧,写宇宙人生之悲剧。"这些评语都不错,的确,结尾两句笔力千钧,气势纵横,奇绝隽永,堪称千古绝唱。

相见欢

此词在不同的版本里,调名或作《乌夜啼》。调名下有的题作"离怀",有的题作"秋闺"。这首词作于李后主亡国囚俘时,写秋夜愁思、别情难遣的凄婉心情,抒发了他沉痛的亡国之恨。《花庵词选》于调名下注云:"此词最凄惋,所谓亡国之音哀以思也。"点明了写作时间及写作特点。

无言独上西楼,月如钩。寂寞梧桐深院锁清秋。　　剪不断,理还乱,是离愁。别是一般滋味在心头。

无言独上西楼,月如钩——一副令人凄清的愁人形象。无言并不是不想说话,而是无人共语,无法向人倾诉愁情。所以就一个人登上西楼,呆呆地注视着天空中一钩弯月,暗自伤神。这与他别的词里所写的"独自莫凭栏"不一样,而是独自上楼了,独自凭栏了。"月如钩",是景,也是情。

寂寞梧桐深院锁清秋——秋色笼罩着栽满梧桐的寂静的院落。这是所处的环境与气氛。梧桐无所谓寂寞不寂寞,而是人寂寞。

剪不断,理还乱,是离愁——离愁真让人烦恼,犹如一团乱麻,怎么剪也剪不断,怎么理也理不清。这就犹如李白诗所言:"抽刀断水水更流,举杯浇愁愁更愁。"

别是一般滋味在心头——离愁的滋味,真是让人难以形容,难以描述。是苦,是酸,还是辣,谁也说不清,反正是让人难以忍受的滋味。

上片写景,依次点出人物、时间、地点、环境、气氛以及景中人物的心情心态,十分精炼形象。残月如钩,既写景,又抒情,象征他的悲凉心情。一个"锁"字,包含着无穷寓意,有他的现实处境在里面,他正是一个被"锁"的囚徒。下片直抒愁情,把离愁比作一团混水、一团乱麻,剪不断,理不清,也是历代写愁的名句。

黄昇《花庵词选》说:"此词最凄婉,所谓亡国之音哀以思也。"刘永济《词论》评价说:"纯作情语,比托情景中为难工也。此类佳者,如李后主:'剪不断,理还乱,是离愁,别是一番滋味在心头。'非至情不能道出,辞虽朴质亦不伤雅。"这首词的好处,是把写景与抒情浑然一体,景语即情语,情语即景语。"无言"是写人,所以"西楼"、"月如钩"、"寂寞梧桐"都是人对秋的观感,人对秋的感受。入秋梧桐落叶最早,所以用梧桐叶落来表示秋天已来临,来比喻事物衰败的征兆。《广群芳谱·桐》:"立秋之日,如某时立秋,至期一叶先坠,故云:梧桐一叶落,天下尽知秋。""锁清秋",与唐白居易《潜别离》"深笼夜锁独栖鸟,利剑春断连理枝"一样,都是写深院被清冷的秋色所笼罩。尤其后几句更是极好的艺术语言,是千古以来塑造得极好的离愁形象,细细体会,韵味无穷。近人俞陛云《南唐二主词辑述评》说:"后阕仅十八字,而肠回心倒,一片凄异之音,伤心人固别有怀抱。"可谓说中了这几句的妙处。

今人俞平伯评价此词时说:"虽上片写景,下片抒情,凄凉的气氛,却融会全篇。"的确,上片虽重在写景,但"无言"、"寂寞"都是人情,都是作者无以复加的愁苦之情。此词语言明白易晓,直露心意,感人至深,向来为人们所推崇。

乌夜啼

《乌夜啼》,又名《锦堂春》,唐教坊曲名。这首词是一首秋夜抒怀之作,从词意看,当写于囚俘生活中,内容是感于被俘后生活的忧苦不自由。

  昨夜风兼雨,帘帏飒飒秋声。烛残漏断频欹枕,起坐不能平。　　世事漫随流水,算来一梦浮生。醉乡路稳宜频到,此外不堪行。

  昨夜风兼雨,帘帏(wéi)飒飒秋声——兼,同有,还有。帘帏,用布做成的遮窗户的帐幕。飒飒,象声词,形容风吹帘帏发出的声音。这两句写出了时间、气候。此时正是秋深时分,窗户外传来了令人心烦的风声雨声,整整响了一夜,一直延续到过了午夜。秋声历来是愁苦人最怕听到的声音,屈原《山鬼》有"风飒飒兮木萧萧"都是写风雨交加,平添愁苦。

  烛残漏断频欹枕,起坐不能平——漏滴,古人用铜壶滴水法计算时刻。烛残漏断,是写点燃的蜡烛快烧完了,漏滴也快滴完了,表明夜已很深了。这两句说自己怎么也睡不着觉,望着残烛断漏,一次又一次地斜靠在枕头上,辗转无眠。一会儿坐下,一会儿起来,来回走动,忧郁无极。是思虑不能入睡的形象。

  世事漫随流水,算来一梦浮生——人世间的事情,如同流水东逝,说过去就过去了,想一想我这一生,就像做了一场大梦,以前的荣华富贵生活已一去不复返了。李白《春夜宴从弟桃花园序》:"浮生若梦,为欢几何。"

  醉乡路稳宜频到,此外不堪行——醉乡,指人醉酒时神志不清的状态。醉乡道路平坦,也无忧愁,可常去,别的地方不能去。词人认为,为了使生活少些磨难,只有饮酒浇愁,麻醉自己,才是最好的办法,其他的办法是不可取的。这是作者在险恶环境中欲死不能、欲活不成的体现,也是作者自我宽解愁怀的办法。

  上片非常成功地渲染烘托了愁苦烦闷的心境,也暗寓作者所处的环境十分险恶。"昨夜风兼雨"和"频欹枕"、"起坐不能平",言明他从昨夜一直持续到今晨,辗转反侧不能入睡,走来走去心情难以平静,凄苦的境遇和无奈的情态由此而现。李煜在《喜迁莺》"晓月坠"词中曾有"无语枕频欹"之句,与此词"烛残漏断频欹枕"用法相同,但含意不同。以前是怀想佳人,现在是怀念故国;以前是帝王嫔妃之爱,现在是阶下囚之感。上片虽以写景为主,但也有描摹情状之笔,愁思如潮的心情淋漓尽致地表现出来。下片是对人生的悲叹,在悲凉的气氛里,作者自己终于醒悟了人生不过是一场大梦,一切都是空的。这是写第二天早晨的情景。昨夜一夜无法入睡,干脆就借酒浇愁,只有在醉乡里能得到片刻的安宁。他宁愿醉去不醒,宁愿迷迷糊糊,为什么呢？因为"醉乡路稳"，一语道破天机，其迷惘、无奈的心情在下片里得以充分展现。

"频欹枕"是"起坐不能平"的具体表现，是愁苦的一种表现方法，很形象生动。"漫"、"算来"用得非常精妙，它将作者当时心头的空虚、落寞、惆怅、凄凉、烦躁等情绪都恰当地表现出来了。结尾两句是全词中最沉痛、最凄凉的句子，也是作者对自身痛苦经历的总结。

全词不用典事，全是白描手法，直抒词人在特殊环境中的特殊心态，渲染了他的悲剧人生，能引起读者的强烈共鸣。

浪淘沙

题解

《古今词统》在此词调名下题"在汴京念秣陵作"。沈际飞《草堂诗馀续集》云："此在汴京念秣陵事作，读不忍竟。"依词意看，也符合实际，写国破后的孤苦哀痛心情，是后主囚俘生活中对故国的思念之作。

往事只堪哀，对景难排。秋风庭院藓侵阶，一任珠帘闲不卷，终日谁来？　　金锁已沉埋，壮气蒿莱。晚凉天净月华开。想得玉楼瑶殿影，空照秦淮。

往事只堪哀，对景难排——往事，指自己在位时做的事，主要指的是做错的事，正是由于这些错误，导致了国家灭亡。如今想起来，这些往事只能令人痛苦悲哀。面对着秋色秋景，徒添忧愁，令人难以排遣。这正是浇愁愁更愁的写照。

秋风庭院藓侵阶，一任珠帘闲不卷，终日谁来——台阶上已生满了苔藓，表示久已无人行，十分荒凉了。珠帘每天就任它闲挂着，不卷起，因为没有人再来看望我了。想起往昔帝王生活的荣华富贵，热闹非凡，如今冷冷清清、孤独凄凉，一任秋风扫落叶，今昔相对比，真是天壤之别啊！

金锁已沉埋，壮气蒿莱——金锁，《晋书·王濬传》："吴人于江碛要害之处，并以铁锁横截之。"《北史·王轨传》："陈将吴明彻入寇吕梁，轨潜于清水入淮口，多树大木，以铁锁贯车轮断水流，以断其船路。"刘禹锡《金陵怀古》诗："千寻铁锁沉江底，一片降幡出石头。"金锁已沉埋，就是说国家的防卫军事设施已没用了，国家已经灭亡了。壮气，王气。故国的王气如今已变成柔弱无用的乱草了。金陵向来被古人认为是王气之都,而如今已变为他人之城了。

晚凉天净月华开。想得玉楼瑶殿影,空照秦淮——第一句是写眼前美景,天气不凉不热正适宜,天空晴朗,月光明亮地照射下来。第二句是想像,南唐皇宫里的玉楼瑶殿,一定也是在同样美丽的月光下。但这又有什么用呢?国家已亡了,我也成了阶下囚,失去了主人的故国明月,只能空空地照在秦淮河上,谁去欣赏它呢?

上片写眼前景、心里事。通过对满阶苔藓、珠帘闲挂、秋风落叶、无人探望的描写,表现出词人凄凉、冷落、孤独的人生境界。"终日谁来"四字,是门可罗雀的形象写照,这与昔日的"车如流水马如龙"、"红日已高三丈透"、"别殿遥闻箫鼓奏"形成鲜明的对比。李煜在南唐时曾有《病中书事》诗云:"月照静居唯捣药,门扃幽院只来禽",抒写对幽居生活时的心清目爽。而现在真的可以过幽居生活了,他又痛苦不堪。据宋代王铚《默记》记载:"徐铉归朝,为左散骑常侍,迁给事中。太宗一日问曾见李煜否,铉对以臣安敢私见之。上曰卿第往,但言朕令卿往相见,可矣。铉遂径往其居,望门下马,但一老卒守门。徐言愿见太尉。卒言有旨不得与人接,岂可见也。铉曰我乃奉旨来见。老卒往见。徐入,立庭下。久之,老卒遂入,取旧椅子相对。铉遥望见,谓卒曰但正衙一椅足矣。顷间,李主纱帽道服而出。铉方拜,而李主遽下阶,引其手以上。铉告辞宾主之礼,李主曰今日岂有此礼。徐引椅少偏,乃敢坐。后主相持大哭,乃坐,默不言。"从此记载可知,李煜终日形只影单,过着类似囚徒的生活,只有一老卒把门挡人,非有皇旨不得入内。"一任珠帘闲不卷,终日谁来",写的就是这种情形。

下片由眼前景想到故乡月,月是故乡明,而如今故国已灭亡了,故乡的明月只能空照在秦淮河上。南宋文天祥《酹江月》词曰:"伴人无寐,秦淮应是孤月。"刘辰翁《柳梢青》词曰:"那堪独坐青灯。想故国,高台月明,辇下风光,山中岁月,海上心情。"也写的是南宋灭亡后的痛苦心情,可与李煜此词中的"晚凉天净月华开。想得玉楼瑶殿影,空照秦淮"对比着读。

沈际飞《草堂诗馀续集》批此词:"终日谁来,四字惨极。""此在汴京念秣陵事,读不忍竟!"说明了此词辞情哀苦,感人至深。

此词采用今昔对比的艺术手法来抒情。"金锁已沉埋,壮气蒿莱",用刘禹锡《金陵怀古》悼六朝句以自悼,很有深悔之意。非亡国俘囚的后主,不能有此感触。非艺术修养极高的后主,也不能写出这种感染力极强的作品。

三台令

题解

《古今词话》:"三台舞曲,自汉有之。唐王建、刘禹锡、韦应物诸人有宫中、上皇、江南、突厥之别。《教坊记》亦载五七言体。如不寐倦长更,披衣出户行。月寒秋竹冷,风切寒窗声。传是李后主三台词。"依词意看,写的是秋夜难眠,愁苦无限,当作于作囚俘时。

> 不寐倦长更,披衣出户行。月寒秋竹冷,风切寒窗声。

新解

不寐倦长更,披衣出户行——夜太长了,尽管我已经很疲倦了,但还是难以入睡,只好披上衣服,走出户外,一个人在暗夜里独自行走。这是一个愁人夜行的形象,在阴森森的秋夜里,更显得孤单凄凉。

月寒秋竹冷,风切寒窗声——在户外看到的是什么景象呢?看到的是寒月下秋竹嗖嗖之声,急切的风声拍打在窗户上,更让人心里发凉。

新评

作者抓住了秋夜的特点,用白描的手法描绘了一幅秋夜凄凉的画面,给人一种孤苦的感觉。借秋夜抒愁,把主人公秋夜无眠、孤寂惆怅的心态表现得非常形象。

"不寐倦长更,披衣出户行",与他《乌夜啼》里的"烛残漏断频欹枕,起坐不能平"意思相同,都是写夜深难寐,起坐不安。"月寒秋竹冷"是出户以后看到的景象。"月寒"是自己的移情,因为月无所谓寒与不寒;"秋竹冷"是自己与竹的同感,而且自己的"心冷"超过竹的"身冷"。户外寒冷,那就回来吧,还是睡不着,只听到"风切寒窗声"。这最后一句馀意无穷,留下无限遐思,留下无限遗恨,令人揪魂牵魄。

谢新恩

题解

这首词据《历代诗馀》注:"单调,五十一字,止李煜一首,不分前后段,存以备制。"从重阳习俗写秋怨,依词意看,此词当作于囚俘后改封陇西公时的秋天。词里有对往昔重阳节的回忆,有对眼前处境的感慨,而更多的是愁恨。

冉冉秋光留不住，满阶红叶暮。又是过重阳，台榭登临处，茱萸香坠。　紫菊气，飘庭户，晚烟笼细雨。噰噰新雁咽寒声，愁恨年年长相似。

冉冉秋光留不住，满阶红叶暮——冉冉，迟迟不去。秋光很美，迟迟不去，但却无可奈何地流逝着，人想留也留不住，那满阶飘落下来的红叶就是证明。是的，已经到了暮秋时节了。

又是过重阳，台榭登临处，茱萸香坠——又到了重阳节，真让人难以排解烦恼，想起当年在位时，与亲友们一起插戴着茱萸香袋，在楼台舞榭登高望远，高谈阔论，何等欢快。茱萸，据《齐谐记》，九月九日，缝囊盛茱萸，饮菊花酒，可避灾。曹植诗："茱萸自有芳，不若桂与兰。"王维诗："独在异乡为异客，每逢佳节倍思亲。遥知兄弟登高处，遍插茱萸少一人。"武元衡诗："蟋蟀已知凉节至，茱萸空忆故人期。"由这些诗可知，李后主此词与王维诗有相同意，就是在佳节时期，思念自己的故国，思念自己的亲友。

紫菊气，飘庭户，晚烟笼细雨——写眼前景。满庭院里满屋里都飘散着紫菊花浓郁的香味，多好啊！可是好景不长，到了夜晚，又下起了绵绵细雨，雨摧菊花残，让人就此平添了一番愁恨。

噰（yōng）噰新雁咽寒声，愁恨年年长相似——新雁，即由北方南归的大雁，这当然会让词人想起自己的故国。因为故国就在南方。大雁能南归，而自己却无法归去，所以听雁声就像人的哽咽声一样，充满了凄凉意味。我的愁恨就像这雁叫声，年年南飞，年年有。胡师眆《登终南山》："飞雁遗寒声。"王勃《滕王阁序》："雁阵惊寒，声断衡阳之浦。"咽寒声，实际上是象征自己，就是感受着秋寒而生的悲苦咽哑之声。

上片由秋暮写起，暮景惨然，扰人眼目。笔锋一转，点到了重阳节，点到了主题，由重阳节而想起过去，想起欢乐，想起故国。下片由气味、声音转到情绪，有层次的变化，地面菊花香味散漫，高空雁叫悲苦，让人遥思故国，愁恨顿生。

景与情浑然一体，分不清是景句还是情句。"红叶"、"茱萸"、"紫菊"这些色彩浓重的景物，更渲染了愁的气氛。而最后一句则直抒胸臆，气贯全词。整首词大部分都是在写景，都是在营造氛围，只是到了最后才点明主旨。唐代刘希夷有"年年岁岁花相似，岁岁年年人不同"的诗句，白居易《长恨歌》亦云："天长地久有时尽，此恨绵绵无绝期。"李煜此词的"愁恨年年长相似"一句，综合以上二者之意境。一种晚秋的悲凉气氛笼罩了全篇,也十分自然地引出"愁恨年年长相似"的哀叹和感慨。行笔至此,如大浪远来,初见微波,至岸则崩云裂石,石破天惊,达到抒情的最高峰。

虞美人

题解

宋代王铚《默记》:"后主在赐第,因七夕,命故伎作乐,声闻于外。太宗闻之,大怒。又传'小楼昨夜又东风'及'一江春水向东流'之句,并坐之,遂被祸。"陆游《避暑漫抄》:"李煜归朝后,郁郁不乐,见于词语。在赐第,七夕命故妓作乐,闻于外。又传'小楼昨夜又东风',并坐之,遂被祸。"从这些记载中可以知道,宋太宗赵光义对李煜从来是不放心的,欲杀之心由来已久,而这首词是导致他被宋太宗毒死的直接原因。这首词是李煜词中的名篇,也是他的绝命词。主要抒写李煜对往事和故国的怀恋之情,不甘屈辱而又无可奈何的郁闷感伤。《草堂诗馀》、《草堂诗馀正集》等在此词调名下题作"感旧"。

春花秋月何时了?往事知多少!小楼昨夜又东风,故国不堪回首月明中。　　雕栏玉砌应犹在,只是朱颜改。问君能有几多愁?恰似一江春水向东流!

新解

春花秋月何时了——一开始就仰天发问,问出了一个谁也回答不了的问题。年年春花开,年年秋月明,什么时候才能不开不明呢?这是不可能的。用不可能发生的事来实指自己目前的处境,实际在说:我的囚俘生活何时才能结束呢?

往事知多少——这是发问的指归。过去在春花里,在秋月里,曾发生过多少令人难以忘怀的乐事,而如今都成为空的了,都不可能再有了。

小楼昨夜又东风,故国不堪回首月明中——我住的小楼上,在昨天夜里又传来东风的声音,说明又一个春天来到了。春天来到了,秋月也是会跟着来到的。而人最容易在春花秋月中回忆往事,追忆故国。可我现在过的是囚俘生活,听到东风声,让我感到最难忍受的,就是在明月之夜思念自己的故国。

雕栏玉砌应犹在,只是朱颜改——这两句是推测,是猜想。南唐故宫里的雕花的栏杆,用玉石铺的庭阶,豪华的建筑,应该还在吧!但一定没人照料了,宫殿楼阁上的红色油漆一定掉落了,改变了容颜。

问君能有几多愁?恰似一江春水向东流——自问自答。你问我的愁恨能有多少,我也不知道,我的愁恨就像春天里的长江水,不舍昼夜浩浩荡荡向东流去,无休无止,无穷无尽。

此词善用发问的手法,来表达自己心中无限的怨愁。一开始就直写观感,在一年最美好的时节里,喊出了"春花秋月何时了"的问题,让人有回肠荡气之感,艺术魅力无穷。

南宋陈郁《藏一话腴》评此词:"太白曰:请君试问东流水,别意与之谁短长。江南李主曰:问君能有几多愁?恰似一江春水向东流。略加融点,已觉精彩。至寇莱公则谓:柔情不断如春水。少游云:落花万点愁如海。青出于蓝而胜于蓝矣。"实际上,李白、寇準、秦观三人写愁的名句,还不如贺铸、李清照写愁的名句。贺铸词曰:"试问闲愁都几许?一川烟草,满城飞絮,梅子黄时雨。"李清照词曰:"闻说双溪春尚好,也拟泛轻舟。只恐双溪舴艋舟,载不动许多愁。"贺词、李词与后主词,可谓写愁的千古名句。不过李后主的词从情思到形象,是其他人难以比拟的,因为其他人没有经历过由帝王到囚徒的重大反差。他们都没有李后主的亡国之哀,都没有阶下囚的遭遇,所以对愁情的体会也没有李后主那样深刻。

这首词情真意切,寓意悠远,手法高妙,是一篇绝世佳作。词的上片,作者以"天然去雕饰"的白描手法,由景入情,通过对囚居生活的描写引出对往事和故国的思念之情。"何时了"与"知多少"相对,是矛盾复杂心情的写照,既想了结那无穷无尽的愁思,而往事又源源不断地在脑海中涌现,真让人不知道该怎么办。词的下片,展开思维的空间,做出对故国情景的想像,尤其结尾两句"问君能有几多愁?恰似一江春水向东流",比喻生动,构想佳妙,向来被认为是千古绝唱。读到这里,我们自然会明白一个问题,那就是李煜词喻愁时,都用的故国的山山水水,如:"无限江山,别时容易见时难","想得玉楼瑶殿影,空照秦淮","自是人生长恨水长东"等。"玉楼瑶殿",是自己最熟悉的南唐故宫。"江山"、"秦淮"、"水"以及此词中的"春水",都是自己熟悉的长江水、秦淮水等山。所以明王世贞《艺苑卮言》中称此句为"情语也"。

存疑词

应天长

关于此词的作者,有四说。一说李璟作。如陈振孙《南唐二主词》:"卷首四阕《应天长》、《望远行》各一、《浣溪沙》二,中主所作。重光尝书之,墨迹在盱江晁氏,题云:先皇御制歌词。"二说冯延巳作。见《阳春集》、《词谱》。三说欧阳修作。见《六一词》、《词律》。四说李煜作。管效选《南唐二主词全集》说:"《阳春集》误收,《六一词》殆亦误入。"《草堂诗馀》、《历代诗馀》、《唐王氏词》均列为李煜词。

此词描写一个少女伤春伤别的情态。从词意看,当是李煜在南唐时期代人写愁之作。

一钩初月临妆镜,蝉鬓凤钗慵不整。重帘静,层楼迥,惆怅落花风不定。　　柳堤芳草径,梦断辘轳金井。昨夜更阑酒醒,春愁过却病。

【注释】

一钩初月临妆镜,蝉鬓凤钗慵不整——一钩,又作一弯。妆镜,又作弯镜。蝉鬓,崔豹《古今注》云:"魏文帝宫人莫琼树制蝉鬓,缥缈如蝉翼然,故曰蝉鬓。"凤钗,《古今注》云:"钗子,盖古笄之遗像,始皇以金银作凤头,以玳瑁为脚,号曰凤钗。"慵,懒困状态。这两句写佳人早妆时的情态。她早早地醒来,临镜梳妆,而镜里反照的却是一钩初月,仍挂天际。镜中新月,清辉如水。她蝉鬓蓬松,凤钗斜坠,哪里有心情来打扮呢?所以说,临镜梳妆是习惯动作,"慵不整"才是真实心态。

重帘静,层楼迥,惆怅落花风不定——重帘,一重又一重的帘幕。迥,远,此处指层楼之深邃。这三句写女子的居住环境,一重又一重的帘幕,静悄悄地挂着;一层又一层的楼阁,深邃幽远。她就居住在这个幽闭的环境中。这时候,她心绪不定,惆怅无适,听着窗外落花随风乱舞,更增添了愁情。

柳堤芳草径,梦断辘轳金井——辘轳,汲取井水的起重装置。井上竖立支架,上装可用手柄摇转的轴,轴上绕绳索,一端系水桶,摇动手柄,使水桶下落升起,汲取井水。金井,言水井装置华丽。这两句交代了"慵不整"和"惆怅落花"的原因:原来她昨天走上了柳堤芳草径,看到春天已接近残暮时节,心情极为不好,汲取井水时也心神不定。金井原是指井栏上有雕饰的井,古典诗词中常用来指宫廷园林里的井。如王昌龄《长信秋词》:"金井梧桐秋叶黄,珠帘不卷夜来霜。"由此可知此词中的少女是位宫女。

昨夜更阑酒醒,春愁过却病——更阑,夜深更尽。过却,远远超过。这两句言伤感春归,夜里借酒浇愁,但愁却浇不掉,待到深更半夜酒醒过来,春愁更重了,远远超过有病的身体。喝了很多闷酒,也无法了却心头愁绪。

这首词是很典型的倒叙写法。上片写今晨的惆怅,是结果。下片追叙昨天的看花和昨夜的饮酒,是原因。上片给我们塑造了一个衣衫不整、鬓发不梳、居住在深宫大院里的懒美人形象,她心绪烦乱、愁心如锁。在这里,"一钩初月"起了极好的点化作用,她清冷地挂在天空,照在妆镜里,既言明时间在早晨,又衬托出镜中人如同新月一样,心意清冷,没有情绪。下片给我们追叙了这位小美人伤感的原因。她昨天在柳堤芳径里赏春,在金井辘轳边打水,谁知春色将尽,春花满地,令她肠断。她想在夜里饮酒忘掉这愁绪,谁知酒醒后愁病更深,以至于今晨无心打扮。

"春愁过却病",把精神折磨超过身体病魔,十分精警地表现出来,真是神来之笔。

望远行

望远行,《词谱》:"唐教坊曲名。令词始自韦庄。《中原音韵》注商调,《太和正音谱》亦注商调。慢词始自柳永。"

关于这首词的作者,有二说。一说为李璟作。见《词谱》、《花庵词选》、《南唐二主词》。一说为李煜作。见《全唐诗》、《历代诗馀》、《词律》。

这首词写怀恋远行久别之人,当为闺妇思征夫的词。

玉砌花光照眼明,朱扉长日镇长扃。馀寒欲去梦难成,炉香烟冷自亭亭。 辽阳月,秣陵砧,不传消息但传情。黄金台下忽然惊,征人归日二毛生。

玉砌花光照眼明,朱扉长日镇长扃(jiōng)——玉砌,一作碧砌。照眼,一作锦绣。朱扉,红色的门。扃,原指关闭门户的横木,这里为关闭的意思。这两句写闺妇平日里的情态。太阳照在玉砌上,照在花朵上,景色美艳耀眼,而朱门之内的主人公却整天关闭着门,把自己封锁起来。"玉"、"花"、"明"等词,都是亮色,所绘之景极美,面对如此良辰美景,门里人为何沉寂无声呢?

馀寒欲去梦难成,炉香烟冷自亭亭——馀寒,一作夜寒,一作馀香。梦,一作寝。亭亭,香烟冉冉升起的样子。这句出现了门里人,她由严冬到春寒,独守空闺,想梦见情人又难成梦,真是长思、苦思、寒思、悲伤、痛楚、难熬。炉香已燃尽了,香烟已寒冷了,只有余香还在空中冉冉飘荡。这句暗示夜已深,夜已静,又暗示闺中人心怀极空荡。

辽阳月,秣(mò)陵砧,不传消息但传情——辽阳,在辽宁省。自汉唐以来,诗词中多以辽阳代指边戍之地,而并非实指。如沈佺期《独不见》诗:"九月寒砧催木叶,十年征戍忆辽阳。"温庭筠《诉衷情》词:"依依辽阳音信稀,梦中归。"秣陵即金陵。这三句中,辽阳指征夫所在地,亦即代指闺妇所思之人。秣陵指闺妇所在地。意思是说:我在金陵夜月下独捣砧上衣,断续寒砧断续风,遥望着情人所在方向的月光,但月光似乎有意,不给我传来你的消息,只传来脉脉深情。

黄金台下忽然惊,征人归日二毛生——黄金台,战国时燕昭王于易水东南筑拜将台,置千金其上,延揽天下人才。二毛:黑发白发相间。这两句说,即使有一天忽然传来消息,说你立了战功,功成归来却是满头白发,又有什么意思呢?言外之意,是说珍惜时光比取得功名更重要。

上片为环境描写。通过对春光明媚、春花耀眼的赞许,来反衬闺妇的"朱扉长日镇长扃"。闺妇的反常之举,必然会引起读者的疑问,从而为下面的叙述埋下伏笔,留下悬念,"馀寒欲去梦难成,炉香烟冷自亭亭",给我们营造了一个冷静、空虚、孤独的闺妇居住环境,为下片的抒情铺垫好了条件。下片写闺妇的怨恨和愁情。她不贪恋钱财,也不稀罕功名,只希望与情人朝夕相处,不虚度青春,却做不到。情人远在天边,音信全无,怎不让人寒心呢?

"辽阳月,秣陵砧",是一个时间的两个空间。辽阳月是指千里之外的恋人,秣陵砧是指自己的处境。写的是目中景,耳边声。"征人归日二毛生",是对"忽然惊"的诠释,也正是闺妇的担忧所在。结句如一声惊雷,炸开心境;如一声浩叹,引人痛思。

帝台春

关于这首词的作者,有三说。一说为李璟作。见《十国春秋·元宗本纪》:"元宗《帝台春》词,称为绝伦。"二说为李甲作。见《词综》:"《帝台春》词,李甲作。"下注曰:"字景元,华亭人。"三说为李煜作。多家选本都把此词归入李煜词集。

《帝台春》,《唐音癸签》卷十三《唐曲》云是唐教坊曲名。

这首词的主题是感旧怀人,仍脱不了南唐时期柔婉词风的影响。但词里多用口语和直白语言来念旧游、怀远人,与李煜早期词风格十分接近。

芳草碧色,萋萋遍南陌。飞絮乱红,也似知人,春愁无力。忆得盈盈拾翠侣,共携赏凤城寒食。到今来,海角逢春,天涯行客。　　愁旋释,还似织。泪暗拭,又偷滴。漫倚遍危栏,尽黄昏,也正是暮云凝碧。拼则而今已拼了,忘则怎生便忘得。又还问鳞鸿,试重寻消息。

芳草碧色,萋萋遍南陌——南陌,无实指,代指野外阡陌。这两句说,春草一片碧绿,阡陌上到处是芳香的春草。"萋萋"二字,暗含别意。白居易诗句:"又送王孙去,萋萋满别情。"

飞絮乱红,也似知人,春愁无力——飞絮,飞扬的柳絮。乱红,随风飘落的红花。这三句写早春景色,以词人看之,飞絮乱红似知人意,随风轻轻飞扬,与人的春愁一样,无力无劲。北宋词人秦观有诗句"有情芍药含春泪,无力蔷薇卧晚枝",与此词意同,都是写词人眼中的早春景象。

忆得盈盈拾翠侣,共携赏凤城寒食——盈盈,女子娇美之态。拾翠侣,古人春游,采集百草为乐,结伴而采。凤城,京都。寒食,节令名,清明前两天。相传起于晋文公悼念介子推事,因介子推抱木焚死,就定于是日禁火寒食。《邺中记·附录》:"寒食三日,作醴酪,又煮粳米及麦为酪,捣杏仁煮作粥。"这两句是倒置,意为:记得当年在春末寒食季节,时女们相互携手做伴,踏春野游,采拾百草,京都周围充满了笑语情趣。

到今来,海角逢春,天涯行客——这三句写现实,当年的欢乐已成为记忆,今年又逢春暖时节,而我却在天涯海角作客,看到的是异地春色。

愁旋释,还似织——旋,很快。春愁很快消释了,但又很快回来了,就像织布用的梭子一样,来回穿动,无穷无尽。

泪暗拭,又偷滴——这两句与上两句意同,伤心的泪刚刚擦掉,又滴落下来了。"暗"、"偷"二字极妙,是对心理的刻画,表示不愿让旁人看到。

漫倚遍危栏,尽黄昏,也正是暮云凝碧——危栏,高栏。尽黄昏,一直到黄昏。这里交代了时间、地点。为了解愁,自己到楼台阁亭去看春景,随意而行,靠遍了所有高高的栏杆,一直到黄昏时分,心情还是很暗淡,黄昏的云彩凝结着碧色,也凝结着我的愁恨。

拼则而今已拼了,忘则怎生便忘得——拼,割舍。该割舍的旧情已经割舍了,但怎么还是忘不掉呢?

又还问鳞鸿,试重寻消息——鳞,代鱼。鸿,雁。指鱼雁传书。结尾两句言明意旨所归,我还是希望能得到旧时情人的音信,重新打探她的消息,以重温旧情,聊释新恨。

上片顺叙、倒叙交相运用,由眼前景写到往日情,由往日情再回到现今状况。词中的主人公又遇到了春色美景,芳草遍陌,飞絮乱红,正是赏春郊游的好季节。记得当年自己曾与意中人一起到京郊野外踏青,盈盈笑语至今不绝于耳。而现今自己却独身远行到天涯海角,孤苦伶仃,无人解愁怀。

下片则直抒胸臆。词中的主人公想忘掉那段恋情,试用了各种方法来排愁,包括拭泪、倚危栏、拼却割舍等,但还是忘不了。于是,他又重新燃起希望,还想知道恋人现今的情况。

上片、下片的开首句都以比兴手法入题。"萋萋"既言春草茂盛,又喻别情浓烈。"还似织"既言愁恨密布,又喻愁恨如梭往来不断。大量的口语化言辞,也增添了此词的表情效果,显得真实生动,生活味浓。如"拼则而今已拼了,忘则怎生便忘得",活生生的语言随口而出,一下子充满了勃勃生机,充满了浓郁的民间情味。

开元乐

关于此词的作者,有三说。一说张继作,见《全唐诗》。二说顾况作,见《万首唐人绝句》卷二十六。三说李煜作,见邵长光辑录《南唐二主词》,唐圭璋《南唐二主词汇笺》。

从这首词的词意来推断,这首词当是李煜亡国后的作品,主要是写作者对身世际遇的叹惋和抑郁情怀。

心事数茎白发,生涯一片青山。空林有雪相待,野路无人自还。

心事数茎白发——首句以"心事"点破词题,心烦意乱,抑郁多愁,忧思感恨,这一切"心事"是"数茎白发"得以产生的原因。短短六个字便活生生画出一个年纪不太大,白发已上头,满脸尘色的阶下囚形象。与唐代薛逢《长安夜雨》中的"当年志气俱消尽,白发新添四五茎"意象相同。

生涯一片青山——生涯,人的一生所经历的种种状况。语出《庄子·养生主》:"吾生也有涯,而知也无涯。"首句是写作者发现白发时的震惊,"心事"由何而来,由"生涯"。正是经历了人生由国君到阶下囚的种种状况,才心事重重,白发丛生。生涯如同青山一片,起伏不平,坎坎坷坷。

空林有雪相待——空林,指人烟罕至、幽深的山林。"空林有雪"是写景,也是造境,寄寓的是凄伤孤冷的心情。"相待"二字表现出作者对前途的绝望和畏惧。林子里空虚无物,只有皑皑白雪寒气袭人,预示前途暗淡,不敢前行,自当折回。

野路无人自还——野路,村野里的田间小路。在茫茫原野的荒路上,空无一人,只有词人在独自行走。作者仿佛在作画,描摹的是一个雪野荒径中的独行者形象。这实质上是李煜对阶下囚的心理写照。

短短四句小词,意境空迷,描绘出一个历遭挫折而心事重重的独行者形象。其描绘出的"空"与"独",使人不禁想起陈子昂的《登幽州台歌》:"前不见古人,后不见来者,念天地之悠悠,独怆然而涕下。"也使人想起柳宗元的《江雪》诗:"千山鸟飞绝,万径人踪灭。孤舟蓑笠翁,独钓寒江雪。"还使人想起"野渡无人舟自横"、"小园香径独徘徊"等许多诗句。这种善于造境的艺术手法,在李煜词中比比皆是。此词的意境,涵盖面极广,苏轼在他的题跋卷二收录此词时曾说:"李后主好书神仙隐遁之词,岂非遭难多故,欲脱世网而不得者邪?"也是只看到了一个方面。

此词对仗特别工整。如"白发"对"青山","数茎"对"一片","空林"对"野路","有雪"对"无人",都有力地刻画了作者的心境,增强了全词的表达效果和艺术感染力。

全词凄美如画,以画境衬出心境,手法委婉但愁情自现,通过寥寥几笔水墨画式的白描,烘托出孤寂冷清的气氛,让读者脑海里立刻浮现出一个莽原独行者的艺术形象。

更漏子

关于此词的作者有二说。一说为温庭筠所作,一说为李后主所作。《尊前集》说此词为李后主悼念大周后的"挽悼之词"。依词意并结合李煜有关悼大周后的其他作品，确实很像是李煜的作品。前半段是写梦中二人相会，后半段写夜半对她的思念。与苏轼悼亡词"十年生死两茫茫，不思量，自难忘。千里孤坟，无处话凄凉"有相似之处。

> 金雀钗，红粉面，花里暂时相见。知我意，感君怜，此情须问天。　　香作穗，蜡成泪，还似两人心意。珊枕腻，锦衾寒，夜来更漏残。

金雀钗，红粉面，花里暂时相见——金雀钗，钗头做成雀形状的金钗，是古代妇女头饰的一种，也只有贵妇人才佩戴得起。如白居易《长恨歌》写杨贵妃形象："花钿委地无人收，翠翘金雀玉搔头。"这三句写李煜梦中与大周后相会的情景：她依然装扮高贵，面如红粉，在花丛里与我携手相会，但时间非常短暂。"红粉面"和"花"相映照，极写大周后形象之美，有"人面桃花相映红"之感。

知我意，感君怜，此情须问天——"知我意"，是李煜站在自己的角度对大周后的赞美，她善解人意，在梦中与我相会。"感君怜"，是站在大周后的角度拟出的谢辞，她感谢李煜还挂念着自己，爱怜着自己。"此情须问天"，是一声浩叹！问什么？问老天爷为什么夺走我爱妻的性命？问老天爷为什么只让我们"花里暂时相见"，而不让我们生生世世在一起？

香作穗，蜡成泪，还似两人心意——香作穗，燃香生成的烟雾凝聚成不散的穗状，即香穗。苏舜钦《和彦猷晚宴明月楼》诗："香穗萦斜凝画栋，酒鳞环合起金罍。"蜡成泪，蜡烛燃烧时流下的蜡油如泪状，即蜡泪。李商隐《无题》诗："春蚕到死丝方尽，蜡炬成灰泪始干。"李贺《恼公》诗："蜡泪垂兰烬，秋芜扫绮栊。"这三句写梦醒后的情景："花里暂时相见"，说明梦很短，梦醒后却是烟雾成穗，蜡炬成泪，连燃香和蜡炬也似乎被我俩的情意感动，升着烟，流着泪，这不正像我们两个人的心意吗？

珊枕腻，锦衾寒，夜来更漏残——珊枕，即珊瑚枕。珊瑚，由珊瑚虫的石灰质骨骼聚集而成的东西，状如树枝，多为红色，可供观赏，也可做装饰品，做成枕头。李绅《长门怨》诗："珊瑚枕上千行泪，不是思君是恨君。"腻，滑也。《楚辞·招魂》："靡颜腻理，遗视矊些。"王逸注："靡，致也。腻，滑也。"锦衾，以锦缎为面的被子。更，古时夜间以更为计时单位，每更约为两小时，一夜分为五更。漏，即漏壶，古代滴水计时用的仪器。残，将尽。更漏残，指夜已很深，天快亮的时候。唐代戎昱《长安秋夕》诗："八月更漏长，愁人起常早。"这三句写心情难以平静，痛苦万分。自己在珊瑚枕上滑来滑去睡不着，只觉得丝绸被子格外寒冷，夜已经很深了，天都快亮了，自己被愁情折磨了整整一夜。

上片写梦境,下片写实境。虚实相生,情境互动,构成一篇凄苦的相思悼亡词。作者全篇没有标明一个"梦"字,但读到下片时,我们方才知晓上片写的是梦。苏轼悼亡妻词中有句:"夜来幽梦忽还乡,小轩窗,正梳妆。相顾无言,唯有泪千行。"是明写梦。此词上片的"金雀钗,红粉面,花里暂时相见"是暗写梦,是读完全篇词后方能领略。

"知我意"与"感君怜",是采用对比的手法,写两个人梦中相会时的心心相印。另外,全篇也采用了对比的手法,上片写梦中欢情,下片写现实悲愁。

以"蜡成泪"来喻人流泪,以"锦衾寒"来喻人心寒,也很生动深刻。

更漏子

关于此词的作者,有二说。一说为温庭筠作,见《花间集》等。一说为李后主作,见《南唐二主词》。《尊前集》也标明此词是为悼念大周后而作。

从词意看,主人公该是个思妇,是一首抒写女子春夜相思愁苦的春怨词。时间在春天的一个细雨天,地点在卧室,内容是怀念远游在外的丈夫。"花外漏声迢递",点明思虑之深之苦,已是夜半时分。"梦君君不知",就是怨恨了,抒写她对丈夫的爱太深了。

柳丝长,春雨细,花外漏声迢递。惊塞雁,起城乌,画屏金鹧鸪。　　香雾薄,透重幕,惆怅谢家池阁。红烛背,绣帘垂,梦君君不知。

柳丝长,春雨细,花外漏声迢递——漏声,古代计时器铜壶滴漏的声音。杜甫《奉和贾至舍人早朝大明宫》诗:"五夜漏声催晓箭,九重春色醉仙桃。"迢递,连续不断的样子。这三句写女子春夜难眠的情状。意思为:春雨滴在长长的柳丝上,发出细细的声响,从窗外传进来。同时传进来的,还有花旁边那连续不断的滴漏声。这三句主要写雨声、漏声。

惊塞雁,起城乌,画屏金鹧鸪——塞雁,边塞大雁。城乌,城头上的乌鸦。画屏,以彩画为饰的屏风。金鹧鸪,鸟名,这里指屏风上画的金色的鹧鸪鸟。这三句写雨声、漏声带来的后果,听到它,惊起了边塞大雁,也惊起了城头上的乌鸦,更惊起了独守空房的相思女子。这里以"画屏金鹧鸪"代指闺中人。

香雾薄,透重幕,惆怅谢家池阁——重,层层,多层。谢家,晋代谢奕的女儿谢道韫、唐代李德裕的妾谢秋娘,都是有名的才女,后人因以"谢家",泛指闺中女子。这三句写居室氛围。在这大家闺阁,香雾轻轻透过层层帘幕,但闺妇更因此而惆怅倍增、思绪悠长。

红烛背,绣帘垂,梦君君不知——背,指烛尽或灯残。唐代王涣《惆怅诗》:"梦里分明入汉宫,觉来灯背锦屏空。"绣帘,绣花的幕布。末三句说,红烛已渐渐地燃烧尽了,我把帘幕落下,本以为可以不再听、不再看、不再思了,未料想,相思却入梦,只是梦里有君君不知啊!

词的上片写女子春夜难眠的情状。在这里,主要是以动寓静,以声音来烘托出心情。有两种声音,一是细细的春雨声,二是滴滴答答的铜漏声,让人忧烦不断,难以入睡。另外还有两种声音,一是高空从边塞飞来的雁叫的声音,二是城头乌鸦的鸣叫声,它们都是被雨声、漏声惊起的。这当然是夸张之辞,用以来说明这声音都能惊起塞雁和城乌,那就更能惊起闺中孤独之人了。

下片主要是写愁,以静寓动。"惆怅"和"梦",都写的是心态,是静态,但却寓含着烦躁不安的情绪波动。"梦君君不知",一声长怨,点明主题,点明原因,原来一切忧烦、一切愁恨,都是因君而起。薛昭蕴《谒金门》诗"早是相思肠欲断,忍教频梦见",与这句的意象相同,都暗含君的无情和冷漠,闺中人的怨情和愁恨。

全词动中有静,静中寓动,动静相生,语轻意重,以女子的情态反映相思之情和无奈之苦,是婉约词的典型风格。

浣溪沙

关于此词的作者,有五说。一说李后主作,见《草堂诗馀》。二说晏殊作,见《珠玉词》。三说苏东坡作,见《东坡乐府》。四说李景作,见《花草粹编》。五说李璟作,见《全唐诗》。

从词意看,此词是思妇念夫之作。"沈郎"是借称自己的丈夫,他多病体弱,在外远游多让人担心啊!"沙上未闻鸿雁信",是埋怨丈夫长久不寄信回来。"此情唯有落花知",这句很形象生动,既明确地表明自己的心意,又点明写作时间是在落花时节。

风压轻云贴水飞,乍晴池馆燕争泥。沈郎多病不胜衣。
沙上未闻鸿雁信,竹间时听鹧鸪啼。此情唯有落花知。

风压轻云贴水飞——压,约束,形容微风引带着薄云缓缓移动的样子。贴水飞,云贴近水面漂浮。这是个极好的形象,十分生动,表现的是春风的姿态。

乍晴池馆燕争泥——乍晴,刚晴。燕争泥,燕子争着衔泥筑窝。这句也写的是春天特有的景色,天气放晴了,燕子在水边馆舍争着衔泥筑窝,一派繁忙的景象。

沈郎多病不胜衣——沈郎,沈约。据《梁书·沈约传》沈约致书好友徐勉:"老病百日数旬,革带常应移孔,以手握臂,率计月小半分。以此推算,岂能支久?"意思是说他老病腰瘦。后人遂以沈郎、沈腰喻指人的消瘦。这句当是以沈郎代指情郎,是词中女主人公的口气,她担心春寒时节,情郎会因此愁病,体弱承受不住衣服。

沙上未闻鸿雁信——这句写自己每天遥望沙滩,希望能看见鸿雁的身影,让它捎来情郎的书信,可是每次都让人失望。

竹间时听鹧鸪啼——鹧鸪是古典诗词中经常出现的描写对象,它的叫声往往与愁情别恨联结在一起,因为它的叫声很像"行不得也哥哥",让人牵肠挂肚。这句是借鹧鸪声写愁情。

此情唯有落花知——末句表明自己很孤苦,想念情郎的心思连情郎都不知,更不用说别人知道了。我只有将此情付与落花,让它知晓,因为它的境况与我相同,同病相怜。

"风压轻云贴水飞",是无声的动态;"乍晴池馆燕争泥",是有声的动态;"沙上未闻鸿雁信",是想听的声音却听不到;"竹间时听鹧鸪啼",是不想听的声音却听到了。这四句无声与有声相对,有心听与无心听相错,可见作者构思时煞费苦心,使整个词语起伏不平、错落有致。

"贴水飞"三字尤为形象,把云儿写活了,写得有生命了,有一种飞动美,让人心爱不已。

南歌子

题解

关于此词的作者,有二说。一说为苏东坡作,见《六十家词》。一说为李后主作,见《南唐二主词》。

这是一首写歌女于宴间表演的词。前两句写她的打扮,红绿相间,色彩分明,十分艳丽。三、四句写她陪宴时的神态,她站在人中间,就好像巫山神女下凡一样,光彩照人。最后两句写得非常有韵味,她太美丽了,美得都让人害怕她被杨花勾引,嫁给春风,说明她很得主人宠爱。

云鬓裁新绿,霞衣曳晓红。待歌凝立翠筵中,一朵彩云何事下巫峰。　趁拍鸾飞镜,回身雁扬空。莫翻红袖过帘栊,怕被杨花勾引嫁东风。

新解

云鬓裁新绿,霞衣曳(yè)晓红——云鬓,形容女子的鬓发像云彩一般浓密、柔美。裁,修剪,梳理。绿,乌亮的颜色,此处形容女子头发新绿般可爱。霞衣,轻柔艳丽的衣服,这里指舞蹈时穿的霞帔。曳,拖拉。晓红,早晨的阳光映红云霞。这两句写歌女的头饰和衣着,经过精心修饰后,光彩照人:乌亮的鬓发有如新绿般可爱,美丽的衣裳有如朝霞般鲜红。

待歌凝立翠筵中,一朵彩云何事下巫峰——凝立,凝神伫立。翠筵,青绿色的席子。筵是竹席,《诗·行苇》:"或肆之筵,或授之几。"彩云,喻歌女美如云霞。巫峰,指巫山神女。据《文选·高唐赋序》:"昔者先王尝游高唐,怠而昼寝。梦见一妇人曰:'妾巫山之女也,为高唐之客,闻君游高唐,愿荐枕席。'王因幸之。去而辞曰:'妾在巫山之阳,高丘之阻,旦为朝云,暮为行雨,朝朝暮暮,阳台之下。'旦朝视之,如言,故为之立庙,号曰朝云。"这两句写歌女凝立宴前,准备表演,虽不动而有情,仿佛一朵彩云从巫峰上飘下,美丽有如巫山神女。

趁拍鸾飞镜,回身燕扬空——趁拍,按着节拍起舞。鸾飞镜,即鸾镜。据南朝宋代范泰《鸾鸟诗》序中记载:"昔罽宾王结罝峻祁之山,获一鸾鸟,王甚爱之,欲其鸣而不致也。乃饰以金樊,飨以珍馐。对之逾戚,三年不鸣。夫人曰:'闻鸟见其类而后鸣,何不悬镜以映之?'王从言。鸾睹影感契,慨焉悲鸣。哀响中霄,一奋而绝。"后因以鸾镜借指镜子。扬,飞扬,飘扬。这两句是说:歌女趁着节拍,翩翩起舞,就像鸾鸟一样轻盈流转,歌声美妙动听。回身旋转时,又像燕子一样飞扬。

莫翻红袖过帘栊,怕被杨花勾引嫁东风——红袖,红色的衣袖,此处代指歌女。帘栊,挂有帘布的窗户。末两句写男主人公的心态:歌女啊,你的红袖不要翻扬得过高,如果扬过了窗户,我真害怕你被杨花勾引而去,嫁给了春风。

上片写歌女的盛妆艳饰和明丽动人。下片写歌女的优美歌声和动人舞姿。

这首词的特点有三:

一是对色彩的运用,借用色彩搭配来达到表情效果。红色是鲜艳之色,有热烈、奔放的视觉效果。词里连用了三个红色来写歌女的美丽照人:"霞衣曳晓红"、"一朵彩云何事下巫峰"、"莫翻红袖过帘栊",红色在读者眼前晃来晃去,宛如一团火球,有着强烈的激情作用,既写出女子的艳丽,也暗示出女子的青春如火。"新绿"、"翠筵"这些淡色彩构成一幅互补反差的画面,色彩绚丽,浓烈动人,具有强烈的视觉效果,从而表达热烈的情绪,来喻舞会气氛动人。

二是对典故的运用,通过用典来增强联想,借喻歌女的神采飞扬和婀娜多姿。"巫山神女"的美丽、浪漫早已为人所知,"鸾镜"的传说也凄美动人,把这些典事化用到词中,就使读者充满了想像力,从而加深对歌女形象的理解。

三是想像奇特,借用想像来描写歌女的美艳动人。"莫翻红袖过帘栊,怕被杨花勾引嫁东风",这一奇特的想像,是渲染观赏者的惊喜和感叹,从而暗喻出歌女真是绝代佳人。"一朵彩云何事下巫峰"、"趁拍鸾飞镜"、"回身燕扬空",也有想像,也有比喻,把想像与比喻糅合在一起,有极强的艺术感染力。

忆王孙(四首)

关于这四首词的作者,有二说。一说为李煜作。一说为秦观作。

这是四首组词,写春、夏、秋、冬四季思妇的闺愁,她寂寞无聊,忆人寄望,愁恨绵绵。

萋萋芳草忆王孙,柳外高楼空断魂。杜宇声声不忍闻。欲黄昏,雨打梨花深闭门。

风蒲猎猎小池塘,过雨荷花满院香。沉李浮瓜冰雪凉。竹方床,针线慵拈午夜长。

飕飕风冷荻花秋,明月斜浸独倚楼。十二珠帘不上钩。黯凝眸,一点渔灯古渡头。

彤云风扫雪初晴,天外孤鸿三两声。独拥寒衾不忍听。月笼明,窗外梅花瘦影横。

　　萋萋芳草忆王孙,柳外高楼空断魂——萋萋,草长得很茂盛的样子。《诗经·葛覃》:"施于中谷,维叶萋萋。"崔颢《黄鹤楼》诗:"芳草萋萋鹦鹉洲。"又借指别情。白居易《赋得古原草送别》:"又送王孙去,萋萋满别情。"王孙,帝王之后代,这里借指词中女主人公的丈夫。这两句写闺中佳人闲来无事,登高楼纵远目,透过柳丝向野外眺望,只见楼外柳丝长长,地上芳草萋萋,由此而想到夫君未归,愁情顿生。为什么会见春色生愁呢?因为由自然界的青春联想到人的青春,青春短暂,而离别太长,怎能不生愁呢?这与王昌龄的《闺怨》诗"闺中少妇不知愁,春日凝妆上翠楼。忽见陌头杨柳色,悔教夫婿觅封侯"是同一意境。

　　杜宇声声不忍闻——杜宇,传说中古蜀国国王,其妻与宰相私通,他被逼逊位而亡,其魂化做杜鹃鸟,鸣声哀婉。杜鹃鸟每年春天鸣叫不已,心烦时刻又听此哀音,更让人难以忍受。这与白居易《琵琶行》诗中的"其间旦暮闻何物?杜鹃啼血猿哀鸣"意境相同。

　　欲黄昏,雨打梨花深闭门——这两句说,快到黄昏的时候,又下起了淅淅暮雨,打在梨花上,其声揪心,不如深闭院门,独自一人封闭起来。

　　风蒲猎猎小池塘,过雨荷花满院香——风蒲,风吹菖蒲。菖蒲,多年生草本植物,生在水边,根茎可作香料。猎猎,形容风声。过雨荷花,过云雨打在荷花上。这两句是夏季典型的景物和景象:阵阵南风猎猎吹来,掠过小池塘,掠过菖蒲草,把经过轻雨洗过的荷花芳香吹散到满院子里去。

　　沉李浮瓜冰雪凉——曹丕《与吴质书》:"浮甘瓜于清泉,沉朱李于寒水。"《唐书》:"都人伏天于风亭水榭,沉李浮瓜。"这句说,为了消暑,我把瓜李沉浮在水里,犹如冰雪一样凉爽。

　　竹方床,针线慵(yōng)拈午夜长——竹方床,古代竹制的方形坐具。沉李浮瓜像冰雪一样凉爽,我独自一人吃起来有何滋味?白天无滋味,晚上也无滋味,坐在竹方床上,也懒得做针线活,只觉得午夜长长,难以入睡。

　　飕飕风冷荻花秋,明月斜浸独倚楼——飕飕,风声,疾而大。荻,多年生草本植物,形状很像芦苇,生于水边。白居易《琵琶行》诗:"枫叶荻花秋瑟瑟。"斜浸:斜斜地落下来,表示夜已深沉。这两句写深秋等人的景致:在冷风飕飕,荻花瑟瑟的寒秋,从早上等到晚上,直到夜深时分,仍是一个人独倚空楼。在写景中烘托出人物孤寂冷清的心绪。

十二珠帘不上钩——十二,言珠多。钩,挂帘子用的器物。如诗:"奴家家住两湖东,十二珠帘夕照红。今日忽从江上望,始知家在图画中。"这句写珠帘从早到晚整天垂着,也不卷起来挂上钩,因为无人来,卷也没用。

黯凝眸,一点渔灯古渡头——黯,心神沮丧貌。江淹《别赋》:"黯然销魂者,唯别而已矣。"柳永《玉蝴蝶》词:"黯相望,断鸿声里,立尽斜阳。"这两句说闺中人心神沮丧地目不转睛地望着丈夫远去的方向,只见古渡头空无来客,只有一点渔家灯火闪闪发光,恰如鬼火幽灵。

彤云风扫雪初晴,天外孤鸿三两声——彤云,阴云。宋之问《奉和春日玩雪应制》诗:"北阙彤云掩曙霞。"天外,天空高深处。孤鸿,失群的大雁。这两句是说:冬夜独处是孤冷的,盼夫未归的孤妇尤感心寒。尽管朔风劲吹,把一天的阴云扫荡得无影无踪,尽管纷纷扬扬的大雪已停止,天已放晴,但目睹的仍是周天寒彻,耳闻的更是孤鸿的哀鸣,声声凄厉哀苦,犹如我心。

独拥寒衾不忍听——这就联系到自己的处境了,与"孤鸿"毫无区别,所以不忍再听那惨烈的叫声。

月笼明,窗外梅花瘦影横——月笼明,明月笼照着雪初晴后的大地,格外明亮。瘦影横,表明梅花稀落,梅枝影子斜映在窗户上。

《忆王孙》词共四首,从内容上来看,是同一时间写成的,是按春、夏、秋、冬四个季节来分写一个闺妇四季之愁思,合起来又构成一个完整的艺术形象。读这四首词,仿佛在听这位怨妇低唱四季歌一样,哀婉动人,饱含愁恨。

此组词的一个显著特点,就是每首词总能找到一个抒情点,围绕这个抒情点来组织愁思,表达心情。第一首词的抒情点是"杜宇声",第二首词的抒情点是"沉李浮瓜",第三首词的抒情点是"一点渔灯",第四首词的抒情点是"孤鸿声"。听到杜鹃声、孤鸿声,或看到李瓜影、渔灯影,引起愁情,引起心绪。

另一个显著特点是善于把无限情恨都凝结在结句上,每一首末尾一句都意味悠长、寓意无穷。"雨打梨花深闭门"、"针线慵拈午夜长"、"一点渔灯古渡头"、"窗外梅花瘦影横",都蕴含着无穷的情愫,拨动着读者的心弦,使人久久不能平静。

第三个特点是把人的形象重叠到自然景物中,自然景物中凝含着人的影子。"一点渔灯古渡头",是渡头景观,也是愁人独立,有人的影子在其中,仿佛孤妇独立渡头,倩魂销尽夕阳前。"窗外梅花瘦影横",梅瘦人也瘦,梅的瘦影就是人的瘦影。

后庭花破子

关于此词的作者,有五说。一说为李煜作,二说为王恽作,三说为邵亨贞作,四说为赵孟頫作,五说为冯延巳作。

这首词写一个少女对美好生活的向往。她先回忆了许多美好的景象,"玉树"、"瑶草"、"花"、"月",都象征着美好的生活、活泼的青春。她身上洋溢着旺盛的生命力,憧憬着未来的幸福。她希望能够与那个美少年一起,在花前月下恩恩爱爱,天长地久,永不分开。

玉树后庭前,瑶草妆镜边。去年花不老,今年月又圆。莫教偏,和花和月,天教长少年。

玉树后庭前,瑶草妆镜边——玉树后庭前,是说珍贵稀有的佳树,种植在后院庭前。南朝陈后主作有《玉树后庭花》歌曲,赞宫人之美色,男女唱和,音哀轻荡。杜牧《泊秦淮》诗:"商女不知亡国恨,隔江犹唱后庭花。"瑶草,仙草。这两句极力营造出一种美好的环境:佳木美花,点缀在前庭后院,布满了室内镜边,令人赏心悦目。

去年花不老,今年月又圆——去年的花树依然生机勃勃,繁花锦枝,又在今年的月圆之夜竞相开放,香气袭人。以花好月圆来写自然景色之美,又重在喻情侣情投意合,永远美满。

莫教偏,和花和月,天教长少年——承上两句而言,说花好、月圆两者都不可偏废,伴和着鲜花,伴和着圆月,老天爷让人青春永驻,让人容貌永远美好。"长少年",犹言让人的少年时光永在。

这首词用许多美好的事物,诸如玉树、瑶草、鲜花、圆月,寄寓了词中主人公一种美好的愿望:青春永驻,幸福长存。与苏东坡词所言"但愿人长久,千里共婵娟"有异曲同工之妙。

对仗的优美工整,也是此词的一大特色。"玉树后庭前,瑶草妆镜边"是空间景物的对仗。"去年花不老,今年月又圆"是时间景物的对仗。所有这些对仗,都融合成一个整体的意象、一个统一的艺术形象。

青玉案

题解

关于这首词的作者,说法很多。明代潘游龙《古今诗馀醉》说是李后主作。

这是一首咏雪词。上片写飞雪的气象,"银涛无限,玉山万里,寒罩江南树",真是飞起玉龙三百万,搅得周天寒彻。下片写飞雪的姿态,像风弄杨花,又像天剪鹅毛,洋洋洒洒,十分壮观。此词意境壮美,耐人寻味。

梵宫百尺同云护,渐白满苍苔路。破腊梅花李蚤露。银涛无限,玉山万里,寒罩江南树。　　鸦啼影乱天将暮,海月纤痕映烟雾。修竹低垂孤鹤舞。杨花风弄,鹅毛天剪,总是诗人误。

新解

梵宫百尺同云护,渐白满苍苔路——梵宫,梵宇,泛指佛寺。同云,指天将降雪之云,同一颜色。《诗·小雅·信南山》:"上天同云,雨雪雰雰。"苍苔,白青色的苔藓。这两句描绘了大雪从将至到渐下的情景:将至之时,高高的佛寺都被同色的云遮盖住了,雪花纷纷扬扬,渐渐铺满了长满苔藓的小路,大地一片白色。

破腊梅花李蚤(zǎo)露——破腊,阴历腊月初八。蚤,通"早"。这句说,眼前虽是白雪世界,但梅花李花的花蕾早已吐露出来,在银装素裹中,又添了几分红色的姿态,分外妖娆。

银涛无限,玉山万里,寒罩江南树——银涛,大雪如银色波涛,覆盖大地。玉山,雪山洁白如玉。这三句写雪后的壮观景象:茫茫大地,犹如银涛滚滚;白白雪山,犹如冰玉耸立。寒气铺天盖地,笼罩了江南所有的树木。

鸦啼影乱天将暮,海月纤痕映烟雾——纤痕,纤细一钩,形容月牙细小。这两句写雪天暮色:寒鸦啼飞,身影散乱;海上细月,有如刀痕。空中朦朦胧胧一片暮色,海上水雾如烟。

修竹低垂孤鹤舞——修竹,细长的竹子。王羲之《兰亭集序》:"茂林修竹,映带左右。"这句写暮色中的竹身鹤影:长长的竹子被冰雪压弯了身,孤独的白鹤枉自起舞,无所依凭。

杨花风弄,鹅毛天剪,总是诗人误——末三句是作者对前代诗人的批评:你们在诗句里把满天飞雪比做风弄杨花,比做天剪鹅毛,这些比喻好像很贴切,其实是一种误解,还应有更好的意象去抒写雪景。

上片用白描手法,气象恢弘,景象壮观。下片妙喻连篇,形象飞动,意象鲜明。全词无一雪字,而雪景盎然。真是不著一字尽得风流。末三句表现出作者对雪景的独特见解,他认为把雪花飞舞比做风弄杨花,天剪鹅毛,虽是妙喻,却显陈旧。究竟该怎么比喻,他没有明说,但从"银涛无限,玉山万里"中,可看出他对雪景的理解。

◎诗

悼 诗

【题解】

悼诗，对死者表示哀悼的诗。从诗意看，这首诗是为悼念爱子仲宣而作的。据史书记载，李煜次子仲宣，小字瑞保，于乾德二年(964)十月未满4岁的时候得急病而卒。李煜非常悲伤，又恐怕加重正在养病的昭惠皇后的病情，就独自一人默坐饮泣，吟诗写志，身边侍从为之泣下。从诗里的"雨深秋寂寞"等句意看，可知写作时间是在乾德二年深秋季节。诗中表达了对亡子的无限痛惜之情，把这种感情与秋风秋雨的环境景物融杂在一起，更增加了悲情的气氛烘托，让人有一种秋风秋雨愁煞人的感觉。

> 永念难消释，孤怀痛自嗟。
> 雨深秋寂寞，愁引病增加。
> 咽绝风前思，昏濛眼上花。
> 空王应念我，穷子正迷家。

【新解】

永念难消释，孤怀痛自嗟——消释，消除，解除。嗟，表示忧叹感叹。《诗·周南·卷耳》："嗟我怀人，置彼周行。"开篇首句直入主题，点明失子之痛是永难消释的，任何时候想起来都有万箭穿心之感。如果有妻来共同承担这一痛苦或许会好些，但爱妻此时已染病在身，怎能再让她遭受这一打击，便只能孤怀独遣，单自痛嗟了。

雨深秋寂寞，愁引病增加——不说自己寂寞，而说秋寂寞，这是借景抒情。元稹《行宫》诗曰："寥落古行宫，宫花寂寞红"，也是借环境的清静无声来写人的冷落孤独、虚无寂寞。正由于愁苦，正由于孤伤，才使得自己心病一天天加重。

咽绝风前思，昏濛眼上花——咽，哽咽哭泣。《后汉书》载蔡文姬《悲愤诗》："欲舒气兮恐彼惊，含哀咽兮涕沾颈。"昏濛，昏暗迷茫。自己在宫室里孤怀痛伤，不能自已,那就到户外散散心,看看风景,或许会减轻些,哪知伫立风前,更让人哽咽悲哀,难以思想,以至于眼前一片昏暗迷茫,连深秋的残花也看不清了。

空王应念我,穷子正迷家——空王,佛语中佛的尊称。《诸经集要·三宝》引《观佛三宝经》:"昔过去久远,有佛出世,号曰空王。"穷子,走上不归之路的儿子。这两句意为:夭折的儿子鬼魂飘荡,找不到家,我佛慈悲,引他上天吧!

"雨深秋寂寞",是作者用心营造的一个令人增悲添愁的特定环境,为下句的"愁引病增加"铺垫了一层气氛。李清照的《声声慢》词"守着窗儿,独自怎生得黑。梧桐更兼细雨,到黄昏点点滴滴。这次第,怎一个愁字了得",为悼亡夫,李煜此词,为悼夭子,均是痛彻肺腑之音,哀吟至此,今天的读者也真不能不为之泣下了。

书灵筵手巾

灵筵,即灵座或灵床,停放尸体的床。据吴荣光《丧礼门》:"柩东设灵床,施帏帐、枕衾、衣冠、带屦之属,皆如生时。"又《世说新·伤逝》:"顾彦先平生好琴,及丧,家人常以琴置灵床上,张季鹰往哭之,胜其恸,遂径上床,鼓琴,作数曲。"书灵筵手巾,就是把诗写在置于灵筵的巾之上。由此可知,这也是一首悼亡诗,是为悼念昭惠皇后而作,写作时间在宋太祖乾德二年(964)冬昭惠后刚逝世后。诗里述说了自己壮年失妻的痛,描写了对亡妻遗物的无限爱惜之情。虽只有短短四句,但却内含巨大的悲恸哀伤。

浮生共憔悴,壮岁失婵娟。
汗手遗香渍,痕眉染黛烟。

浮生共憔悴,壮岁失婵娟——浮生,即人生。《庄子·刻意》:"其生若浮,其死若休。"庄子以为人生在世虚浮无定,故称人生为浮生。憔悴,瘦弱萎靡貌。《楚辞·渔父》:"颜色憔悴,形容枯槁。"婵娟,美好貌。孟郊《婵娟篇》:"花婵娟,泛春泉。竹婵娟,笼晓烟。"也指美女。《桃花扇·传歌》:"一带妆楼临水盖,家家分影照婵娟。"此处指昭惠周后。这两句诗述说了亡妻与自己同甘共苦的人生经历,对自己壮年失妻表现出巨大的悲恸。李煜从即位那天起,就没有享受过多少舒心的日子,北宋王朝不断挑起事端,吞并之心由来已久。国难不断,家难也不断,小儿瑞保不幸夭折。所有这些痛苦,妻子周后都与自己共同分担着,以至于被折磨困苦、忧伤过度而死。这就是"浮生共憔悴"的含义。幼年丧父、中年丧偶、老年丧子,人生三大不幸中,自己已遭遇了两大不幸,老天爷何其不公。时移世变国祚日衰的不顺心之事,已让人够憔悴的了,现在又遇上丧妻之痛,更让人难以忍受。

汗手遗香渍,痕眉染黛烟——汗手,指汗巾上留有的手上的汗迹。香渍,积在汗巾上难以除去的香脂。黛,青黑色的颜料,古时女子用以画眉。《楚辞·大招》:"粉白黛黑,施芳泽只。"这两句诗由昭惠皇后的遗物写起,来抒发自己的哀思。灵床上的汗巾上,手指的汗迹还留有香脂,印上的眉痕还染着青黛。香味犹在,烟痕尚存,而婵娟已失,不能不倍增撕心裂肺之痛。

此诗是李煜在亡妻灵座前的随笔之作,写的都是眼前景、眼前物,因此也就信手拈来,十分自然,没有雕琢的痕迹。灵室气氛本来就让人十分伤心,正如晋代潘岳《寡妇赋》所写:"入空室兮望灵座,帷飘飘兮灯荧荧",而亡妻的遗物更增添了一层忧伤。由具体遗物汗巾写起,从小处着笔,抒写壮岁失妻的痛苦,是此诗的一大特色。

挽辞二首

挽辞即挽歌,哀悼死者的歌。据《全唐诗》注:"宣城公仲宣,后主子,小字瑞保,年四岁卒。母昭惠先病,哀苦增剧,遂至于殂。故后主挽辞,并其母子悼之。"由此可知,此诗是为悼念小儿瑞保与昭惠周后二人而作,是一首合悼诗。瑞保与昭惠卒于宋太祖乾德二年,即公元964年,由此可知此诗的写作时间。据《十国春秋》记载:"初,仲宣殁,后主恐重伤昭惠后心,常默坐饮泣,因为诗以写志,吟咏数四,左右为之泣下。"可知李煜为亡儿亡妻所作诗文甚多。此二首挽辞极写失子之悲与丧妻之痛,将忧思无尽的苦情表达得穷哀至恸,令人倍感悲戚,堪称合悼诗和悼亡诗的典范。

(一)

珠碎眼前珍,花凋世外春。
未销心里恨,又失掌中身。

玉笥犹残药,香奁已染尘。
前哀将后感,无泪可沾巾。

(二)

艳质同芳树,浮危道略同。
正悲春落实,又苦雨伤丛。
秾丽今何在?飘零事已空。
沈沈无问处,千载谢东风。

珠碎眼前珍,花凋世外春——用珠碎、花凋借喻儿子瑞保夭折和爱妻昭惠周后病故。一个"碎"字,把丧子之痛跃然纸上,不仅是"珠碎",而且是心碎。以"珠"来表达对儿子的疼爱,真是掌上珠;以"花"来比喻妻子的美貌,真是花容月貌。开首两句,犹如晴天霹雳,把丧子亡妻的接连打击痛述眼前,让人能体会到作者的寸肠万断、万箭穿心之痛。

未销心里恨,又失掌中身——恨,指丧子之恨。掌中身,借指昭惠皇后。乾德二年十月李煜次子仲宣因惊痫得疾死亡,昭惠皇后病中闻讯更加重了疾患,数十日后饮恨而亡。此两句诗就是写这种雪上加霜、祸不单行的悲哀。"掌中身"三字,表达出李煜对妻子疼爱有加,更超过了爱子之情。

玉笥(sì)犹残药,香奁(lián)已染尘——笥,盛衣物或饮食的方形竹器。班婕妤《怨歌行》诗:"裁成合欢扇,团团似明月。弃捐箧笥中,恩情中道绝。"奁,古代装梳妆用具的器物。流行于战国至唐宋时期,内部分为多层,后来成为一种可以开闭的梳妆镜匣。这两句写旧物仍在而人已永逝,物是人非之感油然而生。玉笥之中,还留有小儿尚未服完的残药;香奁之上,已沾染上了灰尘。妻与子已亡故多日,而作者还不忍心搬动其旧物,睹物又思人,其矛盾心情难以摆平。

前哀将后感,无泪可沾巾——将,与、共。李白《鲁郡尧祠送窦明府还西京》诗:"遂将三五少年辈,登高远望形神开。"李煜在短短数月时间里,连失爱子与爱妻,哭都哭得无泪了,可见其悲伤程度之深,是常人难以想像得到的。杜甫诗还有"正思戎马泪沾巾",而李煜已"无泪可沾巾",悲哀过度后的麻木之态由此而知。

艳质同芳树,浮危道略同——艳质,艳美的资质,这里指昭惠皇后。据史书记载,昭惠皇后姿容艳丽,书史歌舞无不精通,故李煜用艳质比喻她。"芳树"则喻指爱子,说他如幼树正在生长。而爱妻正当盛年却撒手人寰,爱子正在成长却早年夭折。所以李煜心情很低沉,认为人生如梦,世间事物大多如此。浮,浮生,李白《春夜宴从弟桃李园序》:"浮生若梦,为欢几何。"感叹世事无定,人生短促。危,危殆,指危险到难以维持的地步。道,事物的普遍规律。略,大略。

正悲春落实,又苦雨伤丛——实,果实。丛,花丛。以果实和花丛喻指儿子瑞保和昭惠皇后。"正悲"和"又苦",写出了时间上的紧促,短短数月竟然连丧二位至亲,真是风雨无情,老天爷无情。

秾(nóng)丽今何在?飘零事已空——秾,花木繁盛貌。罗隐《牡丹花》诗:"可怜韩令功成后,辜负秾华过此身。"飘零,坠落。刘昼《新论·言苑》:"秋叶诚危,因微风而飘零。"作者在此处仰天长问:我的爱妻正如花丛繁茂艳丽,她现今在哪里呢?问天天不应,他深知人死如叶落,一切都成为空的了。

沈沈无问处,千载谢东风——沈沈,深沉貌。南朝梁人何逊《宿南洲浦》诗:"沈沈夜看流,渊渊朝听鼓。"谢,死亡,凋落。比喻子丧。《南史·范缜传·神灭论》:"形存则神存,形谢则神灭。"这两句是对上两句的应答:"秾丽今何在?""沈沈无问处。"东风过后,一切花朵都要凋落,一切花丛都要死亡,千载如此,今又如此,即使帝王之身,也躲不过此劫。

第一首诗前三联对仗工整,绝非随意挥洒,而是着意为之,匠心独运。把爱子与爱妻交替着写,把失子之恨与丧妻之痛轮流着抒发,正是这种一气呵成的三联三对偶叠续通贯,才把忧思无尽的两人两苦情表达得穷哀极恸。"珠"对"花","心里恨"对"掌中身","玉笥"对"香奁",最后把"前哀"与"后感"凝成一句,由分而合,将失子之悲与丧妻之痛兼容并纳,令人倍感悲伤。"玉笥犹残药,香奁已染尘",此两句尤其形象生动,有无穷的感人力量。元稹有悼亡妻的《遣悲怀》诗:"衣裳已施行看尽,针线犹存未忍开。"苏轼有悼亡妻的词:"夜来幽梦忽还乡,小轩窗,正梳妆,相顾无言,唯有泪千行。"这些都是写睹物思人,物是人非。"无泪可沾巾",也写得极符合作者此时的情态,泪都流干了,无泪可流了,其悲伤过度可由此而知。

第二首诗是续篇,所悼之人仍是小儿瑞保和爱妻昭惠。其形式虽同为五言律诗,但其表现手法却不尽相同。第一首诗每一联的上句写子,下句言妻。第二首诗却是将子妻合起来共悼。"艳质"指妻,"芳树"指子;"果实"指子,"花丛"指妻。"正悲"、"又苦"这一流水对,不仅对仗工整,而且一脉贯通,层递增忧,极有时间的紧促感和无穷的哀感。"沈沈无问处,千载谢东风",是无可奈何之叹,是痛彻肺腑之言。宋词中有"泪眼问花花不语,乱红飞过秋千去",其意境与李煜此诗相同,但其痛感程度却远远没有李煜此诗之深刻。

梅花二首

【题解】

这两首诗都是怀念亡妻昭惠皇后的。据《全唐诗》记载:"后主尝与周后移植梅花于瑶光殿之西,及花时,而后已殂,因成诗见意。"结合诗里写移植梅花的经过,乘月浇灌的辛勤,相约来年赏花的诺言,花开了人却亡了的遗恨,可知此二诗的写作时间是在昭惠皇后亡故的第二年,即公元965年。第一首是用五言律诗的形式咏事抒怀,第二首用的是五言绝句,是对第一首的陪笔和补白。两首诗都写得亲切自然,明白如话,仿佛是对昭惠皇后细诉衷肠,细述往事,夫妻俩谈着悄悄话。结句忽发哀音,跌入深潭,凄恻动人,给读者心灵以强烈冲击。

(一)

殷勤移植地,曲槛小阑边。
共约重芳日,还忧不盛妍。
阻风开步障,乘月溉寒泉。
谁料花前后,蛾眉却不全。

(二)

失却烟花主,东君自不知。
清香更何用,犹发去年枝。

【新解】

殷勤移植地,曲槛(jiàn)小阑边——殷勤,情意恳切深厚。司马迁《报任安书》:"未尝衔杯酒,接殷勤之馀欢。"槛,窗户下或长廊旁的栏杆。此两句诗回忆了去年与亡妻一起移植梅花树的经过,夫妻二人情意深厚,共同把梅树移栽到瑶光殿之西的曲槛小阑边。瑶光殿是他们经常游赏之地,为了营造一个优美的气氛,他们以销金红罗罩壁,以绿钿刷隔眼,糊以红罗,种梅花树其外。

共约重芳日,还忧不盛妍——重芳,再次开花。妍,美丽。李白《于阗采花》诗:"丹青能令丑者妍。"这两句意思是说记得当时我们还曾担心,到了来年梅花开花的时节,我们移植的梅树不会开放出盛美的花朵。

阻风开步障,乘月溉寒泉——步障,用以遮蔽风尘或视线的一种屏幕。《晋书·石崇传》:"崇与贵戚王恺、羊琇之徒,以奢靡相尚。恺作紫丝布步障四十里,崇作锦步障五十里以敌之。"为了消除来年梅花不盛艳的担忧,夫妻二人对梅树精心呵护,在梅树周围布置了阻挡风尘的屏幕,乘着月光引来寒泉浇灌梅树。

谁料花前后,蛾眉却不全——花前后,开花时节。蛾眉,代称美女,这里指周后。原打算夫妻俩人能共赏亲手移植的梅花艳色,谁能料到第二年梅花开花时节,只有我一人来了,你永远看不到这艳美风姿了。俩人中少了一人,所以有"蛾眉不全"之叹。

失却烟花主,东君自不知——烟花,云雾中的花,此处指梅花。东君,指春神。唐人成彦雄《柳枝词》:"东君爱惜与先春,草色无人处也新。"本诗起句"失却烟花主"承袭上首诗结句"蛾眉却不全"而来,"烟花主"指的是昭惠皇后,只有她才能与美艳的梅花相称,才能称得上是花神。花神都不在了,而春神竟然都不知道,还在催放着百花开放,你开的花让谁看呢?这里就有了遣责之意,遣责春神无目的地乱开花朵。

清香更何用,犹发去年枝——春神虽让梅花仍然开在去年的枝条上,放着清香,可是花神已经亡故了,这清淡的香味又有何用呢?作者痛失爱妻的无限悲伤,无疑都积郁在这凄凄一问之中了。

诗歌素有诗眼之说,纪昀曾曰:"末句是一篇之诗眼",也就是全诗立意所在。这两首诗犹以第二首结句"清香更何用,犹发去年枝"最为精炼传神,含蕴无穷,催人泣下。南宋词人姜白石《扬州慢》词结尾云:"二十四桥仍在,波心荡、冷月无声。念桥边红药,年年知为谁生!"是说经过金兵洗劫的扬州城,人烟稀少,桥边的红芍药花依旧开放,也不知在为何人开放?与李煜此诗结句的含意相同,都是写花开无主,赏花的人不在了,花儿也就显得寂寞冷清,一片荒凉。第一首诗的结句也有可评点之处,"蛾眉却不全"一声慨叹,紧承在语流上逐层推进的前三联而发,于升至极高处的波峰浪尖忽发哀音,一落千丈,跌入感情的低谷,给人以强悍的震动,引发出无限的悲思。

感怀二首

这两首诗都是悼亡诗,是李煜为悼念昭惠皇后而作。昭惠皇后是南唐大臣周宗的大女儿,小字娥皇,有倾国倾城之貌,通书史,善音律,尤其擅长歌舞。19岁时入宫为皇后,与李煜情深意笃,死时年仅29岁。李煜曾亲撰诔文,对她的品质、容貌、体态、才能、为人,以及夫妻间的恩爱生活,都作了具体生动的描写,还有不少诗词也是为她而作。从诗里"又见桐花发旧枝"、"空有当年旧烟月"等句看,此两诗的写作时间当在昭惠皇后逝世一年之后,也就是公元965年或以后。诗中的"一楼烟雨暮凄凄"、"芙蓉城上哭蛾眉"都是情景交融的好诗句,意象迷离,令人感伤。

(一)

又见桐花发旧枝,一楼烟雨暮凄凄。
凭阑惆怅人谁会,不觉潸然泪眼低。

(二)

层城无复见娇姿,佳节缠哀不自持。
空有当年旧烟月,芙蓉城上哭蛾眉。

新解

又见桐花发旧枝,一楼烟雨暮凄凄——发,生长。李锴《述身赋》:"草迎岁而发花。"烟雨,烟雾般的濛濛细雨。刘禹锡《竹枝词》:"巫峡苍苍烟雨时,清猿啼在最高枝。"凄凄,寒凉貌,悲伤貌。《诗·风雨》:"风雨凄凄。"《关尹子·三级》:"人之善瑟者,有悲心则声凄凄然。"首句说"又见",是指不止一次地见到桐花发于旧枝,也就是说不知多少次地由此勾起对爱妻的深切怀念。睹物思人,见花而想到自己爱妻昭惠皇后的花容。只是花谢还能再生长,而人死却不能复生,实在令人伤怀。"一楼烟雨暮凄凄",就是这种伤怀的具体写照。这句诗,既写了心态的凄凉、悲伤,又写了心绪的朦胧、惆怅,不知该如何消愁解恨。

凭阑惆怅人谁会,不觉潸然泪眼低——凭阑,靠着栏杆。惆怅,因失望失意而哀伤,心绪茫然。《楚辞·九辩》:"羁旅而无友生,惆怅兮而私自怜。"会,理解。潸然,涕下貌。《汉书·中山靖王胜传》:"纷惊逢罗,潸然出涕。"自己凭栏远眺,想摆脱满怀愁绪,但依然落寞惆怅,这种心情是无人能够理解的。想到此,禁不住潸然泪下,低头哀思。

层城无复见娇姿,佳节缠哀不自持——层城,指高大的城楼。据《淮南子·地形》、《水经注·河水》等记载的古代神话,谓昆仑山有层城九重,分三级。下层叫樊桐,中层叫玄圃,上层叫层城。上层为太帝所居,上有不死之树。《文选》张衡《思玄赋》:"登阆风之层城兮,构不死而为床。"自持,控制自己的情绪。这两句是说:过去节日时,二人一同登上城楼观赏风光。而今登上城楼,不见爱妻面容,佳节更觉哀不自胜。

空有当年旧烟月,芙蓉城上哭蛾眉——烟月,云雾中的月儿。芙蓉城,蜀国成都的别称。五代时后蜀孟昶于宫苑城上,尽种芙蓉,花开如锦,因有锦城、芙蓉城之称。蛾眉,女子长而美的眉毛,常指女子貌美。《离骚》:"众女嫉余之蛾眉兮。"此诗借芙蓉城代指后主所居之金陵城,是说自己虽贵为国主,但也仍然见不到想见的人,只剩下云雾中的月儿还像当年一样空照着,月下卿卿我我的旧时情景已不复存在,我只能在金陵城头为你哭泣。

第一首诗重在写眼前景。"又见桐花发旧枝"、"一楼烟雨暮凄凄",都是眼前景。第二首诗设境较前一首更为开阔,重在写想像中的世界。除"层城"外,"芙蓉城"在传说中也是仙人所居之地,再加上"空有当年旧烟月",都写的是高空世界,意象壮阔,想像宏远,给人以上穷碧落之感。

"一楼烟雨暮凄凄",是个极好的艺术造型,是写愁的名句。李后主写愁名句有"问君能有几多愁?恰似一江春水向东流",使愁有了无穷无尽、持续不断的形象之感。这句"一楼烟雨暮凄凄",与贺方回的"一川烟草,满城飞絮,梅子黄时雨"一样,使愁有了数量,有了茫茫然的朦胧之感。"空有当年旧烟月",也有着极其丰富的艺术内涵。它与唐诗中的"人面不知何处去?桃花依旧笑春风"、"归来池苑皆依旧,太液芙蓉未央柳。芙蓉如面柳如眉,对此如何不泪垂"一样,都是写物是人非,景色依旧,人却不见了踪影。当年后主与娥皇曾在烟月下卿卿我我,倾诉衷肠,如今烟月依旧迷人,依旧姣美,依旧似当年,风物虽在,人已亡故,就不能不让人愁肠万断、"缠哀不自持"了。

书琵琶背

这首诗也是悼念亡妻昭惠周后的。据《全唐诗》云:"周后通书史,善音律,尤工琵琶。元宗赏其艺,取所御琵琶,时谓之烧槽者赐焉。烧槽即蔡邕焦桐之义,或谓焰材而斫之,或谓因爇而存之。后临殂,以琵琶及常臂玉环亲遗后主。"从这一记载看,李煜诗中所记的琵琶有着非同一般的意义。首先,它是周后的公公李璟赠给周后的,是李璟对儿媳超凡绝伦的弹奏艺术的奖赏,是周后生前的心爱之物。其次,它是周后临终前赠给丈夫李煜的诀别之物,是周后音容笑貌的化身,李煜对此珍重异常。李煜睹物思人,在琵琶背上写下了这首诗,表达对亡妻的无限思念之情。

侁自肩如削,难胜数缕绦。

天香留凤尾，馀暖在檀槽。

【新解】

　　侁自肩如削，难胜数缕绦——侁(shēn)，即侁侁，众多貌。《楚辞》中宋玉《招魂》云："豺狼从目，往来侁侁些。"胜，禁得起。绦，用丝编织的带子。这两句诗是描写昭惠皇后的柳腰艳质，说她肩细如削，几乎纤丽到了难以承受数条丝带子的地步。走起路来索索作响，跳起舞来索索作响，丝带子也随之翩翩而舞。

　　天香留凤尾，馀暖在檀槽——天香，特异的香味。宋之问《灵隐寺》诗："桂子月中落，天香云外飘。"凤尾，琵琶的尾部是凤尾的形状。檀槽，檀木做的琵琶乐器上架弦的格子。李贺《感春》诗："胡瑟今日恨，急雨向檀槽。"这两句诗言昭惠皇后身上有着特异的香味，至今粉面斜依的香味依然留在琵琶的凤尾里，酥胸怀抱的馀温犹在檀槽。

【新评】

　　李煜见物思人，回忆起昭惠皇后生前弹琵琶的样子，她肩细如削，一耸一落，丝带子随之索索作响。前两句诗的描写使读者如见其人，如闻其声。后两句诗尤其富有意味，"天香留凤尾"，是实写，作者的确能嗅到琵琶上残留的香味。"馀暖在檀槽"，就是虚写，写作者自己的幻觉、错觉。檀槽上不可能有馀暖了，但作者永远觉得有馀暖，可见其情之痴之诚，所以说结句写得尤其好，真情由此而出。

九月十日偶书

【题解】

　　这首诗的末两句言"自从双鬓斑斑白，不学安仁却自惊"，两鬓斑白，可知此诗作于李后主后期。安仁即潘岳，西晋作家，有关他的典故很多。如"潘江"，是说他才思如江，源源不断，能做美文；"潘郎"，是说他曾任郎官，貌美风流，深得女子倾慕；"潘岳瘗夭"，是说他痛失幼子，葬于路侧，有亡子之痛；"潘岳悼伤"，是说他写有悼亡妻之诗，深挚哀婉，流传后世。结合本诗的特点，作者当是自言经历了夭子亡妻的痛苦折磨后，已渐渐变得感时伤怀，借酒浇愁，在愁苦与麻醉的精神状态中打发时日，也不再多写诗文。全诗景语情语互渗，用典贴切自然，涵括深广。

　　晚雨秋阴酒乍醒，感时心绪杳难平。
　　黄花冷落不成艳，红叶飕飕竞鼓声。

背世返能厌俗态,偶缘犹未忘多情。
自从双鬓斑斑白,不学安仁却自惊。

【新解】

晚雨秋阴酒乍醒,感时心绪杳难平——乍,忽然。杳,深远。"晚雨秋阴"四字,暗扣题目,点出节令正值凉气袭人的深秋,又淅淅沥沥地下着阴雨。"晚雨",是指晚秋的雨,深秋的雨。在这样一个令人愁肠苦结的阴雨晚秋里,作者触目伤情,就借酒浇愁。但酒醒后仍然是"感时心绪杳难平",怎么也挥断不了愁情,这与李白诗中的"抽刀断水水更流,举杯浇愁愁更愁"的含义是相同的。

黄花冷落不成艳,红叶飕飗竞鼓声——飕飗,风声。左思《吴都赋》:"飇浏飕飗,鸣条律畅。"竞鼓声,争着发出声响。这两句是写屋外的秋色秋声。在屋里浇愁浇不灭,就来到户外借景消愁吧,谁知看到的是满地的落叶黄花,听到的是风中的红叶飕飗作响,更让人有了冷落萧杀之感。欧阳修《秋声赋》中说:"故其为声也,凄凄切切,呼号愤发。草拂之而色变,木遭之而叶脱",与此两句诗意同。

背世返能厌俗态,偶缘犹未忘多情——背世,与世俗相违背,不流俗态。偶缘,偶然有了机缘。这两句笔锋一转,由写景转为议论,是说自己与世俗相违背,能够不同流俗,但偶有机缘,还是脱不了俗情,还是忘不了表现多情之态。

自从双鬓斑斑白,不学安仁却自惊——这两句就有了前后对比了。在双鬓斑白前,自己是学安仁的,是多情的,学他的吟咏风月,惜玉怜香,学他的哀子痛妻,悲逝悼亡。而自从双鬓斑白后,自己已参透世情,心灰意冷,不愿再学安仁那样多愁善感了。但不愿学只是一种愿望,碰到愁景愁情时,还是免不了要多愁善感,这就是"却自惊"三字的含义。惊什么?惊自己双鬓斑白了,还在学安仁。

这首诗是作者矛盾心情的真实写照。他自认为不同流俗了,但一遇事还是容易多情,还是容易流于俗态;他自认为随着年事增长,随着参透世态,就没必要像潘岳那样多愁善感了,但碰到"晚雨秋阴"的景象还是免不了自惊,免不了心绪难平。"背世返能厌俗态",是一方面;"偶缘犹未忘多情",又是另一方面。"不学安仁",是一方面;"却自惊",又是另一方面。"多情"和"自惊"表现在哪里?表现在"心绪难平",表现在对"黄花"、"红叶"的敏感上,表现在对"晚雨秋阴"的悲伤上。全诗虽然意象朦胧,有吞吞吐吐、意犹未尽之感,但还是把感时伤怀的心态写了出来,渗透在景语情语之中。

病中感怀

【题解】

　　这首五言律诗抒发病中情怀,忧思缠绵,感喟良多。从诗意看,写作时间当在昭惠皇后亡后至国亡前这一段时期。诗里记述了他愁病交加、无法排遣的境况,希望能在痛苦煎熬中得到解脱。联想到李煜即位后期国势日衰,北宋大军日见侵逼的现实,这首诗反映的就不仅仅只是对病体的忧叹,还有心病和愁苦在其中,对国事的担忧也隐隐可见。

　　　　　　憔悴年来甚,萧条益自伤。
　　　　　　风威侵病骨,雨气咽愁肠。
　　　　　　夜鼎唯煎药,朝髭半染霜。
　　　　　　前缘竟何似,谁与问空王。

【新解】

　　憔悴年来甚,萧条益自伤——憔悴,此处指病体瘦弱,面色不好看。萧条,指景象冷落凋零。《楚辞·远游》:"山萧条而无兽兮,野寂漠其无人。"从这两句诗意看,写作时间当在深秋季节。本来就病魔缠身,折磨得人形容枯槁、身体瘦弱,到户外一看,深秋的景象更加萧条,一片残败,让人又添一层忧伤。这两句言明了病非自今日始,已经很长时间了,乃为处境日艰,积忧结郁所致。

　　风威侵病骨,雨气咽愁肠——风威,是指深秋的西北风寒气逼人;雨气,是指深秋的暮雨冰凉难耐。这两句仍是上承"萧条益自伤"而来,是对"萧条"的具体诠释。秋风肃杀,侵人病骨;秋雨寒冷,使人愁肠哽咽。病体与愁怀紧密结合,病因愁起,愁使病笃。

　　夜鼎唯煎药,朝髭半染霜——鼎,古代煮东西用的器具,三足两耳。髭(zī),胡须。这句就把深秋的寒冷点得非常明白了。夜里靠煮药治理病体,早晨胡须则变白,如同秋霜,真让人受不了啊!

　　前缘竟何似,谁与问空王——前缘,佛家谓前世天定的缘分。唐释齐己《白莲集·寄怀东林寺匡白监事》诗:"南岳别来无后约,东林归住有前缘。"空王,佛家语,佛祖的尊称。这两句是李煜对命运不公发出的质问:是不是我的前世缘分就该让我遭受亡子、亡妻、国衰、病笃等种种痛苦,谁去代我问一问佛祖,让他给我做出回答。佛说世界一切皆空,难道这些苦难都是空的吗?这就是结句的含义。

此诗把体病、心病、人情、秋景、家事、国事等融合在一体,全诗笼罩了一层伤感的云雾。"风威侵病骨,雨气咽愁肠"一联尤为传神,把病中的敏感形象地写了出来,正因为有病骨,正因为有愁肠,才感受到秋风格外寒,秋雨格外冷。读此两句,不仅让人联想到老杜《登岳阳楼》诗中的"亲朋无一字,老病有孤舟"的哀伤情绪。李煜这场病持续了很长时间,并因此而写了许多诗词,字里行间流露出对尘世的厌烦和对命运不公的悲愤,是研究李煜思想转变的重要资料。

病中书事

这首诗题为《病中书事》,与前首诗《病中感怀》当写于同一时期,前后两首皆吟于病中。所不同的是,前首诗侧重于抒怀,抒发病中情怀;这首诗则侧重于书事;书写病中琐事。从诗里所写的月照静居,心清目爽,幽院扃扉,杜门谢客,懒听庸医之妄语,体贴小婢之力弱等,都是病中极为典型之景之事,有着浓烈的生活气息。而且心情舒爽了许多,可见写此诗时病体已接近于痊愈,语词也就透露出轻松之感。此诗与前首诗相比,带有不少亮色,不像前首诗那样,给人以沉郁和压抑感。诗中的无世事搅扰,无俗情牵挂,自在清闲之趣,写得十分生动。

  病身坚固道情深,宴坐清香思自任。
  月照静居唯捣药,门扃幽院只来禽。
  庸医懒听词何取,小婢将行力未禁。
  赖问空门知气味,不然烦恼万涂侵。

病身坚固道情深,宴坐清香思自任——道情,道义情理。谢灵运《述祖德诗》:"拯溺由道情。"宴坐,闲坐。白居易《病中宴坐》诗:"宴坐小池畔,清风时动襟。"首联两句说病中闲坐户外,只觉清风扑面,香气袭人,病体一下子轻松了许多,思绪万千,任其驰思;虽然顽固的疾病还没有被彻底治愈,但自己对人生道义情理的理解却越来越深刻了,一场大病引出一番大悟。

月照静居唯捣药,门扃(jiōng)幽院只来禽——捣药,古代传说月中有白兔捣药。张衡《灵宪》:"月者,阴精之宗。积而成兽,象兔,阴之类,其数耦。"此处虚实相关,既写月,又实指捣药医用。扃,关锁。幽院,深院。前一句写夜晚:明月高照,静居幽雅,只有捣药的声音冬冬作响,让人联想起神话世界中的月兔桂子。后一句写白天:小门紧锁,深院幽静,没有杂人杂事来打扰,只有小鸟时时飞来与人亲近,让人赏心悦目。

庸医懒听词何取,小婢将行力未禁——庸医,医术低劣的医生。将行,扶着行走。力未禁,力难承受。这两句写的都是病中琐事:久病难愈,可见宫中的御医们都医术低劣,自己也懒得再听他们胡说八道。身边的小婢扶持着自己散步,可又力小难以承受,着实让人爱怜。

赖问空门知气味,不然烦恼万涂侵——空门,佛教宣扬诸法皆空,以悟空为进入涅槃之门,故称佛教为空门。白居易《闲吟诗》:"自从苦学空门法,销尽平生种种心。"气味,情趣。杜牧《赠终南兰若》诗:"休公都不知名姓,始觉禅门气味长。"万涂侵,从各方面侵来。尾联紧承上联而发,说自己多亏懂得了不少佛教道理,才获得了许多生活情趣,要不然尘世的烦恼会从各方面侵来,使人陷入愁江苦海。

解评

全诗善于从小处着笔,从小事入手,来抒写病中的感受和日常生活。具体人物有"庸医",有"小婢",具体景物有清风、明月、飞鸟,使读者通过这些可以感受的人事和景物,体会到作者的内心世界。"宴坐清香思自任",写难得的清闲自在,与白居易所写"宴坐小池畔,清风时动襟"的形象相同。"月照静居唯捣药,门扃幽院只来禽",也是极好的艺术造型,是帝王之尊的李煜难得的生活享受。常人都怕"门前冷落车马稀",都怕门可罗雀,唯有帝王难得一遇这种清闲,所以感慨也就显得真切自然。

病起题山舍壁

题解

从诗里"山舍初成病乍轻"来看,山舍当为李煜于城居之外另辟的山庄,用来消闲游赏和脱避闹市嚣音。他本来生了一场大病,但山舍刚刚落成,病体便忽觉轻松,表现出其对山居生活的由衷喜爱。高兴之馀,他挥笔写下了这首诗,题写于山舍之壁。诗里描写了山居的闲情逸致和自然界的无穷活力,表现出对尘世所累的厌恶和对隐者生活的向往。史书记载李煜崇尚佛事,佛教思想对他一生影响很大,这首诗就集中体现了他欲超凡脱俗的愿望。从诗意和所写环境看,写作时间当在李煜即位后期,经历了亡子亡妻之痛后,他有些心灰意冷,幽居山野以消烦解忧。

山舍初成病乍轻，杖藜巾褐称闲情。
炉开小火深回暖，沟引新流几曲声。
暂约彭涓安朽质，终期宗远问无生。
谁能役役尘中累，贪合鱼龙构强名？

山舍初成病乍轻，杖藜巾褐称闲情——杖藜(lí)，扶杖走路。杜甫《暮归》诗："年过半百不称意，明日看云还杖藜。"巾褐，以褐巾裹发。诗的首句起势不凡，一开始就写出一种喜悦之情，初落成的山舍比灵丹妙药管用，一下子就使病体轻松了许多。于是，自己也与山野老农一样，扶着手杖，裹着头巾，漫步山野，浑似一个超然物外的隐者，非常称合心愿。

炉开小火深回暖，沟引新流几曲声——这两句写的是山居斗室极富特色的生活场景：为了抵御山间寒气，屋里生着小炉火，非常暖和；这时，从窗外传来了新修的小渠流水的声音，非常动听。可见李煜把山舍布置得十分惬意，特意让人挖渠沟引来溪流，使窗外终日流水丁冬，充满赏心悦目的山野情趣。

暂约彭涓安朽质，终期宗远问无生——彭涓，彭祖和涓子，古代传说中的长寿者。南朝梁人陶弘景《陶隐居集·寻山志》："仰彭涓兮弗远，必长年兮可期。"宗远，宗炳和慧远，南朝宋代的隐士和僧人。《宋书》卷九十三《宗炳传》："妙善琴书，精于言理，每游山水，往辄忘归。征西长史王敬弘每从之，未尝不弥日也。乃下入庐山，就释慧远考寻文义。兄臧为南平太守，逼与俱还，乃与江陵三湖立宅，闲居无事。高祖召为太尉参军，不就。"后世因用以借指好佛不仕的隐逸之士。无生，佛教谓万物的实体无生无灭。唐朝王维《登辨觉寺》诗："空居法云外，观世得无生。"这两句诗是写自己的愿望：我真想像彭祖和涓子一样长寿不老，像宗炳和慧远一样求佛隐居。

谁能役役尘中累，贪合鱼龙构强名——役役，劳作不息貌。《庄子·齐物》："终身役役，而不见其成功。"也指奔走钻营，白居易《闲关》诗："回顾趋时者，役役尘壤间。"合，集凑到一起。鱼龙，喻品质不一的人混杂在一起。《元诗选》载方行《送贾彦临训导霍兵》："天近君门严虎豹，地宽人海混鱼龙。"最后两句紧承上述情怀，以有力的反问作结：我岂能为庸碌纷扰的尘世所牵累，鱼龙混杂地去追求所谓的强名？

这首诗是李煜一生所写诗歌中难得的一首快诗，也反映了他性格和生活中的另一个方面，那就是崇尚自然，希望过凡人的普通生活。他的出身把他推上了帝王之尊，让他在饱享荣华富贵的同时，也饱受了常人难以经历的亡国之痛和囚徒之辱。虽然写此诗时国还未亡，但北宋连年的侵凌已把他折磨得疲惫不堪，这就是他觉得当隐士比当国君好的原因所在。诗里的几个形象都不错："炉开小火深回暖"，使人联想到白居易诗中的"绿蚁新醅酒，红泥小火炉"，充满了无限温馨；而"杖藜巾褐称闲情"、"沟引新流几曲声"的生活情趣，也是宫中所享受不到的。

题《金楼子》后并序

【题解】

　　这是一首咏史诗，题写于梁元帝萧绎所撰《金楼子》一书之后，并在正文前附了一段小序。序文的大意是说，梁元帝曾经说过，王粲昔日在荆州依附刘表时曾写了数十篇文章，后来荆州失守，这些文章都被他烧毁了，仅存一篇。当时名士都称赞这篇文章写得好，可惜只知其一，不知全貌。后来西魏宇文泰率兵攻陷梁的都城江陵，梁元帝也自感读了那么多的文武之书，仍免不了亡国，就把所藏之书全部烧毁。上述两件焚书之事，如出一辙。李煜对此深有感慨，便提笔写下了这首诗。诗里把这两次焚书之事与秦始皇焚书坑儒相提并论，认为国家兴亡是人间正道，与读书多少并无多大关系，焚书之举纯属蠢人所为。

　　梁元帝谓王仲宣昔在荆州著书数十篇，荆州坏，尽焚其书，今在者一篇，知名之士咸重之，见虎一毛，不知其斑。后西魏破江陵，帝亦尽焚其书曰："文武之道，尽今夜矣。"何荆州坏焚书二语，先后一辙也。诗以慨之。

　　牙签万轴裹红绡，王粲书同付火烧。
　　不是祖龙留面目，遗篇那得到今朝。

　　牙签万轴裹红绡，王粲书同付火烧——牙签，用象牙做的书签，以便看书时做标志便于翻检。韩愈《送诸葛觉往随州读书》诗："邺侯家多书，插架三万轴。一一悬牙签，新若手未触。"轴，古代装成卷轴形的书。王粲，字仲宣，"建安七子"之一，东汉末先附刘表，后归曹操，以诗赋著名。这两句说王粲和梁元帝，平日里惜书如命，既系有书签便于翻检，又用红丝布包裹珍存，为何在城池被攻破以后，就要用火烧掉呢？真是百思不得其解。

不是祖龙留面目，遗篇那得到今朝——祖龙，秦始皇。《史记·始皇本纪》："三十六年秋，使者从关东夜过华阴平舒道，有人持璧遮使者曰：为吾遗滈池君。因言曰：今年祖龙死。"面目，犹言面子。《史记·项羽本纪》："纵江东父兄怜而王我，我何面目见之。"作者在这里感慨往事：秦始皇焚书坑儒时还未烧尽杀绝，还手下留情，给世人留有面子，不然那些残留的诗文何以能保存到今天？

李煜本人喜爱读书，因而也就惜书如命，对王粲和梁元帝的焚书之举大不以为然，评价他俩连秦始皇还不如。作者先对王粲和梁元帝的惜书焚书之举进行描写，然后笔锋一转，联系到更加著名的秦始皇焚书一事，这样就有了可比性。秦始皇怕人读书推翻他的专制，残忍地焚书坑儒，但秦朝最后还是灭亡了。"坑灰未冷山东乱，刘项原来不读书"，灭秦的并不是读书人，而是不读书的刘邦和项羽。可见国兴国亡与读书焚书并无关系，推绎至此，诗的主题也就水落石出了。

送邓王二十弟从益牧宣城

这是一首送别诗，是送胞弟邓王从益出镇宣城时所作。邓王名从益，南唐中主李璟之子，李煜之胞弟，在亲兄弟中排行第八，在同父之子中排行第二十六，因而"二十"当为"二十六"之误。据《全唐诗》注："后主为诗序以送之，其略云：秋山滴翠，暮壑澄空。爱公此行，畅乎遐览。"李煜还作有《送邓王二十六弟牧宣城序》，以兄长兼国君的身份对爱弟殷切叮嘱，谆谆教诲，告以施政之方策。为政的嘱咐在序文里已全说遍了，诗里充满的就是手足深情。全诗笔墨始终倾注于一个情字，末句劝弟以国事为重，给人以极大的策励。

且维轻舸更迟迟，别酒重倾惜解携。
浩浪侵愁光荡漾，乱山凝恨色高低。
君驰桧楫情何极，我凭阑干日向西。
咫尺烟江几多地，不须怀抱重凄凄。

且维轻舸更迟迟，别酒重倾惜解携——维，系。舸，大船。《方言》第九："南楚江湘，凡大船者谓之舸。"解携，分手。从"更迟迟"和"别酒重倾"里，可知兄弟二人难分难舍,送别的酒已喝过了一遍,还是没有把人送走,那就再喝一遍吧。为什么迟迟不别?为什么还要重倾别酒?都在一个"惜"字。兄弟情深,如同手足,哪能轻易就分手呢?

浩浪侵愁光荡漾,乱山凝恨色高低——以"浩浪"和"乱山"指明邓王从益所去的方向和征程。从益的船在大浪里随波光荡漾,那片片波光反射过来,仿佛是数不清的别情愁绪;从益的船被乱山遮蔽住了,那高高低低的山色峰峦映入眼帘,仿佛凝结着许多的遗恨。

君驰桧楫情何极,我凭阑干日向西——桧楫,桧木做的桨。这两句从兄弟二人的角度来写:弟弟的船飞驰而去,他一定也有着无限的离情;哥哥凭栏远眺,久久不愿离去,直等到太阳西斜,日色昏黄。

咫尺烟江几多地,不须怀抱重凄凄——咫尺,比喻距离很近。徐干《答刘公干》诗:"虽路在咫尺,难涉如九关。"凄凄,悲伤貌。《关尹子·三极》:"人之善瑟者,有悲心则声凄凄然。"尾联是说:好在宣城离金陵并不遥远,兄弟二人还能有相见之日,心里不必存有深深的悲伤之情。

结句既有"又送王孙去,萋萋满别情"之意,又有"无为在歧路,儿女共沾巾"之宽慰语,涵盖了众多的内容。"浩浪侵愁光荡漾,乱山凝恨色高低",写得比较含蓄,是嫌浩浪和乱山挡住了自己的视线,使自己看不见弟弟的船影,因而觉得波光山色都是愁,都是恨。"我凭阑干日向西",就写得比较直白了,既言明了送别的时间持续之长,又可以看出一位忠厚兄长对爱弟的无限疼爱之情。这首诗是一首送别佳作,有极高的艺术价值。

渡中江望石城泣下

中江,水名,古三江之一。《书·禹贡》记载:"东为中江,入于海。"是长江的中下游。石城,石头城,战国时楚称金陵,三国时改名为石头城,为南唐国都。据史书记载,宋太祖开宝八年(975)十一月二十七日夜半,金陵城陷,南唐灭亡。次年正月,李煜携子弟四十五人随宋兵北上,被押解至宋都城汴京,白衣纱帽待罪于明德楼下,受宋封为不乏讽刺意味的"违命侯"。他在被押解北上的渡口,回首遥望故都石头城,泪如泉涌,口占了这首七律。诗中描写了国破家亡的残败景象,抒发了自己愁苦不堪的悲伤情怀和对未来命运的担忧,具有极强的艺术感染力。

江南江北旧家乡,三十年来梦一场。
吴苑宫闱今冷落,广陵台殿已荒凉。
云笼远岫愁千片,雨打归舟泪万行。
兄弟四人三百口,不堪闲坐细思量。

江南江北旧家乡,三十年来梦一场——首句写南唐的国土疆域。李煜生于南唐始祖升元元年(937),正是李昪建国称帝的同一年。李昪在位六年,兵不妄动,境内赖以休息,时国土包括现在的江西全省、福建大部分,还有江苏和安徽以南的部分。境内河山秀丽,物产丰饶,文化繁荣,是五代十国中国势较盛的一个。然而,李煜的父亲李璟嗣位后,好景不长,国势日弱。955年以后,北周对他的威胁日重,他不得不遣使奉表,以国为附庸,去帝号,称国主,用周年号,尽献江北郡县。到李煜即位时(961),赵匡胤已代周称帝建立宋朝,李煜奉宋正朔称臣,继承的是江南的部分疆域。所以,"江南江北旧家乡",写的是自李昪以来的南唐故土。"三十年来梦一场",也写的是南唐自建国至灭亡的历史,共存在了38年。"旧家乡"是抒写自己对故国的热恋之情,故土难离,热土难舍。"梦一场"是抒写自己的无限感慨,无限惆怅:一个活生生的国家就这样完了,真的不敢相信,真的像做梦一样。

吴苑宫闱今冷落,广陵台殿已荒凉——吴苑,苏州的代称。因苏州为春秋吴地,有宫阙苑囿之盛。宫闱,宫中后妃所居之处,《后汉书·光烈阴皇后纪》:"皇后怀执怨怼,数违教令。宫闱之内,若见鹰鹯。"广陵,县名,故址在今江苏扬州市东北。台殿,泛指亭台楼阁和高大堂屋,因隋炀帝曾在此地建有殿堂,故为江南名城。这两句以当年繁华的"吴苑宫闱"与"广陵台殿"并举,极叹其"今冷落"、"已荒凉",给人以无限的沧桑之感。实际上,"吴苑"、"广陵"在此处是实指,也是代指,代指自己居住的金陵宫殿如今也是冷落荒凉、人去楼空了。

云笼远岫(xiù)愁千片,雨打归舟泪万行——岫,峰峦。谢朓《郡内高斋闲望》诗:"窗中列远岫。"云烟笼罩着远处的峰峦,如同愁绪千片;细雨滴打着远行小舟,如同悲泪万行。以"云笼远岫"作烘托,以见其愁云密布;用"雨打归舟"作铺垫,以见其泪雨倾盆。"千片"、"万行"极言愁之多、恨之深。

兄弟四人三百口,不堪闲坐细思量——李煜本兄弟八人,二哥、三哥、四哥、五哥不幸早夭,未有子息。此处四人,当指大哥弘冀(虽已死,但留有眷属多人)、七弟从善、八弟从益和自己,四兄弟家人共约三百口。"细思量",思量什么?不得而知,但起码思量的内容有二:一是自己荒于政务,以至有今日之祸。据《江南野史》记载:"后主罔恤政务,晓于禁中卧听内道场童行撞钟有节数,喜而召之,剃度为僧。"据

《后主本纪》等史书记载:"后主佞佛,有谏者辄被罪。""募民为僧,所供养逾万人,上下狂,国事日非。""命境内崇修佛寺,改宝公院为开善道场。国主与后顶僧珈帽,衣袈裟,诵佛经,拜跪顿颡,至为瘤赘。""内史舍人潘佑切谏,被收,佑乃自杀。户部侍郎李平亦以谏嫌,缢死狱中。""金陵被围,后主召小长老问祸福。对曰:臣当以佛力御之。乃登城大呼,周回数四。后主令僧俗军士念救苦菩萨,满城沸涌。未几,四面矢石交下,复召小长老麾之,称疾不起。始疑其诞,遂鸩杀之。"这些荒唐的治国之策再加上平日里迷恋酒色的生活方式,不值得自己深刻思量吗? 二是思量今后的命运,是吉是凶,不得而知,历来只有亡国之君,并无亡国之臣。国亡了,臣子还可以再作别人的臣子,君主怎么办呢?或是过屈辱的囚俘生活,或是饮恨自杀身亡。自己该如何做呢?他不得不思量。

　　此诗情真意切,痛写亡国之恨,符合初亡国时的心理特点。由国主而沦为囚徒,对李煜来说,是人生的一大转折点;对他的诗风词风来说,也是一大转折点,由悲哀而转为凄厉。在排景布局上,由江南写到江北,由吴苑写到广陵,由过去写到现在,由眼前写到将来,可以说写遍了他所身历的时空领域,难怪他会发出人生如梦的浩叹和沧桑巨变之感。中间两联可称为名句,不仅对仗工整,而且含义深刻,形象生动。尤其是"云笼远岫愁千片,雨打归舟泪万行",不仅是远景与近景的结合,而且是愁绪与恨情的交融,把情感移接在云岫雨舟上,其形象义就有了具体的事物,就有了联想的对象。

秋　莺

　　这是一首借咏物而抒怀的佳作。从诗意看,当作于南唐亡国李后主过着囚俘生活之时。作者用"秋莺"作诗题,诗中又写到它是一只"残莺",一只"独莺",一只"老莺",联系起作者国败家颓的艰难处境和后期孤苦独愁的思想状况,当是以"秋莺"自喻,想必秋莺也同自己一样孤独失意,背世不群,迟钝笨拙吧! 诗中将咏物与抒怀融为一体,似是劝慰秋莺,实是警醒自己,莫再流连尘世,让露华牵恨,蓼花添愁,还是好自归去,超脱于尘世之外。李煜在位时迷恋佛事,与小周后衣袈裟,诵佛经,这首诗里就渗透着一种厌世的佛老思想。

　　残莺何事不知秋,横过幽林尚独游。

老舌百般倾耳听,深黄一点入烟流。
栖迟背世同悲鲁,浏亮如笙碎在喉。
莫更留连好归去,露华凄冷蓼花愁。

残莺何事不知秋,横过幽林尚独游——幽林,深暗的树林。诗一开首就感叹地诘问:残莺啊残莺,你已经活不了几天了,为什么还不知道时令已届寒秋,还要在深暗的树林里独自游翔呢?你在游什么呢?作者理解不了残莺,实际上是理解不了自己。据《江南野史》记载,后主曾拒朝不行北宋,谓人曰:"他日王师见讨,孤当躬擐戎服,亲督士卒,背城一战,以存社稷,如其不获,乃聚宝自焚,终不作他国之鬼。"可见他曾下了与国同存亡的决心。但国破家亡后,他并没有"聚宝自焚",还是忍辱苟活人世。所以作者以"残莺"自喻,是再恰当不过了。

老舌百般倾耳听,深黄一点入烟流——烟,云雾。入烟流,飞入云雾之中。此二句以"老舌"借代莺的鸣叫声,以莺的"深黄"色借代莺本身。作者千方百计地倾耳听着老莺的鸣叫声,但怎么也听不明白它在鸣叫着什么,只见它变作深黄色一点,飞入云雾之中。这是在写自己的心态,想与老莺沟通,共同交流思想,但无法沟通,老莺无知音,自己也无知己。

栖迟背世同悲鲁,浏亮如笙碎在喉——栖迟,原意为游息居住,引申为漂泊失意。背世,与世俗相违背。鲁,迟钝笨拙。浏亮,原指乐声清楚明朗,唐人范摅《云溪友议·舞娥异》:"李翱后镇山南,夜闻长笛之音,而浏亮不绝。"此处言莺叫如笙鸣。此二句是发议论,作评价,感慨老莺与自己一样,漂泊失意,与时相背,迟钝笨拙,虽然鸣声还依旧浏亮如笙,但音调已不连贯,断断续续,破碎不堪。

莫更留连好归去,露华凄冷蓼(liǎo)花愁——留连,留恋不愿离开。露华,露水。蓼花,白色或略带红色的小花,生长在河边或水中。这里是以蓼喻辛苦。这两句是在劝残莺:你莫再留恋深暗的树林了,还是回自己的老巢去吧,树林里有什么好处呢?露水让人凄冷,蓼花使人发愁。实际上是劝慰自己莫再流连尘世,还是超脱世外。

这首诗是咏物抒怀的佳作,即使放在唐诗里也毫不逊色。说它是佳作,有三个明显的特点:一是喻意明确,不隐晦,把残莺的处境与自己的处境镶嵌得不留痕迹,明写残莺,暗喻自己,贴切自然,生动形象。二是注意区别秋莺与春莺的不同之处,春莺是"暮春三月,江南草长,杂花生树,群莺乱飞",是"自在娇莺恰恰啼",充满了欢乐,充满了生命力;而秋莺则是"横过幽林尚独游",则是"老舌",则是"栖迟背世",则是"浏亮如笙碎在喉",充满了暮气,充满了忧伤。三是结句结得好,"露华凄冷蓼花愁",借一个鲜明的景物形象来作结,留下了无穷的意味,留下了无穷的想像,多少离情愁绪,尽在不言中。唐人张若虚《春江花月夜》结句为"落月摇情满江树",沈佺期《独不见》结句为"谁为含愁独不见,更教明月照流黄",再如其他诗的结句"雪上空留马行处"、"烟波江上使人愁"等,都是借助一个具体的形象来表现抽象的愁情和无限的惆怅。

残句十六则

(一)

迢迢牵牛星,杳在河之阳。
粲粲黄姑女,耿耿遥相望。

注释

这几句诗载于《癸辛杂集》。"迢迢牵牛星"出于《古诗十九首》:"迢迢牵牛星,皎皎河汉女。"河,银河,又名天河、银汉。苏轼《阳关曲》:"暮云收尽溢清寒,银汉无声转玉盘。"黄姑女,即黄姑(又名河鼓、天鼓)星(在牵牛星北)和织女星。《玉台新咏·东飞伯劳歌》:"东飞伯劳西飞燕,黄姑织女时相见。"这几句诗描写牛郎与织女被天河阻隔,遥遥相望而不能相见,当是七夕之作,歌咏真挚的爱情。

(二)

莺狂应有恨,蝶舞已无多。

注释

《老学庵笔记》云:"作此未久亡国。"可知写作时间在公元974年南唐即将灭亡时。诗言"蝶舞已无多",是写深秋时蝴蝶即将走完一生,没有多少生存之日了。故知此诗以描写秋景为主。

(三)

揖让月在手,动摇风满怀。

这是首咏扇诗。《石林燕语》云:"江南李煜既降,太祖尝因曲燕,问:闻卿在国中好作诗。因使举其得意者一联。煜沉吟久之,诵其《咏扇》云:揖让月在手,摇动风满怀。上曰:满怀之风,却有多少?他日复燕煜,顾近臣曰:好个翰林学士!"揖让,作揖谦让,是古代宾主相见的礼节。

(四)

病态知衰弱,厌厌向五年。

句出《律髓注》。厌厌,精神不振貌。《世说新语·品藻》:"曹蜍、李志虽见在,厌厌如九泉下人。"向,将近。陶渊明《岁暮和张常侍》诗:"向夕长风起,寒云没西山。"清人李调元《全五代诗》引方虚谷云:"李后主号能诗,集中多有病诗,憔悴衰飒,宜其亡也。如'夜鼎唯煎药,朝髭半染霜。病态知衰弱,厌厌向五年'之类。"

(五)

冷笑秦皇经远略,静怜姬满苦时巡。

《瀛奎律髓》:"冷笑秦皇经远略,静怜姬满苦时巡。后主诗也。"秦皇,秦始皇。经远略,深谋远虑,筹划有方。姬满,西周天子周穆王,多次出征和巡游天下。巡,巡幸。这两句诗言秦始皇只知巡幸四方,筹划治理。

(六)

衰颜一病难牵复,晓殿君临颇自羞。

这两句诗载于《律髓注》。牵复,复原,痊愈。君临,统治。《左传·襄公十三年》:"赫赫楚国,而君临之。"此处言早朝。

（七）

鬓从今日添新白，菊是去年依旧黄。

《翰府名谈》："李后主诗多悲戚感，如'鬓从今日添新白，菊是去年依旧黄'之类。"这两句诗也堪称构思新巧，立意精美，句而能存，足见其脍炙人口，深受人们喜爱，自有其独立存在的价值。

（八）

万古到头归一死，醉乡葬地有高原。

《野客丛书》："李煜暮岁乘醉，书于牖云：万古到头归一死，醉乡葬地有高原。醒而见之大悔，不久谢世。"醉乡，指醉中境界。杜牧《华清宫三十韵》诗："雨露偏金穴，乾坤入醉乡。"

（九）

人生不满百，刚作千年画。

《野客丛书》："唐人诗句不一，固有采取前人之意，亦有偶然暗合者。如许浑诗：百年便作千年计。李后主云：人生不满百，刚作千年画。此类最多。"画，谋划，筹划。《史记·留侯世家》："为我画计。"

（十）

日映仙云薄，秋高天碧深。

《海录碎事》："日映仙云薄，秋高天碧深。李后主句。"碧，青绿色。江淹《别赋》："春草碧色。"柳宗元《溪居》诗："往来不逢人，长歌楚天碧。"

（十一）

乌照始潜辉，龙烛便争秉。

注释

句出《孔贴》。乌，古代神话相传太阳中有三足乌，因即以为太阳的代称。潜，隐藏。龙烛，以龙的图案为装饰的蜡烛。刘禹锡《观舞柘枝》诗："神飙猎红蕖，龙烛映金枝。"秉，执持，拿住。《诗·简兮》："右手秉簡。"

（十二）

凝珠满露枝。

注释

句出《孔贴》。凝，集结。珠，露珠。李白《金陵城西楼月下吟》："白云映水摇空城，白露垂珠滴秋月。"

（十三）

游飐日已西，肃穆寒初至。

注释

句出《孔贴》。飐，漾。此处指舟徐行。陶潜《归去来辞》："舟遥遥以轻飐，风飘飘而吹衣。"肃穆，庄严。韩愈《永贞行》诗："四门肃穆贤俊登，数君匪亲岂其明。"

（十四）

九重开扇鹄，四牖炳灯鱼。

注释

句出《孔贴》。九重，旧指帝王所居之所。《楚辞·九辩》："岂不郁陶而思君兮，君之门以九重。"白居易《长恨歌》："九重城阙烟尘生，千乘万骑西南行。"钱起《汉武出猎》诗："汉家无事乐时雍，羽猎年年出九重。"扇鹄（hú），以天鹅图案装饰的门。牖(yǒu),窗。炳,点燃。刘向《说苑·建本》:"老而好学,如炳烛之明。"灯鱼,鱼形的灯。

(十五)

羽觞无算酌。

【注释】

句出《孔贴》。羽觞(shāng),酒器。作雀鸟状,左右形如两翼。宋玉《招魂》:"瑶浆密勺,实羽觞些。"无算,不定数量。《仪礼·乡饮酒礼》:"无算爵,无算乐。"注:"算,数也。宾主燕饮,爵行无数,醉而止也。"

(十六)

倾碗更为寿,深卮递酬宾。

【注释】

句出《孔贴》。倾碗,倾酒碗,干杯。为寿,祝寿。卮(zhī),古代的一种酒器。《史记·项羽本纪》:"赐之卮酒。"酬,劝酒,主答客曰酬。《仪礼·乡饮酒礼》:"主人实觯酬宾。"

◎ 文

即位上宋太祖表

题解

李煜即位时在公元961年。南唐在李煜父亲李璟嗣位后，好景不长，国势日弱。955年以后，后周对他的威胁日重，他不得不遣使奉表，以国为附庸，去帝号，称国主，用周年号，尽献江北郡县。到李煜即位时，周殿前都检点赵匡胤已黄袍加身，代周称帝建立宋朝。而南唐则国势更弱，虽在名义上是个独立的小国，但实际上已经沦为宋王朝的附庸，奉宋正朔而称臣了。此书就是李煜上宋太祖的称臣表。

臣本于诸子[1]，实愧非才，自出胶庠[2]，心疏利禄。被父兄之荫育[3]，乐日月以优游。思追巢、许之余尘[4]，远慕夷、齐之高义[5]。既倾恳悃[6]，上告先君，固非虚词，人多知者。徒以伯仲继没，次第推迁。先世谓臣克习义方[7]，既长且嫡，俾司国事。遽易年华，及乎暂赴豫章[8]，留居建业[9]，正储副之位[10]，分监抚之权。惧弗克堪，常深自励，不谓掩丁艰罚[11]，遂玷缵承[12]。因顾肯堂[13]，不敢灭性。

然念先世君临江表垂二十年[14]，中间务在倦勤，将思释负。臣亡兄文献太子从冀，将从内禅[15]，已决宿心[16]。而世宗敦劝既深[17]，议言因息。及陛下显膺帝箓[18]，弥笃睿情，方誓子孙，仰酬临照，则臣向于脱屣[19]，亦匪邀名[20]。既嗣宗祊，敢忘负荷，惟坚臣节，上奉天朝。若曰稍易初心，辄萌异志，岂独不遵于祖祢，实当受谴于神明。方主一国之生灵，遐赖九天之覆焘[21]。况陛下怀柔义广，煦妪仁深，必假清光，更逾曩日。远凭帝力，下抚旧邦，克获宴安，得从康泰。

然所虑者，吴越国邻于敝土[22]，近似深仇。犹恐辄向封疆[23]，或生纷扰。臣即自严部曲[24]，终不先有侵渔[25]，免结衅嫌，挠干旒扆[26]。仍虑巧肆如簧之舌，仰成投杼之疑[27]，曲构异端，潜行诡道。愿回鉴烛，显谕是非,庶使远臣,得安危悬。

[1]诸子:李煜是中主李璟的第六子,初封为安定郡公,文献太子弘冀早卒后得封为郑王,并以尚书令知政事,立为太子。

[2]胶:周代的大学。《礼记·王制》:"周人养国老于东胶,养庶老于虞庠。"郑玄注:"东胶亦大学,在国中王宫之东。"庠:古代学校名。《孟子·滕文公上》:"设为庠、序、学、校以教之,庠者养也,校者教也,序者射也。夏曰校,殷曰序,周曰庠,学则三代共之,皆所以明人伦也。"胶庠即学校。

[3]被:同"披",覆盖之意。

[4]巢许:巢父和许由。巢父和许由都是古代隐士,相传巢父因巢居树上得名,尧要把君位让给他,他不受。尧又要把君位让给许由,他又教许由隐居。许由一作许繇,他逃至箕山下,农耕而食。尧又请他做九州长官,他到颍水边洗耳,表示不愿听到。

[5]夷齐:伯夷和叔齐,都是商末孤竹君的儿子。初孤竹君以次子叔齐为继承人,孤竹君死后,叔齐让位兄长伯夷,伯夷不受,后二人都投奔到周。到周后,反对周武王进军讨伐商王朝。武王灭商后,他们又逃避到首阳山,不食周粟而死。

[6]恳:诚恳。 悃(kǔn):真心诚意。

[7]义方:旧指行事应该遵守的规矩法度。《左传·隐公三年》:"石碏谏曰:臣闻爱子,都之以义方,弗纳于邪。"后因多指家教。蔡邕《司徒袁公夫人马氏碑》:"义方之训,如川之流。"

[8]豫章:郡名,楚汉之际置,治所在今南昌市,辖境相当今江西省地。

[9]建业:即今南京市,南唐的国都。公元961年,李煜被立为太子,留金陵监国。

[10]储副:储君,太子。《后汉书·种暠传》:"太子,国之储副。"

[11]奄丁艰罚:即丁艰,指亲丧。《世说新语·德行》:"王安丰遭艰,至性过人。"王俭《褚渊碑文》:"又以居母艰去官。"

[12]玷:玷辱,自谦之辞。 缵承:继承国君位。

[13]肯堂:即肯堂肯构。堂,立堂基。构,盖屋。《书·大诰》:"若考作室,既厎法,厥子乃弗肯堂,矧肯构。"孔传:"以作室喻治政也,父已致法,子乃不肯为堂基,况肯构立屋乎!"厎法,犹言设计。后以肯堂肯构比喻子承父业。

[14]江表:古地区名,指长江以南地。从中原人看来,地在长江之外,故称江表。南北朝庾信《哀江南赋》:"五十年中,江表无事。"

[15]内禅:帝王择定继位的人,而自动让位给他。《文选》干宝《晋纪·论晋武帝革命》:"尧舜内禅,体文德也。"李善注:"夫唐虞内禅,无兵戈之事,故曰文德。"后代也指皇帝未死时传位于继承者。

[16]宿心:夙愿,本心。

[17]世宗:即周世宗柴荣,后周皇帝。此处言周世宗同意南唐附属称臣。

[18]显膺(yīng)帝箓:犹言接受帝位。

[19]脱屣(xǐ):脱鞋子,比喻无所顾恋。《三国志·魏书·崔林传》:"刺史视去此州如脱屣。"

103

[20] 匪：同非。邀名：故意求得名声。
[21] 覆焘：即覆帱，犹言覆被。《礼·中庸》："辟如天地之无不持载，无不覆帱。"
[22] 吴越国：五代时十国之一。公元893年钱镠为唐镇海节度使，后据有今浙江之地及江苏的一部分，公元907年封为吴越王，建都杭州。公元978年降于北宋，共历五主，72年。
[23] 封疆：疆界。《左传·昭公元年》："王伯之令也，引其封疆而树之官。"
[24] 部曲：部下。
[25] 侵渔：侵略。
[26] 旒(liú)：古代冠冕前后悬垂的玉串。《礼记·玉藻》："天子玉藻，十有二旒。" 扆(yǐ)：帝王宫殿上设在户牖之间的屏风。旒扆在此处代指皇帝。
[27] 投杼(zhù)：《国策·秦策二》："费人有与曾子同名者而杀人。人告曾子之母，曾子之母曰：吾子不杀人。织自若。有顷，人又曰：曾参杀人。其母尚织自若也。顷之，一人又告曰：曾参杀人。其母惧，投杼逾墙而走。"后因以投杼比喻谣言众多，动摇了最亲近者的信心。

送邓王二十六弟牧宣城序

邓王，南唐中主李璟之子，名从益。李煜之胞弟，在同父之子中排行二十六。牧宣城，出镇宣州。宣州治所在宣城（今属安徽），唐时辖境相当于今安徽省长江以南，黄山、九华山以北地区及江苏溧水、溧阳等县地。这是邓王李从益到宣州赴任时，李煜送给他的序文。

秋山的翠[1]，秋江澄空[2]，扬帆迅征，不远千里。之子于迈，我劳如何。夫树德无穷，太上之宏规也[3]。立言不朽，君子之常道也。今子借父兄之资，享钟鼎之贵，吴姬赵璧[4]，岂吉人之攸宝，矧子皆有之矣[5]。哀泪甘言，实妇女之常调，又我所不敢也。临歧赠别，其唯言乎！在原之心[6]，于是而见。

噫！俗无犷顺[7]，爱之则归怀；吏无贞污，化之可彼此。刑唯政本，不可以不穷不亲；政乃民中，不可以不清不正。执至公而御下，则佞倿自除[8]。察薰莸之禀心[9]，则妍蚩何惑[10]。武惟时习，知五材之难忘[11]；学以润身，虽三余而忍舍[12]。无酖靦而败度，无荒乐以荡神。此言勉从，庶几寡悔。苟行之而愿益，则有先王之明谟[13]，具在于缃帙也[14]。

呜呼！老兄盛年壮思，犹言不成文，况岁晚心衰，则词岂逮意。方今凉秋八月，鸣桹长川[15]，爱君此行，高兴可尽。况彼敬亭溪山[16]，畅乎遐览，正此时也。

[1]的翠：鲜明青翠。

[2]澄空：澄清而空旷。

[3]太上：犹言最上。《大戴礼记·曾子立事》："太上乐善，其次安之，其下亦能自强。"《左传·襄公二十四年》："太上有立德。"

[4]吴姬：吴地的女子。李白《金陵酒肆留别》诗："风吹柳花满店香，吴姬压酒劝客尝。"王昌龄《重别李评事》诗："吴姬缓舞留君醉，随意青枫白露寒。" 赵璧：楚国的和氏璧，后为赵国所得。《史记·廉颇蔺相如列传》："和氏璧，天下所共传宝也。"此处借吴姬赵璧代指美女宝玉。

[5]矧(shěn)：况。《书·大诰》："厥子乃弗肯播，矧肯获？"

[6]在原之心：犹言衷心。

[7]犷：本谓犬猛恶不可近，引申为凶悍蛮横。《后汉书·段颎传》："招降犷敌。"顺：性情温顺和善。

[8]憸(xiān)佞(nìng)：邪佞。

[9]薰莸：《左传·僖公四年》："一薰一莸，十年尚犹有臭。"杜预注："薰，香草。莸，臭草。十年有臭，言善易消，恶难除。"

[10]妍蚩：美丑。此处言好人坏人。

[11]五材：五种物质。《左传·襄公二十七年》："天生五材。"杜预注："金木水火土也。"

[12]三余：三国时魏人董遇常教学生利用三余的时间读书。谓"冬者岁之余，夜者日之余，阴雨者时之余。"见《三国志·魏书·王肃传》裴松之注。陶渊明《感士不遇赋序》："余尝以三余之日，讲习之暇，读其文。"

[13]谟：计谋，谋略。《周书·文帝纪》："窃观宇文夏州，英姿不世，雄谟冠时。"

[14]缃帙(zhì)：浅黄色的书套，引申为书卷。梁元帝《法宝联璧序》："降意韦编，留神缃帙。"

[15]鸣榔(láng)：亦作鸣榔。在船上唱歌时，敲船舷作节拍。李白《送殷叔》诗："惜别耐取醉，鸣榔且长谣。"

[16]敬亭：即敬亭山。在安徽宣城县北。一名昭亭山。山上有敬亭，相传为南朝齐谢朓赋诗之所，山以此名。山高数百丈，千岩万壑，为近郊名胜。唐李白《独坐敬亭山》诗云："相看两不厌，唯有敬亭山。"

书 评

李煜不仅善填词，对其他艺术门类也颇精通。这篇短文对各家书法加以评论，颇为中肯。

善法书者，各得右军之一体[1]。若虞世南[2]，得其美韵而失其俊迈；欧阳询得其力而失其温秀[3]；褚遂良得其意而失其变化[4]；薛稷得其清而失于拘窘[5]；颜真卿得其筋而失于粗鲁[6]；柳公权得其骨而失于生犷[7]；徐浩得其肉而失于俗[8]；李邕得其气而失于体格[9]；张旭得其法而失于狂[10]；献之俱得之而失于惊急[11]，无蕴藉态度。

[1] 右军：即王羲之。东晋书法家，琅琊临沂（今属山东）人。官至右军将军，人称王右军。工书法，早年从卫夫人学，后改变初学，草书学张芝，正书学钟繇，并博采众长，自成一体，为历代学书者所崇尚。

[2] 虞世南：唐初书法家，官至秘书监，封永兴县子。能文辞，工书法，亲承王羲之七代孙僧智永传授，继承了二王（王羲之、王献之）的书法传统，外柔内刚，笔致圆融遒丽，与欧阳询、褚遂良、薛稷并称为唐初四大书法家。

[3] 欧阳询：唐书法家，官至太子率更令，封渤海县男。工书法，学二王，劲险刻厉，于平正中见险绝，自成面目，人称"欧体"，对后世影响很大。

[4] 褚遂良：唐大臣，书法家。累官至中书令。其书法别开生面，晚年正书丰艳流畅，变化多姿，对后代书风影响很大。

[5] 薛稷：唐书画家，蒲州汾阴（今山西万荣）人。官至礼部尚书。曾在外祖魏徵家见虞世南、褚遂良法书，精勤临仿，遂以擅书名世。其书法得于褚为多，故当时有"买褚得薛，不失其节"之说。

[6] 颜真卿：唐大臣，书法家。官至吏部尚书。书法初学褚遂良，后从张旭得笔法，正楷端庄雄伟，气势开张。行书遒劲郁勃，古法为之一变，开创了新风格，对后世影响很大，人称"颜体"。

[7] 柳公权：唐书法家，官至太子少师。初学王羲之，遍阅近代笔法，而得力于欧阳询、颜真卿，骨力遒健，结构劲紧，自成面目，对后世影响很大，人称"柳体"。

[8] 徐浩：唐书法家，官至太子少师，封会稽郡公。工书，得父峤之传授，精于楷法，圆劲厚重，自成一家。

[9] 李邕（yōng）：唐书法家，官至北海太守。工文善书。尤擅以行楷写碑，取法二王而有所创造，笔力沉雄，自成面目，对后世影响较大。

[10] 张旭：唐书法家，官金吾长史。草书最为知名，逸势奇状，连绵回绕，具有新风格。相传他往往在大醉后呼喊狂走，然后落笔，故称张颠。其草书与李白诗歌、裴旻剑舞，时称三绝。

[11] 献之：王羲之第七子，官至中书令，人称王大令。书法兼精诸体，尤以行草著名。在继承张芝、王羲之的基础上，进一步改变了当时古拙的书风，有"破体"之称。其书英俊豪迈，饶有气势。

昭惠周后诔

题解

昭惠周后,李煜的第一个皇后,名娥皇,李煜18岁时娶为妃。《十国春秋》卷十八《列传》:"昭惠国后周氏,小字娥皇。十九岁归皇宫。通书史,善歌舞,尤工琵琶。尝为寿元宗前,元宗叹其工,以烧槽琵琶赐之,盖元宗宝惜之器也。"李煜与娥皇的次子仲宣4岁时病亡,娥皇病体愈重,很快也伤痛而逝。《列传》:"(乾德二年)十月仲宣因惊痫得疾,竟薨。谥曰怀献。时昭惠后已疾甚,闻仲宣夭,悲哀更遽,数日而绝。初,仲宣殁,后主恐重伤昭惠后心,常默坐饮泣,因为诗以写志,吟咏数四,左右为之泣下。"由此可知此文作于乾德二年,即公元964年。诔,古代用以表彰死者德行并致哀悼的文辞。

天长地久,嗟嗟蒸民[1]。嗜欲既胜[2],悲叹纠纷。缘情攸宅[3],触事来津[4]。赍盈世逸[5],乐少愁殷[6]。沈乌逞兔[7],茂夏凋春。年弥念旷,得故忘新。阅景颓岸,世阅川奔。外物交感,犹伤昔人。诡梦高唐[8],诞夸洛浦[9]。构屈平虚,亦悯终古。况我心摧,兴哀有地。苍苍何辜,歼予伉俪[10]。

窈窕难追[11],不禄于世。玉润珠融,殒然破碎。柔仪俊德,孤映鲜双。纤秾挺秀,婉娈开扬[12]。艳不至冶[13],慧或无伤。盘纡矣戒[14],慎肃惟常。环珮爱节,造次有章[15]。含颦发笑,擢秀腾芳。鬓云留鉴,眼彩飞光。情澜春媚,爱语风香。瑰姿禀异,金冶昭祥。婉容无犯,均教多方。茫茫独逝,舍我何乡。

昔我新昏[16],燕尔情好[17]。媒无劳辞,筮无违报[18]。归妹邀终[19],咸爻协兆[20]。俯仰同心,绸缪是道[21]。执子之手,与子偕老。今也如何,不终往告。呜呼哀哉,志心既达,孝爱克全。殷勤柔握,力折危言。遗情盼盼,哀泪涟涟。何为忍心,览此哀编。

绝艳易凋,连城易脆。实曰能容,壮心是醉。信美堪餐,朝饥是慰。如何一旦,同心旷世。呜呼哀哉,丰才富艺,女也克肖[22]。采戏传能,弈棋逞妙。媚动占相,歌萦柔调。兹鼗爱质[23],奇器传华。翠虬一举[24],红袖飞花。情驰天际,思栖云涯。发扬掩抑,纤紧洪奢。穷幽极致,莫得微瑕。审音者仰止,达乐者兴嗟。曲演来迟,破传邀舞。利拨迅手,吟商逞羽[25]。

制革常调,法移往度。剪遏繁态,蔼成新矩。霓裳旧曲[26],韬音沦世[27]。失味齐音,犹伤孔氏[28]。故国遗声,忍乎湮坠。我稽其美,尔扬其秘。程度余律,重新雅制。非子而谁,诚吾有类。今也则亡,永从遐逝。呜呼哀哉,该兹硕美,郁此芳风。事传遐祀[29],人难与同。

式瞻虚馆,空寻所踪。追悼良时,心存目忆。景旭雕甍,风和绣额。燕燕交音,洋洋接色。蝶乱落花,雨晴寒食。接辇穷欢,是宴是息。含桃荐实,畏日流空。林凋晚箨[30],莲舞疏红。烟轻丽服,雪莹修容。纤眉范月,高髻凌风。缉柔尔颜,何乐靡从。蝉响吟愁,槐凋落怨。四气穷哀[31],萃此秋宴。我心无忧,物莫能乱。弦尔清商,艳尔醉盼。情如何其,式歌且宴。寒生蕙幄,雪舞兰堂。珠笼暮卷,金炉夕香。丽尔渥丹[32],婉尔清扬。厌厌夜饮,予何尔忘。年去年来,殊欢逸赏。不足光阴,先怀怅怏。如何倏然,已为畴曩。呜呼哀哉,孰谓逝者,荏苒弥疏。我思姝子[33],永念犹初。爱而不见,我心毁如。

寒暑斯疫,吾宁御诸。呜呼哀哉,万物无心,风烟若故。惟日惟月,以阴以雨。事则依然,人乎何所。悄悄房栊,孰堪其处。呜呼哀哉,佳名镇在,望月伤娥。双眸永隔,见镜无波。皇皇望绝,心如之何。暮树苍苍,哀摧无际。历历前欢,多多遗致。丝竹声悄,绮罗香杳。想涣乎忉怛[34],恍越乎悴憔。呜呼哀哉,岁云暮兮无相见期,情瞀乱兮谁将因依。维昔之时兮亦如此,维今之心兮不如斯。呜呼哀哉,神之不仁兮敛怨为德,既取我子兮又毁我室。镜重轮兮何年[35],兰袭香兮何日。呜呼哀哉,天漫漫兮愁云瞪[36],空暧暧兮愁烟起。蛾眉寂寞兮闭佳城,哀寝悲氛兮竟徒尔。呜呼哀哉,日月有时兮龟蓍既许[37],箫笳凄咽兮旐常是举[38]。龙轓一驾兮无来辕,金屋千秋兮永无主。呜呼哀哉,木交枸兮风索索,鸟相鸣兮飞翼翼。吊孤影兮孰我哀,私自怜兮痛无极。呜呼哀哉,夜寤皆感兮何响不哀,穷求弗获兮此心隳摧[39]。号无声兮何续,神永逝兮长乖。呜呼哀哉,杳杳香魂,茫茫天步,抆血抚梓[40],邀子何所。苟云路之可穷,冀传情于方士。呜呼哀哉!

[1]烝:通烝,众。《列子·仲尼》:"立我烝民。"
[2]嗜欲:泛指各种嗜好和欲望。《韩非子·解老》:"嗜欲无限,动静不节。"《国策·楚策三》:"用民之所善,节身之嗜欲。"

[3]宅：宅心。犹言居心，存于心中。

[4]津：渡口。

[5]赀(zī)：汉代对未成年人所征的赋税。《说文·贝部》："汉律，民不繇，赀钱二十三。"

[6]愁殷：即愁多。

[7]沈乌逞兔：犹言时光飞逝。古代神话相传太阳中有三足乌，因即以为太阳的代称。月中有兔，故以"乌飞兔走"比喻日月运行。韩琮《春愁》诗："金乌长飞玉兔走，青鬓长青古无有。"

[8]高唐：战国时楚国台馆名，在云梦泽中，传说楚襄王游高唐，梦见巫山神女。见宋玉《神女赋》。

[9]洛浦：洛水水边，传说为洛神出没处。张衡《思玄赋》："载太华之玉女兮，召洛浦之宓妃。"李煜此文运用高唐神女和洛神典故，来说自己想见昭惠周后而不得，可见这些传说都是不可信的。

[10]伉俪：夫妻，配偶。《左传·成公十一年》："已不能庇其伉俪而亡之。"祢衡《鹦鹉赋》："哀伉俪之生离。"

[11]窈窕：苗条。《诗·关雎》："窈窕淑女，君子好逑。"此处借窈窕代指昭惠周后容仪秀美。

[12]婉娈(luán)：年少而美好的样子。《晋书·左贵嫔传》："昔伯瑜之婉娈兮，每彩衣以娱亲。"

[13]冶：妖。

[14]盘：游乐。绅：约束。盘绅奠戒：犹言对游乐和日常行为都约束有度。

[15]造次：急遽，匆忙。《论语·里仁》："君子无终食之间违仁，造次必于是，颠沛必于是。"《史记·五宗世家·河间献王德》："好儒学，被服造次必于儒者。"

[16]昏：通婚。

[17]燕尔：高兴快乐的样子。

[18]筮：用蓍草占卦。《礼记·曲礼上》："龟为卜，策为筮。"违报：此处指没有婚姻不和的卦辞。

[19]归妹：六十四卦之一，兑下震上。《易·归妹》王弼注："妹者，少女之称也。兑为少阴，震为长阳。少阴而乘长阳，说以动，嫁妹之象也。"

[20]爻：爻辞，说明《周易》六十四卦中各爻要义的文辞。

[21]绸缪：《诗·唐风》篇名，写夫妻新婚的喜悦。

[22]肖：类似，相似，如惟妙惟肖。苏轼《影答形》诗："我依月灯出，相肖两奇绝。"

[23]鼗(táo)：乐器名。即长柄的摇鼓，俗称拨浪鼓。

[24]虬(qiú)：古代传说中的一种龙。翠虬：发髻盘曲如虬龙。

[25]商、羽：中国古代把音阶分为五音，即宫、商、角、徵、羽五个音阶。商、羽在此处代指五音。

[26]霓裳旧曲：即《霓裳羽衣曲》，唐代宫廷乐舞，著名法曲。其舞乐和服饰都着力描绘虚无缥缈的仙境和仙女形象。

[27]韬：弓袋。

[28]孔氏：孔子。孔子主张音乐应哀而不伤，乐而不淫。

[29]遐祀：远年。商代称年为祀。《书·洪范》："惟十有三祀。"

[30] 箨(tuò):俗称笋壳,竹类主秆所生的叶。

[31] 四气:四种节气,即四季。

[32] 渥丹:润泽的朱砂,谓红而有光泽。《诗·秦风·终南》:"颜如渥丹。"

[33] 姝子:美女。古乐府《陌上桑》:"使君遣吏往,问是谁家姝。"

[34] 忉(dāo)怛(dá):哀伤貌。王粲《登楼赋》:"心凄怆以感发兮,意忉怛而惨恻。"

[35] 重轮:重圆。

[36] 曀(yì):阴暗。《诗·邶风·终风》:"终风且曀。"毛传:"阴而风曰曀。"

[37] 龟蓍(shī):即龟筮。卜与筮。古时卜用龟甲,筮用蓍草,以占吉凶。《书·大禹谟》:"鬼神其依,龟筮协从。"

[38] 旂(qí):古时旗帜的一种。《周礼·春官·司常》:"交龙为旂。"

[39] 隳(huī):毁坏。《吕氏春秋·顺说》:"隳人之城郭。"

[40] 梓:棺材。古代多以梓木为棺,故以梓代称棺。

乞缓师表

题解

此文作于公元973年,据《南唐书·后主本纪》记载:"四月,宋学士卢多逊来聘,求江东诸州图经。五月,国主闻欲兴师,遣使上表,愿受爵命,不许。"缓师,请求宋军缓行。

臣猥以幽孱[1],曲承临照,僻在幽远[2],忠义自持[3]。唯将一心,上结明主,比蒙号召[4],自取愆尤[5]。王师四临,无往不克,穷途道迫,天实为之。北望天门[6],心悬魏阙[7]。

嗟一城生聚,吾君赤子也[8]。微臣薄躯,吾君外臣也[9]。忍使一朝,便忘覆育[10],号咷郁咽,盍见舍乎?

臣性实愚昧,才无异禀,受皇朝奖与,首冠万方。奈何一日自踵蜀汉不臣之子[11],同群合类而为囚虏乎!贻责天下,取辱祖先,臣所以不忍也。岂独臣不忍为,亦圣君不忍令臣之为也。况乎名辱身毁,古之人所嫌畏者也。人所嫌畏,臣不敢嫌畏也。惟陛下宽之赦之。

臣又闻鸟兽微物也,依人而犹哀之。君臣大义也,倾忠能无怜乎!倘令臣进退之迹[12],不至丑恶;宗社之失[13],不自臣身,是臣生死之愿毕矣,实存没之幸也。岂惟存没之幸也,实举国之受赐也。岂惟举国之受赐也,实天下之鼓舞也。皇天后土,实鉴斯言。

[1] 猥:谦词,犹言辱。李商隐《上尚书范阳公启》:"嘉命猥临,厚赉仍及。" 幽孱:昏暗软弱。

[2] 僻:偏僻。如僻巷,僻陋,僻处一隅。《吕氏春秋·慎行》:"晋之霸也,近于诸夏,而荆僻也。"《荀子·王霸》:"虽在僻陋之国,威动天下,五伯是也。"

[3] 忠义自持:自己一贯忠诚信义。

[4] 比:及,等到。《国语·齐语》:"比至,三衅三浴之。"

[5] 愆(qiān)尤:罪过。张衡《东京赋》:"卒无补于风规,只以昭其愆尤。"王安石《拟寒山拾得》诗:"渠不知此机,故自认愆尤。"

[6] 天门:帝王宫殿的门。杜甫《宣政殿退朝晚出左掖》诗:"天门日射黄金榜,春殿晴曛赤羽旗。"

[7] 魏阙:古代宫门上有巍然高出的楼观称魏阙,其下两旁为悬布法令的地方,因以为朝廷的代称。《庄子·让王》:"身在江海之上,心居乎魏阙之下。"

[8] 赤子:古代指百姓。《汉书·龚遂传》:"故使陛下赤子,盗弄陛下之兵于潢池中耳。"胡铨《上高宗封事》:"祖宗数百年之赤子,尽为左衽。"

[9] 外臣:属国之臣。指臣服于本国的外国,即藩属。《三国志·吴书·吴主传》裴松之注引《魏略》:"孙权前对浩周,自陈不敢自远,乐委质长为外臣。"

[10] 覆育:指天地养育万物。《礼记·乐记》:"天地䜣合,阴阳相得,煦妪覆育万物。"

[11] 踵:跟随。蜀汉:后蜀、南汉,分别于965年、971年被北宋灭亡。此二句言自己怎么会跟在后蜀、南汉之后反抗宋朝,成为俘虏呢?

[12] 进退:此处指进出举止。

[13] 宗社:宗庙与社稷,古代用以指国家,孔融《与曹公书论盛孝章》:"宗社将绝,又能正之。"《旧五代史·汉隐帝纪下》:"宗社危而再安,纪纲坏而复振。"

却登高文

此文作于公元974年。北宋大军压境,李煜自感亡国在即,哀念不已。据《十国春秋》和《江南野史》记载:宋太祖遣使征后主入朝,后主且发矣。陈乔劝曰:"陛下与臣同受先帝顾命,委以宗社大计。今往必见留,则国非己有,悔将何及?即死,实腼颜于先帝。臣请独任稽缓之责,以拒宋命。"后主由是连年不朝,尝谓人曰:"他日王师见讨,孤当躬擐戎服,亲督士卒,背城一战,以存社稷,如其不获,乃聚宝自焚,终不作他国之鬼。"这些记载都可看做此文的写作背景。

玉斝澄醪[1],金盘绣糕[2]。菜房气烈[3],菊芷香豪[4]。左右进而言曰[5]：维芳时之令月[6]，可借野以登高，矧上林之伺幸[7]，而秋光之待褒乎！余告之曰：昔时之壮志也，情盘乐恣，欢赏忘劳。悁心志于金石[8]，泥花月于诗骚[9]。轻五陵之得侣[10]，陋三秦之选曹[11]。量珠聘伎，纫采维艘。被墙宇以耗帛，论丘山而委糟[12]。岂知忘长夜之靡靡，累大德于滔滔。怆家艰之如毁，萦离绪之郁陶。陟彼岗兮企予足[13]，望复关兮睇予目[14]。原有鸰兮相从飞，嗟予季兮不来归[15]。空苍苍兮风凄凄，心踯躅兮泪涟洏[16]。无一欢之可作，有万绪以缠悲。於戏噫嘻，尔之告我，曾非所宜。

[1]斝(jiǎ)：古代酒器。青铜制，圆口，有三足，用以温酒，盛行于商代和西周初期。　醪(láo)：本指汁滓混合的酒，即酒酿，引申为浊酒。杜甫《清明二首》诗："钟鼎山林各天性，浊醪粗饭任吾年。"

[2]金盌：精美的盘子。

[3]茱：茱萸，植物名。有浓烈香味，可入药。古代风俗，阴历九月九日重阳节，佩茱萸囊以去邪避恶。《续齐谐记》："费长房谓桓景曰：九月九日，汝家有灾，急令家人各作绛囊盛茱萸系臂，登高，饮菊花酒。"王维《九月九日忆山东兄弟》诗："遥知兄弟登高处，遍插茱萸少一人。"

[4]菊芷：即菊花和白芷，都有香味。

[5]左右：在旁侍候的人，近侍，近臣。

[6]令月：犹言令节，佳节。宋之问《奉和九日幸临渭亭登高应制》："令节三秋晚，重阳九日欢。"

[7]矧：况。　上林：苑名，南朝宋大明三年筑，初名西苑，梁改名为上林。地在今江苏江宁县鸡笼山东。

[8]悁(yuān)：忧愁。元代袁桷《观图书》诗："寸心独悲悁。"　金石：指兵器。《吕氏春秋·求人》："故功绩铭于金石。"高诱注："金，钟鼎也。石，丰碑也。"《史记·秦始皇本纪》："群臣相与诵皇帝功德，刻于金石，以为表经。"后因称钟鼎碑刻为金石。

[9]泥(nì)：胶缠。杜甫《冬至》诗："忽忽穷愁泥杀人。"　诗骚：原指《诗经》与楚辞，后泛指诗歌。

[10]五陵：西汉元帝以前，每筑一个皇帝陵墓，就要在陵侧置一个县，令县民供奉园陵，叫做陵县。其中高帝长陵、惠帝安陵、景帝阳陵、武帝茂陵、昭帝平陵五县，都在渭水北岸今咸阳市附近，合称五陵。　得侣：得到富家子弟做游伴。

[11]三秦：秦亡以后，项羽三分秦故地关中，封秦降将章邯为雍王，司马欣为塞王，董翳为翟王，合称三秦。

[12]糟：酒渣。《新序·节士》："桀为酒池，足以运舟，糟丘足以望七里。"

[13]企：抬高。

[14]复关：语出《诗经·氓》："乘彼危垣，以望复关。不见复关，泣涕涟涟。既见复关，载笑载言。"此处茫然无实指。

[15]季：季子，在兄弟辈中排行居次或最幼的人的称谓。此处指其弟韩王李从善朝贡北宋，被扣留不归。

[16]踯躅：徘徊不定貌。

不敢再乞潘慎修掌记室手表

记室，古代官名。《后汉书·百官志一》："记室令史，主上表章，报书记。"按东汉官制，太尉属官有记室令史，太守、都尉属官有记室史。后世诸王、三公及大将军幕府也设置记室参军。旧时也用作秘书的代称。这篇短文真实地反映了李煜后期的囚徒生活境况，读后令人感喟不已。

昨因先皇临御[1]，问臣颇有旧人相伴否？臣即乞徐元榆。元榆方在幼年，于笺表素不谙习，后来因出外，问得刘铣曾乞得广南旧人洪侃。今来已蒙遣到徐元榆，其潘慎修更不敢陈乞。所有表章，臣且勉励躬亲。臣亡国残骸，死亡无日，岂敢别生侥觊[2]，干扰天聪。只虑章奏之间，有失恭慎，伏望睿慈，察臣素心[3]。

[1]先皇：宋太祖赵匡胤。此表是上给宋太宗赵光义的，故称太祖为先皇。

[2]侥觊：企图偶然获得成功或意外地免去不幸，与侥幸意同。《庄子·盗跖》："妄作孝弟而侥幸于封侯富贵者也。"

[3]素心：真心。

◎附 录

南唐诗词选解

咏 灯

李昇

李昇(888—943),南唐国的建立者。公元937年至943年在位。字正伦,徐州人。少孤,战乱中为杨行密所收养,后为吴国丞相徐温养子,改名徐知诰。徐温死,专吴政,封齐王。吴天祚三年(937)即帝位于金陵,改年号为昇元,国号大齐。昇元三年复姓李,改名昇,改国号为唐,史称南唐。

这首咏灯诗,据《诗史》云:"九岁在温家作,温阅之叹赏,遂不以常儿遇之。"诗里描写了油灯对主人的忠心耿耿,诗风古朴,有所寄寓。

　　一点分明值万金,开时惟怕冷风侵。
　　主人若也勤挑拨,敢向尊前不尽心。

一点分明值万金——一点,指灯光。灯光虽小,但十分明亮,比万两黄金还珍贵。

开时惟怕冷风侵——开,点燃时。惟,只。侵,刮入。点燃灯光时只怕冷风刮来,需要主人的细心呵护。

主人若也勤挑拨——勤挑拨,指灯芯由麻线做成,燃烧一段时间后,就成为黑炭状,需要人及时挑拨掉,才不至于冒黑烟,发出明亮的光芒。

敢向尊前不尽心——尊,地位或辈分高的人,与卑相对。《韩非子·有度》:"法审则上尊而不侵。"此句言油灯对主人的报答。正由于主人细心呵护,不让油灯被冷风侵掠,勤于挑拨,油灯也就尽心尽力,燃亮自己,报答主人的恩情。

此诗为李昇9岁时所作,当时他是孤儿,为徐温所收养。因而此诗借咏灯反映

114

了徐温对他的关怀爱护和养育之恩,表达了他将知恩图报的心愿。所以徐温看后很感动,不把他当平常养子看待,精心培养抚育他,使李昇以后成为一代开国君主。

浣溪沙

李璟

【题解】

李璟(916—961),字伯玉,南唐中主。周世宗南征,璟割江北地奉表称臣,并去帝号。其词在晚唐五代中意境较高,后人把他及其子李煜的词,合刻为《南唐二主词》。关于这首《浣溪沙》词的写作背景,马令《南唐书》卷二十五云:"王感化善讴歌,清振林木,系乐部,为歌板色。元宗即位,宴乐击鞠不辍,尝乘醉令感化奏《水调》词。感化惟歌'南朝天子爱风流'一句,如是者数四。元宗辄悟,覆杯叹曰:'使孙、陈二主得此,不当有衔璧之辱也。'感化由是有宠。元宗尝作《浣溪沙》二阕,手写赐感化。后主即位,感化以其词札上之。后主感动,赏赉感化甚优。"这首词是代思妇写春愁,抒发对情人的思念,刻画细腻,情中有思,是一首屡得后人称赏的好词。

　　手卷真珠上玉钩,依前春恨锁重楼。风里落花谁是主?思悠悠!　　青鸟不传云外信,丁香空结雨中愁。回首绿波三楚暮,接天流。

手卷真珠上玉钩——真珠,珍珠。玉钩,用玉石做装饰的门钩。这句是以动作写思妇的无聊,写她的内心惆怅。她也不知道为何要卷帘,只是无意地手持着珍珠串成的帘子,把它卷起挂上玉钩。

依前春恨锁重楼——这句是交代思妇的内心情感,原来"春恨"由来已久,至今依然不减,更把人带入到一种女性特有的幽怨情绪氛围。她至今仍像以前一样有无限伤春之恨,恨气仿佛都能笼罩住层层高楼。

风里落花谁是主?思悠悠——花开了,花落了,风儿把它们吹起,谁到底是这冥冥之中的主宰呢?令人思绪悠悠。这是此词中很有特色的一笔,正是因为它才使李璟词具有了情中有思的特质。思什么?由落花想到人的易衰老,由人的易衰老想到别离的痛苦。

青鸟不传云外信——青鸟,《艺文类聚》卷九十一引《汉武故事》:"七月七日,上于承华殿斋,正中,忽有一只青鸟从西方来,集殿前。上问东方朔,朔曰:此西王母欲来也。有顷,王母至。有二青鸟如乌,侠侍王母旁。"后因称传信的使者为青鸟。李商隐《无题》诗:"蓬山此去无多路,青鸟殷勤为探看。"这句才真正交代了"春恨"、"思悠悠"的原因,原来是情人久久不给自己来信。"云外"是言所思之人居住地之远。

丁香空结雨中愁——这是借物寓人:看到雨中丁香花结为一团,由此而联想到自己,不也正像这丁香花一样,一团一团都是愁吗?

回首绿波三楚暮,接天流——绿波,水波。三楚,秦汉时分战国楚地为西楚、东楚、南楚三部分,合称三楚。此处是泛指湖北、湖南一带。最后二句让愁绪归结到一种澎湃不定、混茫静穆的境界:往前看,看不到云外来信。那就往后看,只见暮色笼罩的三楚天地里,水波荡漾,水色与天色相接,浑然一体。此情此景,更让人平添了一层愁绪。

此词的最重要特征便是情中有思,一开始便把读者带入到一种女性特有的柔美而遐远的感情境界。"手卷真珠上玉钩",这是一个潜意识的不受理智支配的动作,人们在心中充满感情时,不论是欣喜或悲伤,都往往会发诸为这种无端的行为。而这种无端的行为,也最能直接宣泄人物的感情世界。比如古诗:"步出城东门,遥望江南路。前日风雪中,故人从此去。""步出城东门"乃是无端的行为,之所以无端,是因为思"故人"思念到了疯疯癫癫的地步,思念到了无意中来到城东门。李璟此词也一样,是通过写人物的无意识动作来勾画出人物的无聊心情。

此词的另一个特点便是采用层层剥笋的方法,一步一步深入到人物内心。先写"手卷真珠",是因为"春恨";之所以"春恨"是因为看到了"风里落花";看到了"风里落花"便引起了"思悠悠",为什么"思悠悠",乃是因为"青鸟不传云外信"。至此,终于揭出了谜底,亮出了内心深处最深藏的情愫!这样的写作方法,有两个好处,一是读者随着词意一步步解开悬念,另一个是上下片连接自然,没有痕迹。

关于此词的特色,前人也多有评述,可录一些作为参考。《南唐二主词汇笺》引李于鳞云:"上言落花无主之意,下言回首一方之思。写出阑珊春色最是恼人天气。"《南唐二主词辑述评》引俞陛云曰:"其结句加思悠悠、接天流三字句,申足上句之意,以荡漾出之,较七字结句,别有神味。"

浣溪沙

李璟

题解

此词为深秋怀念远人之作,是千古传诵的名词。作者通过描绘深秋一系列催人憔悴的残景,渲染了一种特有的悲伤气氛,塑造出一个孤苦无依的思妇形象,有着极强的艺术感染力。其中"菡萏香销翠叶残,西风愁起绿波间"、"细雨梦回鸡塞远,小楼吹彻玉笙寒",都是词史上传诵的名句。

　　菡萏香销翠叶残,西风愁起绿波间,还与韶光共憔悴,不堪看！　　细雨梦回鸡塞远,小楼吹彻玉笙寒。多少泪珠无限恨,倚阑干。

新解

菡萏香销翠叶残——菡(hàn)萏(dàn),荷花的别称。开首一句由残荷败景写深秋残景。"香销"、"叶残",既是写荷花的香味消失,翠色渐残;也暗寓词中女主人公自叹青春易逝,美貌不再,为下面的抒情作铺垫。

西风愁起绿波间——这句由上句自然而来,"香销"、"叶残"乃因为"西风"所致。西风乃秋风,惨烈之风,从绿色的水面上冽冽而来,吹散了荷香,吹残了翠叶,吹得人愁绪顿生,无法消解。

还与韶光共憔悴,不堪看——韶光,美好的时光。这句就把人物与景色融为一体了。闺中人觉得自己美好的容貌随着美好的时光一起憔悴了,都不忍心再看了。"不堪看"三字,沉之至,郁之至,凄然欲绝,是闺中人心态的真实写照。

细雨梦回鸡塞远,小楼吹彻玉笙寒——鸡塞,鸡鹿塞,汉朝的边塞。《汉书·匈奴传下》:"又发边郡士马以千数,送单于出朔方鸡鹿塞。"《后汉书·和帝纪》:"车骑将军窦宪出鸡鹿塞。"李贤注:"今在朔方窊浑县北。《十三州志》云窊浑县有大道,西北出鸡鹿塞。"鸡鹿塞故址在今内蒙古自治区磴口县北。此词借以指边远地区。吹彻,吹遍。这两句写暮色黄昏中的闺妇形象:她做梦做到了边远地区,那儿正是她意中人所在之地,梦正浓之时,却被淅淅沥沥的秋雨声惊醒了。本来这就让人烦恼透了,又从小楼上传来了凄咽的笙声,更让人心寒,更让人受不了。

多少泪珠无限恨,倚阑干——结尾二句写无法排遣愁绪时的无奈动作。闺中人做梦不成，又忍不了笙声，只得起身走到户外，倚在阑干上默默流泪，任凭无限愁恨在泪中发泄。

李璟词塑造的女性形象透着很深的文化底蕴，而又不失女性的柔美。对女性心理描画细腻有如一匹柔曼的轻纱。此词中的"菡萏香销"、"翠叶残"、"西风愁起"、"细雨梦回"、"小楼吹彻"等，这些物象既是铺景，又是宣情，它触动着闺中善感的心灵，包含着闺中人的无限情思。"还与韶光共憔悴，不堪看"，这里的情思非常隐约，但心灵所关注的世界却非常博大深远。因为词中女性的注意不只是自己的憔悴，在她心中韶光是与自己美丽年轻的生命平等的，一切美好事物的憔悴都能触动她广泛而深刻的同情。这种同情远远比"劝我早归家，绿窗人似花"、"伤彼蕙兰花，含英扬光辉。过时而不采，将随秋草萎"之类的寓言手法更加深广。因为她们关注的只是自己，而李璟词中的女性，她的关心投射到更多的生灵，更深远的境界。

此词历代述评甚多，特在此辑录一些有代表性的，以备参考。

《苕溪渔隐丛话》前集卷五十九引《雪浪斋日记》：荆公问山谷云："作小词曾看李后主词否？"云："曾看。"荆公云："何处最好？"山谷以"一江春水向东流"为对，荆公曰："未若细雨梦回鸡塞远，小楼吹彻玉笙寒。"

王世贞《弇州山人词评》：《花间》犹伤促碎，至南唐李王父子而妙矣。"风乍起，吹皱一池春水"，干卿何事？曰：未若陛下小楼吹彻玉笙寒。此语不可闻邻国，然固是词林本色佳话。"云破月来花弄影"郎中、"红杏枝头春意闹"尚书，意似祖述之，而句稍不逮，然亦佳。"油壁车轻金犊肥，流苏帐晓春鸡报"，非歌行丽对乎？"细雨梦回鸡塞远，小楼吹彻玉笙寒"、"青鸟不传云外信，丁香空结雨中愁"、"无可奈何花落去，似曾相识燕归来"，非律诗俊语乎？然是天成一段词也，著诗不得。

沈际飞《草堂诗馀正集》卷一："塞远"、"笙寒"二句，字字秋矣。少游"指冷玉笙寒，吹彻小梅春透"，翻入春词，不相上下。

李廷机《草堂诗馀评林》："字字佳，含秋思极妙。布景生思，因思得句，可人处不在多言。"

《南唐二主词汇笺》引贺裳云：南唐主语冯延巳曰："风乍起，吹皱一池春水。何与卿事？"冯曰："未若细雨梦回鸡塞远，小楼吹彻玉笙寒。"不可使闻于邻国，然细看词意，含蓄尚多。至少游"无端银烛殒秋风，灵犀得暗通"、"相看有似梦初回，只恐又抛人去几时来"，则竟为梦草之偕藏，顿丘之执别，一一自供矣。词虽小技，亦见世风之升降。张祖望云："小楼吹彻"，艳语也。许昂霄云："细雨"两句，合看了乃愈见其妙。

王国维《人间词话》：南唐中主"菡萏香销翠叶残，西风愁起绿波间"，大有众芳芜秽,美人迟暮之感。乃古今独赏其"细雨梦回鸡塞远,小楼吹彻玉笙寒",故知解人正不易得。

《湘绮楼词选》:选声配色,恰是词语。

《蓼园词选》:"细雨梦回"两句,意兴清幽,自系名句。结句"倚阑干"三字,亦有说不尽之意。

《南唐二主词辑述评》:冯延巳对中主语,极推重"小楼吹彻玉笙寒"七字,谓胜于己作。今就词境论,"小楼"句固极绮思清愁,而冯之"风乍起,吹皱一池春水"托思空灵,胜于中主。冯语殆媚兹一人耶?

游后湖赏莲花

李璟

【题解】

李璟现存诗不多,《全唐诗》仅存全诗二首,断句六句。这是其中的一首全诗,内容是游金陵后湖时赏莲花的所见所想,可知写作时间在秋季。诗里写荷花红艳如火,如佳人头漂浮水面,可见其刻意标新立异,当为其早年所作。

蓼花蘸水火不灭,水鸟惊鱼银梭投。
满目荷花千万顷,红碧相杂敷清流。
孙武已斩吴宫女,琉璃池上佳人头。

【新解】

蓼花蘸水火不灭——蓼花,草本植物,为水中生长,花淡红色或白色。蘸水,指迎风飘动,花头点动着水面。这句说,蓼花火红,生长在水边,迎风飘动,好像万把火团一样,任凭水浇也浇不灭。

水鸟惊鱼银梭投——银梭,白色的织布梭。这句说水鸟飞过水面,鱼儿受惊,如银梭般游来游去,动作飞快。

满目荷花千万顷,红碧相杂敷清流——红指花,碧指叶。极目望去,红色的荷花茫茫一片,有千万顷之多。荷花与荷叶相杂在一起,铺盖在清澈的水流上面。敷,铺展。

孙武已斩吴宫女,琉璃池上佳人头——孙武,春秋时军事家,齐国人。曾以《兵法》十三篇见吴王阖闾,被任为将。孙武练兵先从训练吴王嫔妃开始,吴王有二宠姬不听孙武指挥,训练时嘻嘻哈哈,孙武怒而斩之,从此军纪严明。琉璃,一种有色的半透明体矿石质,此处喻湖水清澈。这二句言:清澈的池面上,开满了美丽的红荷花,仿佛是孙武当年斩断吴宫佳人头一样,漂浮在水面。

此诗只有六句,随意吟来,并非律体,不受拘束。以美人头喻荷花,虽新奇,但惨人耳目。可能是李璟年轻时所作,尚未形成自己的风格。

登楼赋

李璟

关于此诗,李璟在题中言:"保大五年元日,大雪,同太弟景遂、汪王景暎、齐王景达、进士李建勋、中书徐铉、勤政殿学士张义方登楼赋。"保大是李璟称帝时的年号,保大五年即公元947年。元日即正月初一。登楼当为登宫廷城楼。此诗为李璟即帝位五年后所作,诗里描写了元日大雪的景象,表达了诗人踌躇满志的心情,可以看出南唐全盛时的人物及气象。

  珠帘高卷莫轻遮,往往相逢隔岁华。
  春气昨宵飘律管,东风今日放梅花。
  素姿好把芳姿掩,落势还同舞势斜。
  坐有宾朋尊有酒,可怜清味属侬家。

珠帘高卷莫轻遮,往往相逢隔岁华——首二句写遇雪时的喜悦之情及与兄弟宾朋们相会时的兴奋。把珠帘高高地卷起来,不要轻易地遮挡,让雪花飞进来。雪景在南国太罕见了,往往一年才能相逢一次,所以让人格外兴奋。

春气昨宵飘律管,东风今日放梅花——律管,古代测量气候(节气)的管子。这两句是说,昨夜春天的气息已在律管中飘动起来。即进入春秀的征候已出现了。今天早晨大年初一,大雪就纷纷扬扬而至,好像千树万树梅花开放一样。

素姿好把芳姿掩,落势还同舞势斜——素姿,指雪花的姿态。芳姿,指梅花的姿态。落势,指雪花飞落。舞势,指歌女舞蹈。这两句言:大雪素白的姿态,掩盖了梅花美丽的姿态;它飘飘扬扬飞落而下的势态,就如同歌女们翩翩起舞时的舞姿一样,有倾斜之美。

坐有宾朋尊有酒,可怜清味属侬家——尊,酒器。可怜,可爱。侬家,我家。末两句言:坐席上有自己的亲朋好友,饮用着可口的美酒,这高雅的情趣,大概只有帝王之家具备啊!

诗里洋溢着帝王富贵气象,与此时南唐鼎盛的国势是相符合的。"素姿好把芳姿掩,落势还同舞势斜",将雪花与梅花比俏,将飞雪与舞女比美,不但设喻新巧,且形象生动,富有韵味。这与他前首诗以美人头喻荷花,有着天壤之别。

鹊踏枝

冯延巳

冯延巳(903—960),又名延嗣,字正中,广陵(今江苏省扬州市)人。南唐中主时,官至翰林学士承旨、中书侍郎、左仆射同平章事(宰相)。其词多娱宾遣兴、流连光景之作,反映官僚士大夫闲逸的生活面貌。但时与李璟唱和,词风婉丽,词境渐大,对南唐及李煜影响较大。王国维《人间词话》卷上说:"冯正中词虽不失五代风格,而堂庑特大,开北宋一代风气。"有《阳春集》。

鹊踏枝,一作雀踏枝,唐玄宗时教坊曲名,后用为词牌名,即蝶恋花。冯延巳以"鹊踏枝"词著称,今传14首。冯煦《阳春集序》评价其"鹊踏枝"词时说:"其旨隐,其词微。"此词是代思妇抒写闲情,满纸春愁,塑造了一个"独立小桥风满袖"的思妇形象。

谁道闲情抛掷久,每到春来,惆怅还依旧。日日花前常病酒,不辞镜里朱颜瘦。　　河畔青芜堤上柳,为问新愁,何事年年有?独立小桥风满袖,平林新月人归后。

谁道闲情抛掷久,每到春来,惆怅还依旧——开首一句,以发问引起全词,起势令人注目:谁说我早就抛开了思人的闲愁?也许平时忘却了,但一遇到春天到来,惆怅的心情还像过去一样,这三句特别强调是春引起愁。

日日花前常病酒,不辞镜里朱颜瘦——病酒,贪酒,因饮酒过度而伤身。不辞,不告别。《楚辞·九歌·少司命》:"人不言兮出不辞。"这两句言:每天在春花前对花思人,人不来,只有靠酒浇愁,酒喝得多了,就难免伤身。对着镜子一看,病容满面,日见消瘦,红润的脸色已不复存在,但自己还是戒不了酒,改不掉这样的生活方式。

河畔青芜堤上柳,为问新愁,何事年年有——青芜,形容草色碧青。以"青芜"、"柳色"喻愁,河畔上的青草,堤岸上的柳色,年年生,年年绿,就像人的愁恨一样,年年生长。这又是一个问句,自己解答不了,只得问春色,问苍天。

独立小桥风满袖,平林新月人归后——人,游人。末两句是倒装句,言:天色已渐渐晚了,游人已各自回家了,一弯新月高悬在平林的上方,而我仍然独自站立在小桥上,望远凝思,任凭晚风吹来,尚无归意。

关于此词,前人多有评价。如陈廷焯《白雨斋词话》卷一说:上片"始终不渝其志,亦可谓自信而不疑,果毅而有守矣。"全词"可谓沉著痛快之极,然却是从沉郁顿挫来,浅人何足知之?"梁启超在《阳春集笺·引》中说:"稼轩《摸鱼儿》起处,从此脱胎,文前有文,如黄河伏流,莫穷其源。"

此词的上下片起句都以发问引势,只问不答,留下许多韵味让读词人自己去体会。同时,多用问句,也增加了词意的起伏不平。"独立小桥风满袖",是个可想可画的艺术形象,令人联想到倩魂销尽夕阳前,令人联想到无语看斜阳,感染力强。

谒金门

冯延巳

谒金门,唐玄宗时教坊曲名,后用为词调。敦煌曲辞《谒金门》中有"得谒金门朝帝庭"语,可能是此词调的本意。此词也是代思妇写春愁,但词语秀丽,语调轻松,没有那种凄厉之音,描绘了一幅美丽的春景图,为一时传诵之作。陆游《南唐书·冯延巳传》载:"元宗尝因曲宴内殿,从容谓曰:吹皱一池春水,何干卿事?延巳对曰:安得如陛下小楼吹彻玉笙寒之句。"可见李璟与冯延巳君臣互吟,各有得意之作。

风乍起,吹皱一池春水。闲引鸳鸯香径里,手挼红杏蕊。

斗鸭阑干独倚,碧玉搔头斜坠。终日望君君不至,举头闻鹊喜。

【新解】

风乍起,吹皱一池春水——乍,突然。首二句破空而来,描写了一个有趣的现象:平地里突然起风,把平镜似的一池春水的水面都给吹皱了。这是以自然界的物象喻人物心情的波动。

闲引鸳鸯香径里,手挼红杏蕊——香径,花园里的小路。挼,揉搓。鸳鸯雌雄偶居不离,古称匹鸟,后因以比喻夫妇。卢照邻《长安古意》诗:"得成比目何辞死,愿作鸳鸯不羡仙。"这里的"闲引"、"手挼"看似无意识动作,看似闲情,但心中却有着无数波涛,从"鸳鸯"二字中透出。人家鸳鸯双双成对,自己孤独一人走在花间小路,怎能不触目伤情呢?

斗鸭阑干独倚,碧玉搔头斜坠——斗鸭阑干,阑干上描画着以鸭相斗为戏的图案。搔头,首饰,簪的别名。白居易《长恨歌》:"花钿委地无人收,翠翘金雀玉搔头。"这两句所描写的情景就是因"鸳鸯"而来,独倚在栏杆上,发髻蓬松,玉簪子歪斜欲坠,懒散的情绪油然可见。女为悦己者容,悦己者不在了,打扮有什么用呢?

终日望君君不至,举头闻鹊喜——鹊喜,《开元天宝遗事》卷下:"时人之家,闻鹊声皆为喜兆,故谓灵鹊报喜。"无名氏《鹊踏枝》词:"叵耐灵鹊多谩语,送喜何曾有凭据。"末两句写一种期望、一种等待,就在我每天盼望着你,你却不来的时候,喜鹊在枝头鸣叫,这是喜讯,预示着心上人将回来了。

【新评】

此词旧评也很多。如俞陛云《五代词选释》云:"'风乍起'二句,破空而来,在有意无意间。如絮浮水,似沾非著,宜后主盛加称赏。此在南唐全盛时作。喜闻鹊报,及杨柳陌一阕为君起舞句,殆有束带弹冠之庆,及效忠尽瘁之思也。"沈际飞《草园词选》说:"起句与前词同一况味,闻鹊报喜,须知喜中还有疑在,无非望幸希宠之心,而语自清俊。"贺裳《皱水轩词筌》云:"细看词意,含蓄尚多。"

"风乍起,吹皱一池春水",这个形象描摹极佳,受到历代读者称赏,当之无愧。但此词最大的特色,正如贺裳所言,是含蓄尚多。以风吹池水喻心情波动。"闲引鸳鸯"、"手挼红杏",看似无意,其实波澜壮阔,愁河恨海,尽在不语中。"举头闻鹊喜",看似有期待,有喜讯,其实连她自己也知道,不过是虚诳,仍有疑惑在其中,不愿说明白罢了。全词犹如描绘了一幅表面平静的湖面,下藏无数狂涛;犹如悬挂了一幅无人愿揭的谜语,揭穿了就意思全无。

南乡子

冯延巳

南乡子,唐教坊曲名,后用为词牌。此词的写作时间在残春,是模拟闺中思妇的口吻,见春雨残阳而生惆怅,怨恨"薄幸"人远游不归。全词情景并美,昔人多激赏之。

细雨湿流光,芳草年年与恨长。烟锁凤楼无限事,茫茫,鸾镜鸳衾两断肠。　魂梦任悠扬,睡起杨花满绣床。薄幸不来门半掩,斜阳,负你残春泪几行。

细雨湿流光,芳草年年与恨长——流光,光阴,因其逝去如流水,故称流光。李白《古风》诗:"逝川与流光,飘忽不相待。"长,生长。首两句言濛濛春雨染湿了光阴,春天在雨声中一天天消逝,只有那春草像愁恨一样,年年在雨水中生长得很茂盛。

烟锁凤楼无限事,茫茫,鸾镜鸳衾两断肠——烟,云雾。凤楼,指宫内的楼阁。鲍照《代陈思王京洛篇》:"凤楼十二重,四户八绮窗。"此处借指闺妇所居之处。鸾镜,妆镜。白居易《太行路》诗:"何况如今鸾镜中,妾颜未改君心改。"温庭筠《菩萨蛮》词:"鸾镜与花枝,此情谁得知。"鸳衾,绣着鸳鸯图案的被子。此三句言:在那座被云雾笼罩的凤楼里,曾发生过无数恩爱的情事,如今都过去了,茫然如烟雾;每当看着那妆镜和鸳鸯被这两样物件,就想起往事令人愁肠万断。

魂梦任悠扬,睡起杨花满绣床——显然在愁困中渐渐入睡了,忘记了关窗户,杨花随风漫漫吹进来,落满了绣着花的床被。回想起刚才做的梦。真是漫长啊,摄人魂魄。梦见了什么?肯定是梦见了那个人!

薄幸不来门半掩,斜阳,负你残春泪几行——薄幸,薄情轻浮之人。杜牧诗:"十年一觉扬州梦,赢得青楼薄幸名。"此处指梦中所思之人,末三句是闺妇矛盾心理的写照:明知那个薄情人不会来,却给他半开着门,留有一份期待在心中。夕阳已西下,等了他又一整天,他不来,真是负心人!辜负我在残春里空流了一天的泪!"负你"实际上是负我,辜负我一片痴情。

关于此词,旧评也很多。王国维《人间词话》说:"'细雨湿流光'五字,能摄春草之魂。"俞陛云《五代词选释》说:"起二句,情景并美。下阕梦与杨花,迷离一片。结句何幽怨乃尔。"陈秋帆《阳春集笺》说:"细雨湿流光,昔人多激赏之。周方泉、王荆公极赞其妙。余谓冯此语,实本温庭筠《荷叶杯》'朝雨湿愁红',皇甫松《怨回纥》'江路湿红蕉'而来。赵彦端《谒金门》'波底夕阳红湿'盖用'细雨湿流光'与'一帘疏雨湿春愁'之'湿'。词人善用湿字。《阳春》则承先启后耳。"

冯延巳词的最大特点,是善于通过矛盾心情表现人物的内心世界。如"终日望君君不至,举头闻鹊喜",明知对方不会来,却以"鹊喜"作安慰语,自己劝解自己,自己欺骗自己。此词也一样,"薄幸不来门半掩",明知负心汉不来,却半掩半开着门,怕他万一来了。这种对人物心理细致入微的刻画,真是把握住了思妇的心理特质:她欲等不来,欲罢不忍,世间情感之苦,无过于此。

采桑子(三首)

冯延巳

采桑子,唐教坊曲有《杨下采桑》,词名本此。冯延巳作有多首《采桑子》词,皆写男女离情。今选其中三首,可以代表冯延巳此类词的特点。

其 一

马嘶人语春风岸,芳草绵绵。杨柳桥边,落日高楼酒旆悬。
旧愁新恨知多少,目断遥天。独立花前,更听笙歌满画船。

其 二

酒阑睡觉天香暖,绣户慵开。香印成灰,独背寒屏理旧眉。
朦胧却向灯前卧,窗月徘徊。晓梦初回,一夜东风绽早梅。

其 三

笙歌放散人归去,独宿红楼。月上云收,一半珠帘挂玉钩。
起来点检经由地,处处新愁。凭仗东流,将取离心过橘洲。

马嘶人语春风岸,芳草绵绵——以"马嘶"言征人将去;以"人语"言夫妻话别;以"春风岸"言告别的时间及地点;以"芳草绵绵"喻愁之多。

杨柳桥边,落日高楼酒旆悬——旆(pèi),泛指旌旗。《左传·僖公二十八》年:"狐毛设二旆而退之。"杜预注:"旆,大旗也。"酒旆,酒旗。这两句言:已到了落日时分,还舍不得分离。只得在杨柳桥边的酒馆里再饮一杯告别酒,从此天涯海角,人各一方。杨柳含有惜别之意,取自《诗经·小雅·采薇》:"昔我往矣,杨柳依依。今我来思,雨雪霏霏。"

旧愁新恨知多少,目断遥天——读到这里,我们方才知道上片所写是词中女主人对往昔送别的回忆,故曰:"旧愁。""新恨"是指现在的心情,等他多年,他尚不归来,令我每年遥望远方,平添恨情。"目断"是指直至看不见,视力所极。

独立花前,更听笙歌满画船——我本来就有数不清的旧愁新恨无法排遣,想在花丛里独自待一会儿,消消心绪。可谁知道,又从画船那边传来了悲凉的笙歌声,更让人增添了一层愁绪,不忍卒听。

酒阑睡觉天香暖,绣户慵开——酒阑,酒残。睡觉,酒醉醒来。天香,特异的香味。此处指所燃香料。绣户,华丽的门。首二句言从醉梦中醒来后的情景,只觉满屋特异的香味飘来飘去,自己本该打开门窗,疏通一下满屋的气息,可心情不好,懒得打开窗户,一任室内香味四溢,户外春光自流。

香印成灰,独背寒屏理旧眉——香印,指香料燃烧后的落痕。这两句言夜已经很深了,香料也已经燃尽成灰了,可自己因刚从醉梦中醒来,竟然一点睡意也没有,独自一人背对着寒冷的屏风,在梳理着眉毛。非屏寒,而是心寒;非眉旧,而是情旧,旧情难忘,心寒难热,由此可见。

朦胧却向灯前卧,窗月徘徊——实在煎熬不下去了,在迷迷糊糊的状态中,独卧灯前。还是睡不踏实,只觉得月影儿在窗前晃来晃去,令人心烦。这两句极写心中不平静,月影随风晃动,心儿也随之动荡。

晓梦初回,一夜东风绽早梅——等第二天早晨从梦中醒来后,只见梅花已开放了,又一个春天来到了,昨夜刮了整整一夜东风,送来了早春美景,按理说心情会随之变化吧,天知道,也许又一番春愁开始了。

笙歌放散人归去,独宿红楼——写黄昏情景:悲凉的笙歌声已渐渐平息了,游人们也各自回家了,夜静了,我更孤独,一人独宿在偌大的红楼里。以夜静状人处境孤独,以楼大状人心情空虚。

月上云收,一半珠帘挂玉钩——玉钩,既明指挂帘子用的器物,又暗喻月牙儿如玉钩,是一弯新月。风儿吹去了天空的云彩,月儿格外明亮,斜挂在珠帘上。此情此景,令人心寒,令人孤愁。

起来点检经由地,处处新愁——这是写第二天早晨起床后的所作所为。昨夜难以入睡,一直回忆以前的情事,早晨起床后就到过去的所经之地去看一看,不但排遣不了旧恨,却平添了一段新愁。处处都遗留着过去的痕迹,处处都让人触目生情。

凭仗东流,将取离心过橘洲——橘洲,即橘子洲。在湖南长沙市西湖江中,相传西晋永兴年间始成洲,以产佳橘得名。《太平御览》引盛弘之《荆州记》:"及至夏水怀山,诸洲皆没,橘洲独在。"唐杜甫《岳麓山道林二寺行》:"橘洲田土仍膏腴。"末两句言:那个人就是登上橘子洲后,与我挥手告别而去的,从此,我的一颗心也离开了自己的身体,飞到了橘洲上。现在,我想凭借东流的湘江水,过渡到橘洲上,把飞离的那颗心取回来。

这三首词有三个特点。一是想像奇绝,简直令人拍案叫绝。"凭仗东流,将取离心过橘洲",写心上人从橘子洲告别后,自己的一颗心从此不着胸腔,飞落在了橘子洲头。现在,我想把我的心取回来,以便表示对那个人的恨,从此不再想他了。以这样的行为喻愁苦离情之深,其想像力真是空前绝后,极凄婉之致。二是善于通过动作描写暗示人物的内心独白。"独背寒屏理旧眉",明知心上人等不来,回不来,已夜深人静了,还在梳理着眉毛,也不知是在为谁而理,理了让谁看!这是一个下意识的动作,也是痛苦至极时的习惯动作,从此动作可以窥视到闺妇的内心痛苦。三是善于用景色状人物心态,喻人物心境。"芳草绵绵",喻离情。如:"又送王孙去,萋萋满别情"。"离恨恰似春草,更行更远还生"。"杨柳桥边",喻离情。如"昔我往矣,杨柳依依。今我来思,雨雪霏霏"。"羌笛何须怨杨柳,春风不度玉门关"。"落日高楼酒旆悬","更听笙歌满画船",景色里,歌声中,更是饱含着离情。别人写离情,都喜欢明喻,用词语表明;而冯延巳写离情却不着一字,满纸情语。不留痕迹,尽得风流。难怪俞陛云在《五代词选释》中评价说:"酒旆催日下城头,人称佳句。此词落日高楼句,尤为浑成。下阕笙歌句,在新愁旧恨中闻之,只增忉怛耳。"

观　棋

李从谦

　　李从谦,李璟第九子,李煜同母胞弟。据史书记载,从谦风采峭整,动有规诲,喜为律诗。北宋时封为鄂国公。《全唐诗》存其诗一首。关于这首诗,据《全唐诗》注:"后主燕闲尝与侍臣弈,从谦甫数岁,侍侧,后主命赋观棋诗。"可见此诗是从谦奉其兄长之命写成的。诗里以棋理推演人世之理,指明"恃强斯有失,守分固无侵",有着深刻的哲理寓意。

　　　　　　竹林二君子,尽日竟沉吟。
　　　　　　相对终无语,争先各有心。
　　　　　　恃强斯有失,守分固无侵。
　　　　　　若算机筹处,沧沧海未深。

　　竹林二君子,尽日竟沉吟——以竹林七贤喻指后主与侍臣,说他二人附庸风雅,竟然一整天都在沉思下棋。

　　相对终无语,争先各有心——表面上相对无语,其实棋路上暗藏杀机,各自用心思调兵遣将,布阵较量。

　　恃强斯有失,守分固无侵——这是谈攻与守的关系。锋芒过露,一味恃强进攻,难免会有所失,露出破绽;守住自己的疆域,稳固自己的后方,就不会遭到强敌的侵略。

　　若算机筹处,沧沧海未深——机筹,机智谋划。这两句说:如果论起机智地筹谋策略,那可就太高深了,即使茫茫大海之深处,也比不上它。

　　此诗为李煜命其小弟观棋时所作,小弟从谦当时尚年幼,能吟出如此有哲理的诗来,可见其才气非凡。此时南唐屡遭北宋大军侵凌,李煜无力反抗,只能苟且求安。诗里所言"恃强斯有失,守分固无侵",既是对棋理而言,又似乎是对兄长的劝慰。

李煜传(节选自《宋史》)

煜字重光,景第六子也,本名从嘉。少聪悟,喜读书属文,工书画,知音律。初封安定郡公,累迁诸卫大将军、副元帅,封郑王。

景始嗣位,以弟齐王景遂为元帅,居东宫。燕王景达为副元帅,就畀枢前盟约,兄弟相继,中外庶政,并委景遂参决。景长子冀为东都留守,后又立景遂为太弟,景达为齐王、元帅;冀为燕王、副元帅。冀镇京口。周师征淮,吴越围常州,冀部将败之。景达屯濠州,血衅遁还。及割地后,出景遂为洪州元帅,封晋王;景达抚州元帅,立冀为太子。景遂寻卒,数月冀亦卒,乃立从嘉为吴王。

建隆二年,景迁洪州,立为太子监国,是秋袭位,居建康,改名煜。立母钟氏为圣尊后,以钟氏父名泰章故也。妻周氏为国后。遣户部尚书冯谧来贡金器两千两、银器两腕两、纱罗缯彩三万匹。且奉表陈绍袭之意曰:

> 臣本于诸子,实愧非才,自出胶庠,心疏利禄。被父兄之荫育,乐日月以优游,思追巢、许之馀尘,远慕夷、齐之高义。继倾恳悃,上告先君,固匪虚词,人多知者。徒以伯仲继没,次第推迁,先世谓臣克习义方,既长且嫡,俾司国事,遽易年华。及乎暂赴豫章,留居建业,正储副之位,分监抚之权,惧弗克堪,常深自励,不谓掩丁艰罚,遂玷缵承,因顾肯堂,不敢灭性。然念先君临江表垂二十年,中间务在倦勤,将思释负。臣亡兄文献太子从冀将从内禅,已决宿心,而世宗敦劝既深,议言因息。及陛下显膺帝箓,弥笃睿情,方誓子孙,仰酬临照。则臣向于脱屣,亦匪邀名,既嗣宗枋,敢忘负荷。惟坚臣节,上奉天朝。若曰稍易初心,辄萌异志,岂独不遵于祖祢,实当受谴于神明。方主一国之生灵,遐赖九天之覆焘。况陛下怀柔义广,煦妪仁深,必假清光,更逾曩日。远凭帝力,下抚旧邦,克获宴安,得从康泰。
>
> 然所虑者,吴越国邻于弊土,近似深仇,犹恐辄向封疆,或生纷扰。臣即自严部曲,终不先有侵渔,免结衅嫌,挠干旒扆。仍虑巧肆如簧之舌,仰成投杼之疑,曲构异端,潜行诡道。愿回鉴烛,显谕是非,庶使远臣,得安危恳。

太祖诏答焉。自景画江内附,周世宗贻书于景。至是,因煜之立,始下诏而不名。

会昭宪太后葬,煜遣户部侍郎韩熙载、太府卿田霖来贡。三年,诏煜应朝廷横海、飞江、水斗、怀顺诸军亲属有在江表者,悉遣令渡江。煜每闻朝廷出师克捷及嘉庆之事,必遣使犒师修贡。其大庆,即更以买宴为名,别奉珍玩为献。吉凶大礼,皆别修贡助。煜有母妻之丧,亦遣使往吊。乾德元年,煜上表乞呼名,诏不许。二年,又诏江北,许诸州民及诸监盐亭户缘江采捕及过江贸易。先是,江北置榷场,禁商人渡江及百姓缘江樵采。是岁,以江南荐饥,特弛其禁。三年,献银二万两、金银龙凤茶酒器数百事。开宝四年,又以占城、阇婆、大食国所送礼物来上,又遣弟从谦奉珍宝器用金帛为贡,且买宴,其数皆倍于前。是冬,以将郊祀,又遣弟从善来贡。

会岭南平,煜惧,上表,遂改唐国主为江南国主,唐国印为江南国印。又上表请所赐诏呼名,许之。煜又贬损制度,下书称教;改中书门下省为左右内史府,尚书省为司会府,御史台为司宪府,翰林为文馆,枢密院为光政院;降封诸王为国公,官号多所改易。五年,长春节,别贡钱三十万,遂以为常。太祖以从善为泰宁军节度,赐第留京师。是岁,煜又贡米麦二十万石。虽外示畏服,修藩臣之礼,而内实缮甲募兵,潜为战备。太祖虑其难制,令从善谕旨于煜,使来朝,煜但奉方物为贡。六年,赐米麦十万斛,振其饥民。

七年秋,遂诏煜赴阙,煜称疾不奉诏。冬,乃兴师致讨,以宣徽南院使、义成军节度曹彬为昇州西南面行营都部署,山南东道节度潘美为都监。煜初闻大兵将举,甚惶惧,遣其弟从镒及潘慎修来买宴,贡绢二十万匹、茶二十万斤及金银器用、乘舆服物等。及至,遂留于别馆。王师克池州,又破其众二万于采石矶,擒其龙骧都虞候杨收等,获马三百匹。江表无战马,朝廷岁赐之。及是所获,观其印文,皆岁赐之马也。初,将有事江表,江南进士樊若水诣阙献策,请造浮梁以济师。太祖遣高品石全振往荆湖造黄黑龙船数千艘,又以大舰载巨竹絙,自荆渚而下。及命曹彬等出师,乃遣八作使郝守濬等率丁匠营之。议者以为古未有作浮梁渡大江者,恐不能就。乃先试于石牌口,移置采石,三日而成,渡江若履平地。煜初闻朝廷作浮梁,语其臣张洎,洎对曰:"载籍已来,长江无为梁之事。"煜曰:"吾亦以为儿戏耳。"

王师渡江,煜委兵柄于皇甫继勋,委机事于陈乔、张洎,又以徐温诸孙元楀等为传诏,每军书告急,多不时通。八年春,王师傅城下,煜犹不知。一日登城,见列栅于外,旌旗遍野,始大惧,知为近习所蔽,遂杀继勋,召朱令斌于上江,令连巨筏载甲士数万人顺流而下,将断浮梁,未至,为刘遇所破。又募勇士五千馀人谋袭官军,皆素不习战,以暮夜人秉一炬来攻袭北砦。宋师纵其至,击之,歼焉,获其将帅,悉佩印符。

初,彬之南征也,太祖亲谕之曰:"卿至彼慎勿暴略,可示以兵威,俾自归顺,不必急攻。"及彬军围城,又命左拾遗、知制诰李穆送从镒还本国,谕以手诏,促其降。会润州平,煜危迫甚,遣其臣徐铉、周惟简奉方物来贡,手书奏目以来,哀恳求罢兵,太祖不许。俄复遣铉等入贡,仍乞缓师,又不答,但厚赐遗之。初,从镒之还,诏诸将罢攻城,而煜终惑左右之言,犹豫不决,遂诏进兵。

八年冬,城陷,曹彬等驻兵于宫门,煜率其近臣迎拜于门。彬等上露布,以煜并其宰相汤悦等四十五人上献。太祖御明德楼,以煜尝奉正朔,诏有司勿宣露布,止令煜等白衣纱帽至楼下待罪。诏并释之,赐冠带、器币、鞍马有差,下诏曰:

上天之德本于好生,为君之心贵乎含垢。自乱离之云瘼,致跨据之相承,谕文告而弗宾,申吊伐而斯在。庆兹混一,加以宠绥。

江南伪主李煜,承奕世之遗基,据偏方而窃号。惟乃先父早荷朝恩,当尔袭位之初,未尝禀命。朕方示以宽大,每为含容。虽陈内附之言,罔效骏奔之礼,聚兵峻垒,包蓄日彰。朕欲全彼始终,去其疑间,虽颁召节,亦冀来朝,庶成玉帛之仪,岂愿干戈之役。寒然弗顾,潜蓄阴谋。劳锐旅以徂征,傅孤城而问罪。泊闻危迫,累示招携,何迷复之不悛,果覆亡之自摅。

昔者唐尧光宅,非无丹浦之师;夏禹泣辜,不赦防风之罪。稽诸古典,谅有明刑。朕以道在包荒,恩推恶杀。在昔骤车出蜀,青盖辞吴,彼皆闰位之降君,不预中朝之正朔,及颁爵命,方列公侯。尔实为外臣,庇我恩德,比禅与皓,又非其伦。特升拱极之班,赐以列侯之号,式优待遇,尽舍尤违。可光禄大夫、检校太傅、右千牛卫上将军,仍封违命侯。

召升殿抚问。妻周氏封郑国夫人,又以其子神武右厢都指挥使仲寓为左千牛卫大将军,弟宣州节度使从镒为左领军卫大将军……仍赐其弟侄宅各一区。太宗即位,始去违命侯,加特进,封陇西郡公。太平兴国二年,煜自言其贫,诏增给月奉,仍赐钱三百万。太宗尝幸崇文院观书,召煜及刘铱,令纵观,谓煜曰:"闻卿在江南好读书,此简策多卿旧物,归朝来颇读书否?"煜顿首谢。三年七月,卒,年四十二。废朝三日,赠太师,追封吴王。

李煜年谱

南唐昇元元年(937),一岁
是年七夕,李煜诞生。据《翰府名谈》记载:李煜"天骨秀颖,神气清粹,姿貌绝美"。

南唐昇元二年(938),二岁
是年十月,南唐立太学,命删定礼乐。封李煜父亲李璟为齐王。

南唐昇元三年(939),三岁
二月,南唐改国号为大唐,复姓李氏。

据《江南野史》记载：初，先主有受禅意，忽夜半寺僧撞钟，满城皆惊。逮而召问，将斩之，云："夜来偶得月诗"。先主令白，乃曰："徐徐东海出，渐渐入天衢。此夕一轮满，清光何处无？"先主闻之，喜而释之。

南唐昇元四年(940)，四岁

八月，立齐王李璟为皇太子，仍兼大元帅，录尚书事。

十月，命齐王监国。

南唐昇元七年(943)，七岁

二月，先主李昇去世。谥曰光文肃武孝高皇帝，庙号烈祖。

三月，李璟即皇帝位，是为元宗。大赦境内，改元保大。

据《江南别录》记载：李煜幼而好学，为文有汉魏风。

南唐保大五年(947)，十一岁

正月大雪，元宗召齐王景遂等登楼赋诗，立景遂为皇太弟。

《全唐诗》录元宗所赋诗云："珠帘高卷莫轻遮，往往相逢隔岁华。春气昨宵飘律管，东风今日放梅花。素姿好把芳姿掩，落势还同舞势斜。坐有宾朋尊有酒，可怜清味属侬家。"

南唐保大七年(949)，十三岁

李煜学各家书法，尤工柳体。

南唐保大八年(950)，十四岁

小周后女英生于是年。

南唐保大九年(951)，十五岁

七月，李煜兄弘茂卒。李煜曾作诗文怀念。据《十国春秋》："弘茂，幼颖异，善歌诗，格调清古。年十四，封安乐公。初，文献太子刚果，人多惮之，故时望归弘茂。保大九年七月薨，追封庆王。年一十九。"

南唐保大十二年(954)，十八岁

娶娥皇为妃，即大周后。

据《十国春秋》："昭惠国后周氏，小字娥皇。十九岁归皇宫。通书史，善歌舞，尤工琵琶。"

132

南唐保大十三年(955)，十九岁
十一月，北周岁发兵进攻南唐。
十二月，以安定郡公从嘉为沿江巡抚。北周大将王彦超等人斩杀南唐士兵三千余人。

南唐保大十四年(956)，二十岁
正月，北周将领赵匡胤领兵陷南唐诸多城池。
三月，南唐遣使讲和。
五月，周主北还。

南唐保大十五年(957)，二十一岁
二月，周主复率兵南侵。
十二月，周师入扬州。

南唐保大十六年(958)，二十二岁
三月，在北周的逼迫下，元宗遣使上表，愿献江北郡县。
五月，下令去帝号，称国主。以周年号为年号。
据《十国春秋》：元宗曾曲宴内殿，从容谓"吹皱一池春水，干卿何事？"延巳对曰："安得如陛下小楼吹彻玉笙寒，特高妙也。"时丧败不支，稽首称臣于敌，以苟安岁月，而君臣相谑乃如此。
是年，李煜长子仲寓生。
李煜这个时期写有《渔父词》等作品。

周显德六年(959)，二十三岁
李煜兄太子弘冀病逝，谥文献。史称文献太子。
据《后主本纪》：(李煜)为人仁惠，有慧性。雅善属文，工书画，知音律。广额丰颊，骈齿，一目重瞳子。文献太子恶其有奇表。从嘉避祸，惟覃思经籍。历封安定郡公、郑王。文献太子薨，徙吴王，以尚书令知政事，居东宫。

周显德七年(960)，二十四岁
正月，赵匡胤发动"陈桥兵变"，逼周禅位，建立北宋，史称宋太祖。改元建隆。
三月，南唐遣使朝贡北宋。

北宋建隆二年(961),二十五岁

二月,立李煜为太子,留金陵监国。

六月,元宗病逝,李煜即位,嗣立于金陵。大赦境内。尊母钟氏曰圣尊后,立妃周氏为国后。并封诸王及群臣。

李煜次子仲宣生于是年。

北宋建隆三年(962),二十六岁

正月,葬元宗于顺陵。

三月,遣使入贡于宋。

北宋乾德二年(964),二十八岁

九月,封子仲寓清源郡公,仲宣宣城郡公。

十月,仲宣病逝,谥曰怀献。昭惠后因此疾愈重。其妹女英入宫侍药,与李煜发生恋情。李煜写有《菩萨蛮》"花明月暗笼轻雾"、"蓬莱院闭天台女"等词以纪其事。

是年,昭惠后病逝。

北宋乾德三年(965),二十九岁

正月,葬昭惠后于懿陵。

九月,李煜生母钟氏病逝。

是岁,娶昭惠妹女英为妻。据史书载,女英警敏有才思,神采端静。

李煜写有悼念大周后的诔文、诗词等作品。

北宋乾德六年(968),三十二岁

十一月,立小周后为国后。

写有不少诗词以描写与小周后的欢娱生活。

有诗云:"咫尺烟江几多地,不须怀抱重凄凄。"

北宋开宝三年(970),三十四岁

春,命境内崇修佛寺。

后主沉迷佛事,有谏者辄被罪。

募民为僧,所供养逾万人。上下狂,国事日非。

北宋开宝四年(971),三十五岁

十月,北宋灭南汉,屯兵汉阳。后主大惧,遣弟从善朝贡,称江南国主。

北宋开宝六年(973),三十七岁

十月,内史舍人潘佑切谏,被收于监牢,潘佑自杀,以死明志。户部侍郎李平亦数谏后主,被缢死狱中。

北宋开宝七年(974),三十八岁

秋,遣使求宋放归其弟从善,不许。写有怀念从善的诗词。

据《十国春秋》:宋太祖遣使征后主入朝,后主且发矣。以陈乔为介。乔曰:"陛下与臣同受先帝顾命,委以宗社大计。今往必见留,则国非己有,悔将何及?即死,实腼颜于先帝。臣请独任稽缓之责,以拒宋命。"后主由是连年不朝,皆乔为之主也。

据《江南野史》:后主既拒朝不行,尝谓人曰:"他日王师见讨,孤当亲督士卒,背城一战,以存社稷。如其不获,乃聚宝自焚,终不做他国之鬼。"

北宋开宝八年(975),三十九岁

二月,北宋大军紧逼金陵。

据《十国春秋》:金陵被围,后主召小长老问祸福。对曰:"臣当以佛力御之。"乃登城大呼,周回数四。后主令僧俗军士念救苦菩萨,满城沸涌。未几,四面矢石交下,复召小长老麾之。称疾不起,始疑其诞,遂鸩杀之。

十一月二十七日夜半,金陵城陷,南唐亡。

据《南唐书》,城陷时,煜举族冒雨乘舟,渡中江,望石城泣下,赋诗云:江南江北旧家乡……

亡国时,后主还作有《临江仙》"樱桃落尽春归去"词。

据史载,金陵城陷时,李后主肉袒而降。

北宋开宝九年(976),四十岁

正月,被北迁至宋都汴京。告别祖庙时吟有《破阵子》"四十年来家国"词。宋太祖封其为违命侯。

十月,宋太祖崩。其弟赵光义即位,是为宋太宗。

十二月,改是岁为太平兴国元年。

据《十国春秋》:江南国主既入汴,太宗赏因曲燕,问:"闻卿在国中好作诗。"因使举其得意者一联。煜沉吟久之,诵其咏扇诗云:"揖让月在手,动摇风满怀。"他日复燕煜,顾近臣曰:"好一个翰林学士。"

北宋太平兴国二年(977),四十一岁

据《后主本纪》:后主自言其贫,宋太宗命增给月俸,仍予钱三百万。太宗尝幸崇文院观书,召后主及南汉后主令纵观,谓后主曰:"闻卿在江南好读书,此简策多卿旧物,归朝来颇读书否?"后主顿首谢。

写有《忆江南》、《浪淘沙》、《乌夜啼》、《相见欢》等怀念故国的词。

北宋太平兴国三年(978),四十二岁

写有许多诗词以怀念故国,因有"小楼昨夜又东风"、"一江春水向东流"等词句而招致杀身之祸。

据《默记》:太宗一日问曾见李煜否?徐铉对曰:"臣安敢私见之?"上曰:"卿第往,但言朕令卿往相见可矣。"铉遂径往其居,望门下马,但一老卒守门。徐言:"愿见太尉。"卒言:"有旨不得与人接,岂可见也!"铉云:"我乃奉旨来见。"老卒往报,铉入,立庭下。久之,老卒遂入,取旧椅子相对。顷间,李主纱帽道服而出。后主相持大哭,乃坐,默不言。忽长吁叹曰:"当时悔杀了潘佑、李平。"铉既去,乃有旨再对,询后主何言,铉不敢隐,遂有秦王赐牵机药之事。牵机药者,服之前却数十回,头足相就如牵机状也。

又据《默记》:后主在赐第,因七夕命故伎作乐,声闻于外,太宗闻之大怒。又传"小楼昨夜又东风"及"一江春水向东流"之句,并坐之,遂被祸。

七月七日夜,后主亡,终年四十二岁。卒日即其四十二岁生日。

葬洛阳北邙山,赠太师,封吴王。

后主亡后不久,小周后悲哀不自胜,亦亡。陪葬北邙山,封郑国夫人。

据《东轩笔录》:太宗命徐铉为后主撰碑文,览读称善。异日,复得铉所撰《吴王挽词》三首,尤加叹赏。《吴王挽词》曰:"倏忽千龄尽,冥茫万事空。青松洛阳陌,白草建康宫。道德遗文在,兴衰自古同。受恩无补报,反袂泣途穷。土德承余烈,江南广旧恩。一朝人事变,千古信书存。哀挽周原道,铭旌郑国门。此生虽未死,寂寞已销魂。"

李煜词述评辑录

总　评

李易安云:乐府声诗益著,最盛于唐。自后郑卫之声日炽,流靡之变日烦。已有《菩萨蛮》、《春光好》、《莎鸡子》、《更漏子》、《浣溪沙》、《梦江南》、《渔父》等词,不可遍举。五代干戈,四海瓜分豆剖,斯文道熄。独江南李氏君臣尚文雅,故有"小楼吹彻玉笙寒"、"吹皱一池春水"之词,所谓亡国之音哀以思也。(《苕溪渔隐丛话》后集卷

三十三)

　　唐末五代,文章之陋极矣,独乐章可喜。虽乏高韵,而一种奇巧,各自立格,不相沿袭。在士大夫犹有可言,若昭宗"野烟生碧树,陌上行人去",岂非作者。诸国僭主中,李重光、王衍、孟昶、霸主钱俶习于富贵,以歌酒自娱。而庄宗同父兴代北,生长戎马间,百战之馀,亦造语有思致。国初平一宇内,法度礼乐寝复全盛,而士大夫乐章顿衰于昔日,此尤可怪。(《碧鸡漫志》卷二)

　　五代僭伪十国为主,蜀之王衍、孟昶,南唐之李璟、李煜,吴越之钱俶,皆能文,而小词尤工。(《词品》卷二)

　　花间犹伤促碎,至南唐李王父子而妙矣。"风乍起,吹皱一池春水"关卿何事,与未若陛下"小楼吹彻玉笙寒",此语不可闻邻国,然是词林本色佳话。"云破月来花弄影"郎中,"红杏枝头春意闹"尚书,意似祖述之,而句小不逮,然亦佳。(弇州山人《词评》)

　　花间以小语致巧,世语靡也。草堂以丽字取妍,六朝喻也。即词号称诗馀,然而诗人不为也。何者?其婉娈而近情也,足以移情而夺嗜。其柔靡而近俗也。诗啴缓而就之,而不知其下也。之诗而词,非词也。之词而诗,非诗也。言其业,李氏晏氏父子、耆卿、子野、美成、少游、易安至也,词之正宗也。温韦艳而促,黄九精而险,长公丽而壮,幼安辨而奇,又其次也,词之变体也。词兴而乐府亡矣,曲兴而词亡矣。非乐府与词之亡,其调亡也。(弇州山人《词评》)

　　男中李后主,女中李易安,极是当行本色。(《填词杂说》)

　　钟隐入汴后"春花秋月"诸词,与"此中日夕,只以眼泪洗面"一帖,同是千古情种。较之长城公,煞是可怜。(《花草蒙拾》)

　　李后主词如生马驹,不受控捉。(《介存斋论词杂著》)

　　毛嫱西施,天下美妇人也。严妆佳,淡妆亦佳。粗服乱头,不掩国色。飞卿,严妆也。端己,淡妆也。后主则粗服乱头矣。(《介存斋论词杂著》)

　　后主词思路凄惋,词场本色,不及飞卿之厚,自胜牛松卿辈。(《白雨斋词话》卷一)

　　李后主、晏殊原皆非词中正声,而其词则无人不爱,以其情胜也,情不深而为词,虽雅不韵,何足感人。(《白雨斋词话》卷七)

　　后主之词,足当太白诗篇,高奇无匹。(《复堂词话》)

　　后主目重瞳子,乐府为宋人一代开山。盖温韦虽藻丽,而气颇伤促,意不胜辞。至此君方为当行作家,清便宛转,词家王、孟。(《诗薮·杂篇》)

　　后主疏于治国,在词中犹不失南面王,觉张郎中、宋尚书,直衙官耳。(《古今词话》卷上)

　　花间之词如古玉器,贵重而不适用。宋词适用,而少质重。李后主兼有其美,更

饶烟水迷离之故。(《渌水亭杂识》卷四)

李重光风流才子,误作人主,至有入宋牵机之恨。其所作之词,一字一珠,非他家所能及也。(《玉琴斋词》序)

重光天籁也,恐非人力所及。(《词评》)

莲峰居士词,超逸绝伦,虚灵在骨。芝兰空谷,未足比其芳华。笙鹤瑶天,讵能方兹清怨?后起之秀,格调气韵之间,或月日至,得十一于千百。若小晏,若徽庙,其殆庶几。断代南渡,嗣音阒然,盖间气所钟,以谓词中之帝,当之无愧色矣。(《半塘老人遗稿》)

温飞卿之词,句秀也。韦端已之词,骨秀也。李重光之词,神秀也。(《人间词话》)

词至李后主而眼界始大,感慨遂深,遂变伶工之词而为士大夫之词。周介存置诸温韦之下,可谓颠倒黑白矣。"自是人生长恨水长东","流水落花春去也,天上人间",《金荃》、《浣花》,能有此气象耶?(《人间词话》)

词人者,不失其赤子之心者也。故生于深宫之中,长于妇人之手,是后主为人君所短处,亦即为词人所长处。(《人间词话》)

客观之诗人,不可不多阅世,阅世愈深,则材料愈丰富,愈变化,《水浒传》、《红楼梦》之作者是也。主观之诗人,不必多阅世。阅世愈浅,则性情愈真,李后主是也。(《人间词话》)

尼采谓一切文学,余爱以血书者。后主之词,真所谓以血书者也。宋道君皇帝《燕山序》词亦略似之。然道君不过自道身世之戚,后主则俨然有释迦、基督担荷人类罪恶之意,其大小固不同矣。(《人间词话》)

唐五代之词,有句而无篇。南宋名家之词,有篇而无句。有篇有句,惟李后主降宋后之作,及永叔、子瞻、少游、美成、稼轩数人而已。(《人间词话》)

江南李主一目重瞳,务长夜之饮,内日给酒三石,艺祖勅不与酒,奏曰:"不然,何计使之度日。"遂复给之。李主姿貌绝美,艺祖曰:"公非贵貌也,乃一翰林学士耳。"有诗曰:"鬓从今日添新白,菊是去年依旧黄。"又云:"青鸟不传云外信,丁香空结雨中愁。"皆是气不满,有亡国之悲。临终有诗云:"万古到头为一醉,死乡葬地有高原。"(《类说》卷五十二)

《虞美人》"春花秋月何时了"

徐铉归朝,为左散骑常侍,迁给事中。太宗一日问:"曾见李煜否?"铉对以"臣安敢私见之"。上曰:"卿第往,但言朕令卿往相见,可矣。"铉遂径往其居,望门下马,但一老卒守门。徐言:"愿见太尉。"卒言:"有旨不得与人接,岂可见也。"铉曰:"我乃奉旨来见。"老卒往见,徐入,立庭下。久之,老卒遂入,取旧椅子相对,铉遥望见,谓卒曰:"但正衙一椅足矣。"顷间,李主纱帽道服而出。铉方拜,而李主遽下阶,引其手以上。铉告辞宾主之礼,李主曰:"今日岂有此礼!"徐引椅少偏,乃敢坐。后主相持大哭,乃坐。默不言,忽长吁叹曰:"当时悔杀了潘佑、李平"。铉既去,乃有旨再对,询后主何言,铉不敢隐,遂有秦王赐牵机药之事。牵机药者,服之前却数十回,头足相就,如牵机状也。又后主在赐第,因七夕命故伎作乐,声闻于外。太宗闻之大怒。又传"小楼昨夜又东风"及"一江春水向东流"之句,并坐之,遂被祸云。(《默记》)

李煜归朝后,郁郁不乐,见于词语。在赐第,七夕命故妓作乐,闻于外。又传"小楼昨夜又东风",并坐之,遂被祸。龙衮《江南录》云:"李国主小周后随后主归朝,封郑国夫人。例随命妇入宫。每一入,辄数日。出必大泣,骂后主,声闻于外。后主多宛转避之。"又韩玉汝家有后主归朝后与金陵旧宫人书云:"此中日夕,只以眼泪洗面。"(《避暑漫抄》)

王铚,平甫之子。尝云:今语例袭陈言,但能转移耳。世称秦词"愁如海",为新奇,不知李国主有已云"问君能有几多愁,恰似一江春水向东流",但以江为海耳。(《后山诗话》)

诗家有以山喻愁者,如少陵诗云:"忧端如山来,鸿洞不可掇",赵嘏诗:"夕阳楼上山重叠,未抵春愁一倍多"是也。有以水喻愁者,李颀曰:"请量东海水,看取浅深愁",李后主云"问君都有几多愁,恰似一江春水向东流"是也。贺方回云:"试问闲愁知几许?一川烟草,满城风絮,梅子黄时雨",盖以三者比之愁多也,尤为新奇。兼兴中有比,意味更长。(《鹤林玉露》卷七)

《后山诗话》载王平甫子铚谓秦少游"愁如海"之句,出于江南李后主"问君还有几多愁,恰似一江春水向东流"之意。仆谓李后主之意,又有所自。乐天诗曰:"欲识愁多少,高于滟滪堆。"刘禹锡诗曰:"蜀江春水拍山流,水流无限似侬愁。"得非祖此乎?则知好处前人皆已道过,后人但翻而用之耳。(《野客丛书》卷二十)

太白曰:"请君试问东流水,别意与之谁短长。"江南李主曰:"问君还有几多愁,却似一江春水向东流。"略加融点,已觉精采。至寇莱公则谓"愁情不断如春水",少游云:"落红万点愁如海",青出于蓝,而胜于蓝矣。(《藏一话腴》内篇卷上)

常语耳,以初见故佳,再学便滥矣。"朱颜"本是山河,因归宋不敢言耳。若直说山河改,反又浅也。结亦恰到好处。(《湘绮楼词选》前篇)

就词而论,李、刘、秦诸家之以水喻愁,不若后主之"春江"九字,真伤心人语也。(《南唐二主词辑述评》)

《虞美人》"风回小院庭芜绿"

此亦在汴京忆旧乎?华疏采会,哀音断绝。(《草堂诗馀续集》卷下)

五代词句多高浑,而次句"柳眼春相续"及《采桑子》之"九曲寒波不溯流",琢句工练,略似南宋慢体。此词上下段结句,情文悱恻,凄韵欲流,如方干诗之佳句乘风

欲去也。(《南唐二主词辑述评》)

《乌夜啼》"无言独上西楼"

此词最凄惋,所谓亡国之音哀以思。(《花庵词选》卷一)

七情所至,浅尝者说破,深尝者说不破。"别是"句甚深。(《古今词统》卷三)

绝无皇帝气,可人可人。(《词的》卷一)

后阕仅十八字,而肠回心倒,一片凄异之音,伤心人固别有怀抱。(《南唐二主词辑述评》)

一斛珠

描画精细,似一篇小题绝好文字。后主、炀帝辈,除却天子不为,使之作文士荡子,前无古,后无今。(《草堂诗馀别集》卷二)

李后主《一斛珠》之结句云:"绣床斜倚娇无那,烂嚼红绒,笑向檀郎唾。"此词亦为人所竞赏。予曰:此倡楼妇倚门腔,梨园献丑态耳。嚼红绒以唾郎,与倚市门而大嚼,唾枣核瓜子,以调路人者,其间不能以寸。优人演剧,每作此状,以发笑端,是深知其丑,而故意为之者也。不料填词之家,竟以此事谤美人,而后之读词者又止重情趣,不问妍媸,复相传为韵事,谬乎不谬乎?(《窥词管见》)

词家多翻诗意入词,虽名家不免。吾常爱李后主《一斛珠》末句云:"绣床斜凭娇无那,烂嚼红绒,笑向檀郎唾。"杨孟载《春绣》绝句云:"闲情正在停针处,笑嚼红绒唾碧窗。"此却翻词入诗,弥子瑕竟效颦于南子。(《皱水轩词筌》)

风流秀曼,失人君之度矣。(《闲情集》卷一)

《子夜歌》"人生愁恨何能免"

回首可怜歌舞地。悠悠苍天,此何人哉!(《别调集》卷一)

起句用翻笔,明知难免而我自销魂,愈觉埋愁之无地。马令《南唐书》本注云:后主《子夜歌》调,有凄然故国之思。(《南唐二主词辑述评》)

后主乐府词云:"故国梦初归,觉来双泪垂。"又云:"小园昨夜又西风,故国不堪翘首月明中。"皆思故国者也。(马令《南唐书》卷五)

临江山

《西清诗话》曰:自古文人虽在艰危困踬之中,不忘于述作。盖性之所嗜,虽鼎镬在前不恤也,况下于此者乎?后主在围城中,犹书长短句,未就而城破。所谓"樱桃落尽春归去,蝶翻金粉双飞,子规啼月小楼西。曲栏珠箔,惆怅卷金泥。门巷寂寥人去后,望残烟柳低迷。"尝见残稿,点染晦昧。心方危窘,意不在书耳。(《景定建康志》

卷五十《拾遗》）

艺祖云：李煜若以作诗工夫治国事，岂为吾虏也。苕溪渔隐曰：余观《太祖实录》及《三朝正史》云，开宝七年十月诏曹彬、潘美等率师伐江南，八年十一月拔升州。今后主词乃咏春景，绝非十一月城破时作。《西清诗话》云"后主作长短句，未就而城破"，其言非也。然王师围金陵凡一年，后主于围城中春间作此诗，则不可知。是时其心岂不危窘，于此言之乃可也。（《苕溪渔隐丛话》前集卷五十九）

宣和间，蔡宝臣致君收南唐后主书数轴来京师，以献蔡绦约之。其一乃王师收金陵垂破时，仓皇中作一疏祷于释氏，愿兵退之后，许造佛像若干身，菩萨若干身，斋僧若干万员，建殿宇若干所，其数皆甚多。字画老草，然皆遒劲可爱。盖危窘急中所书也。又有看经发愿文，自称莲峰居士李煜。又有长短句《临江仙》云："樱桃结子春归尽，蝶翻金粉双飞。子规啼月小楼西。玉钩罗幕，惆怅卷金泥。门巷寂寥人去后，望残烟草低迷。"而无尾句。刘延仲为补之："何时重听玉骢嘶，扑帘飞絮，依约梦回时。"（《墨庄漫录》卷七）

蔡绦作《西清诗话》，载江南李后主《临江仙》，云"围城中书，其尾不全。"以余考之，殆不然。余家藏七佛戒经及杂书二本，皆作梵叶，中有《临江仙》，涂注数字，未尝不全。其后则书太白诗数章，似平日学书也。本江南中书舍人王克正家物，后归陈魏公之孙世功君懋。余，陈氏婿也。其词云："樱桃落尽春归去，蝶翻轻粉双飞。子规啼月小楼西。玉钩罗幕，惆怅暮烟垂。别巷寂寥人散后，望残烟草低迷。炉香闲袅凤凰儿。空持罗带，回首恨依依。"后有苏子由题云："凄凉怨慕，真亡国之声也。"（《耆旧续闻》卷三）

自古文人虽在艰危困踬之中，亦不忘于制述。盖性之所嗜，虽鼎镬在前不恤也，况下于此者乎。李后主在围城中，可谓危矣，犹作长短句，所谓"樱桃落尽春归去，蝶翻金粉双飞。子规啼月小楼西。"文未就而城破。蔡约之尝亲见其遗稿。东坡在狱中作诗赠子由云"是处青山可埋骨，他年夜雨独伤神"，犹有所托而作。李白在狱中作上崔相公云："贤相燮元气，再欣海县康。应念覆盆下，雪泣拜天光"，犹有所诉而作。是皆出于不得已者。刘长卿在狱中，非有所托诉也，而作诗云："斗间谁与看冤气，盆下无由见太阳。"一诗云："壮志已怜成白发，余生独待发青春。"一诗云："冶长空得罪，夷甫不言钱。"又有狱中见画佛诗。岂性之所嗜，则缧绁之苦，不能易雕章绩句之乐欤。（《韵语阳秋》卷三）

汉高帝大风之歌曰："大风起兮云飞扬，威加海内兮归故乡，安得猛士兮守四方。"宋太祖咏日出之诗曰："欲出未出红刺刺，千山万山如火发。须臾拥出大金盆，赶退残星逐退月。"陈后主之诗曰："午醉醒来晚，无人梦自惊。夕阳如有意，偏傍小窗明。"南唐李后主之词曰："樱桃落尽春归去，蝶翻轻粉双飞。"又曰："门巷寂寥人去后，望残烟草萋迷。"合四君所作而论之，则开基英雄之主，与亡国衰弱之君，气象

不同,居然可见。(《隐居通议》卷十一)

　　李后主在围中犹作长短句,未就而城破。其词云:"樱桃落尽春归去……"尝见残稿,点染晦昧。心方危窘,意不在书耳。此出《西清诗话》。当时江南被围,自开宝七年十一月至八年十一月二十七日城破。宋祖令吕龟祥诣金陵籍煜图书赴阙下,得六万馀卷。其为后主与黄保仪聚焚者,又不知几许也。后主之好文如此,故非庸主。其词是《临江仙》调,凄惋有致。(《客座赘语》卷五)

　　低徊留恋,宛转可怜,伤心语,不忍卒读。(《别调集》卷一)

《望江南》"多少恨"

　　后主词一片忧思,当领会于声调之外,君人而为此词,欲不亡国也得乎?(《别调集》卷一)

　　"车水马龙"句为时传诵,当年之繁盛,今日之孤凄,欣戚之怀,相形而益见。(《南唐二主词辑述评》)

《望江南》"闲梦远,南国正清秋"

　　寥寥数语,括多少景物在内。(《别调集》卷一)

《望江南》"多少泪"

　　唐词"眼重眉褪不胜春",李后主词"多少泪,断脸复横颐",元乐府"眼馀眉剩",皆祖唐词之语。(《词品》卷二)

清平乐

　　是"恨如芳草,刬尽还生"稿子。(《南唐二主词汇笺》引)

　　末两句从杜诗"江草唤愁生"句来。(《古今词统》卷五)

　　"泪眼问花花不语,乱红飞过秋千去",与此同妙。(谭评《词辨》卷二)

《采桑子》"辘轳金井梧桐晚"

　　何关鱼雁山水,而词人一往寄情,煞甚相关,秦李诸人,多用此诀。(《南唐二主词汇笺》引)

　　上"秋愁不绝浑如雨",下"情思欲诉寄与鳞"。观其愁情欲寄处,自是一字一泪。(《南唐二主词汇笺》引)

　　后主、易安直是词中之妖,恨二李不相遇。(《古今词统》卷四)

　　上阕宫树惊秋,卷帘凝望,寓怀远之思。故下阕云回首边关,音书不到,当是忆弟郑王北去而作。与《阮郎归》调同意。此词墨迹在王季宫判官家。《墨庄漫录》云后

主书法,遒劲可爱,可称书词双美。(《南唐二主词辑述评》)

蝶恋花

陈继儒云:何不寄愁天上,埋忧地下?潘游龙云:"没个安排处"与"愁来无着处"并绝。(《南唐二主词汇笺》引)

沈际飞评"数点雨声"两句云:片时佳景,两语留之。又云:"愁来无着处",不约而合。(《草堂诗馀正集》卷一)

"红杏枝头春意闹","云破月来花弄影",俱不及"数点雨声风约住,朦胧淡月云来去"。予谓李后主拙于治国,在词中犹不失为南面王。觉张郎中、宋尚书直衙官耳。(《填词杂说》)

上半首工于写景,风收残雨,以"约住"二字状之,殊妙。雨后残云,惟映以淡月,始见其长空来往,写风景宛然。结句言寸心之愁,而宇宙虽宽,竟无容处。其愁宁有际耶?唐人诗"此心方寸地,容得许多愁",愁之为物,可谓放之则弥六合,卷之则退藏于密,惟能手得写出之。(《南唐二主词辑述评》)

《长相思》"云一緺"

"多"字、"和"字妙。"三两窠",亦嫌其多也。(《草堂诗馀续集》卷上)

"云一緺,玉一梭",缘饰先佳。(《古今词统》卷三)

情词凄惋。(《闲情集》卷一)

《长相思》"一重山"

冷艳。(《草堂诗馀正集》卷一)

句句有怨字意,但不露圭角,可谓善形容者。(《新刻注释草堂诗馀评林》)

因隔山水而起各天之思,为对枫菊而想后人之归。怨从思中生而怨不露,是长于诗者。(《南唐二主词汇笺》)

此词以轻淡之笔,写深秋风物,而兼葭怀远之思,低回不尽,节短而格高,五代词之本色也。(《南唐二主词辑述评》)

《捣练子令》"深院静"、"云鬓乱"

李后主《捣练子》云:"深院静,小庭空,断续寒砧断续风。无奈夜长人不寐,数声和月到帘栊。"词名捣练子,即咏捣练,乃唐词本体也。(《词品》卷一)

李重光"深院静"小令一阕,升庵曰词名《捣练子》,即咏捣练也。复有"云鬓乱"一篇,其词亦同,众刻无异。尝见一旧本,则俱系《鹧鸪天》,各有半阕。其"云鬓乱"一阕云:"节候虽佳景渐阑,吴绫已暖越罗寒。朱扉日暮随风掩,一树藤花独自看。云鬟乱,晚妆残,带恨眉儿远岫攒。斜托香腮春笋嫩,为谁和泪倚阑干。"其"深院静"一阕云:"塘水初澄似玉容,所思远在别离中。谁知九月初三夜,露似珍珠月似弓。深院静,小庭空,断续寒砧断续风。无奈夜长人不寐,数声和月到帘栊。"(《词苑丛谈》卷十)

  杨用修席分名阕,涉笔瑰丽,自负见闻赅博,不恤杜撰肆欺,迹其忍俊不禁,信有奇思妙语,非寻常才俊所及。尝云李后主《捣练子》"深院静"、"云鬟乱"二阕,曩见一旧本,并是《鹧鸪天》。又曰以"塘水初澄"比方玉容,其为妙肖,匪夷所思。"云鬟乱"阕前段尤能以画家白描法形容一极贞静之思妇,绫罗之暖寒,非深闺弱质,工愁善感者,体会不到。"一树藤花",确是人家庭院景物。曰"独自看",其殆《白华》之诗,无营无欲之旨乎?扉无风而自掩,境至清寂,无一点尘,如此云云。可知远岫眉攒,倚阑和泪,皆是至真至正之情,有合风人之旨。即词境词格,亦与之俱高。虽重光复起,宜无间然。或独讥其向壁虚造,宁非固欤?(《蕙风词话》卷五)

  通首赋捣练,而独夜怀人情味,摇漾于寒砧断续之中,可谓极此题能事。(《南唐二主词辑述评》)

浣溪沙

  帝王文章自有一般富贵气象。国初,江南遣徐铉来朝。铉欲以辩胜,至诵后主月诗云云。太祖皇帝但笑曰:"此寒士语耳,吾不为也。吾微时,夜自华阴道中逢月出,有句云:未离海底千山暗,才到中天万国明。"铉闻,不觉骇然惊服。太祖虽无意为文,然出语雄杰如此。予观李氏据江南全盛时,宫中诗云"红日已高三丈透……"议者谓与"时挑野菜和根煮,旋斫生柴带叶烧"者异矣。然此尽是寻常说富贵语,非万乘天子体。予盖闻太祖一日与朝臣议论不合,叹曰:"安得如桑维翰者,与之谋事?"左右曰:"纵维翰在,陛下亦不能用之。"盖维翰爱钱。太祖曰:"穷措大眼小,赐与十万贯,则塞破屋子矣。"以此言之,不知彼所谓金炉、香兽、红锦地衣,当费得几万贯。此语得无是措大家眼孔乎?(《扪虱新话》上卷卷二)

  金陵人谓中酒曰酒恶,则知李后主诗云"酒恶时拈花蕊嗅",用乡人语也。(《侯鲭录》卷八)

《菩萨蛮》"花明月暗笼轻雾"

  后主继室周氏,昭惠之母弟也,警敏有才思,神采端静。昭惠感疾,后常出入卧内,而昭惠未之知也。一日,因立帐前,昭惠惊曰:"妹在此耶?"后幼未识嫌疑,即以实告曰:"既数日矣。"昭惠殂,后未胜礼服,待字宫中。明年,钟太后殂,后主服丧,故中宫位号久而未正。至开宝元年,始议立后为国后。后自昭惠殂,常在禁中,后主乐府词有"划袜步香阶,手提金缕鞋"之类,多传于外,至纳后乃成礼而已,翌日,大宴群臣,韩熙载以下,皆为诗以讽焉,而后主不之谴。(马令《南唐书》卷六)

"花明月暗"一语,珠声玉价。(《古今词统》卷五)

结句极俚极真。(《南唐二主词汇笺》)

竟不是作词,恍如对话矣。如此等《词的》中亦不多得。(《词的》卷一)

"感郎不羞赧,回身向郎抱",六朝乐府便有此等艳情,莫诃词人轻薄。李后主词"奴为出来难,教君恣意怜",正是词家本色,但嫌意态之不文矣。(《古今词话·词品》)

以手提鞋语证之,则划袜是大脚不履,仅有袜耳。划如骑马之划。(《癸巳存稿》卷四)

《菩萨蛮》"铜簧韵脆锵寒竹"

后主词率意都妙,即如"衷素"二字,出他人口便村。(《古今词统》卷五)

精切。后叠弱,可移赠妓。(《草堂诗馀续集》卷上)

《古今词话》云词为继后作也。幽情丽句,固为侧艳之词,赖次首末句以迷魂结之,尚未违贞则。(《南唐二主词辑述评》)

阮郎归

沈际飞云:意绪亦似归宋后作。李于鳞云:上写其如醉如梦,下有黄昏独坐之寂寞。又云:似天台仙女,伫望归期,神思为阮郎飘荡。(《南唐二主词汇笺》)

后主归宋后,词常用"闲"字,总之闲不过耳,可怜。(《古今词统》卷六)

词为十二弟郑王作。开宝四年,令郑王从善入朝,太祖拘留之。后主疏请放归,不允。每凭高北望,泣下沾襟。此词春暮怀人,倚栏极目,黯然有鸰原之思。煜虽孱主,亦性情中人也。(《南唐二主词辑述评》)

《浪淘沙》"往事只堪哀"

沈际飞云:此在汴京念秣陵事作,读不忍竟。又云:"终日谁来"四字惨。(《南唐二主词汇笺》引)

薛阶帘静,凄寂等于长门。"金锁"二句,有铁锁沉江王气黯然之慨。回首秦淮,宜其凄咽。(《南唐二主词辑述评》)

《浪淘沙》"帘外雨潺潺"

《西清诗话》云:南唐李后主归朝后,每怀江国,且念嫔妾散落,郁郁不自聊。尝作长短句"帘外雨潺潺"云云,含思凄惋,未几下世。(《苕溪渔隐丛话》前集)

《颜氏家训》云："别易会难，古人所重。江南饯送，下泣言离。北间风俗不屑此，歧路言离，欢笑分首。"李后主长短句，盖用此耳。故云"别时容易见时难"，又云"别易会难无可奈"。(《能改斋漫录》卷十六)

"梦觉"语妙，那知半生富贵，醒亦是梦耶? 末句，可言不可言，伤哉。(《草堂诗馀正集》卷一)

花归而人不归，寓感良深，若作"春去也"便犯春意句。(《古今词统》卷七)

绵邈飘忽之音，最为感人深至。李后主之"梦里不知身是客，一晌贪欢"，所以独绝也。(《南唐二主词汇笺》引)

南唐主《浪淘沙》：曰"梦里不知身是客，一晌贪欢。"至宣和帝《燕山亭》则曰："无据，和梦也有时不做。"情更惨矣。此犹《麦秀》之后，有《黍离》也。(《皱水轩词筌》)

雄奇幽怨，乃兼二难，后起稼轩，稍伦父矣。(谭评《词辨》卷二)

古诗"行行重行行"，寻常白话耳。赵宋人词亦说白话，能有此气骨否? 李后主词"帘外雨潺潺"，寻常白话耳。金元人词亦说白话，能有此缠绵否?(《裛碧斋词话》)

李后主词"梦里不知身是客，一晌贪欢。"张蜕岩词"客里不知身是梦，只在吴山。"行役之情，见于言外，足以知畦径之所自。(《词徵》卷一)

此词略摹失路焚巢之象，令人欲碎唾壶。此间甚乐，较蜀主似为有情。(《唐诗笺要》后集卷八)

高妙超脱，一往情深。(《湘绮楼词选》)

"流水落花春去也，天上人间。"《金荃》、《浣花》能有此气象耶?(《人间词话》)

玉楼春

沈际飞云：此驾幸之词，不同于宫人自叙。"莫教踏碎琼瑶"，"待踏清夜月"，总是爱月，可谓生瑜生亮。又云：侈纵已极，那得不失江山?《浪淘沙》词即极清楚，何足赎也。李于鳞云：上叙凤辇出游之乐，下叙鸾舆归来之乐。(《南唐二主词汇笺》引)

徐釚云：李后主宫中未尝点烛，每至夜则悬大宝珠，光照一室如日中。尝赋《玉楼春》宫词："晚妆初了明肌雪，春殿嫔娥鱼贯列……"王阮亭南唐宫词云："花下投签漏滴壶，秦淮宫殿浸虚无。从兹明月无颜色，御阁新悬照夜珠。"极能道其遗事。(《词苑丛谈》卷六)

俞陛云曰：此在南唐全盛时所作。按霓羽之清歌，燕沈香之甲煎，归时复踏月清游，洵风雅自喜者。唐元宗后，李主亦无愁天子也。《草堂诗余》评云：此词极富贵，而《浪淘沙令》："流水落花春去也，天上人间"，又极凄惋，则富贵一场春梦耳。《霓裳曲》，天宝后散失。南唐昭惠后善歌舞，得其残谱，审定缺坠，以琵琶奏之，遗曲复传。故上段结句云"重按霓裳"。洪刍《香谱》：后主自制帐中香，以丁香沈香及檀麝各一两,甲香一两,皆细研成屑,取鹅梨汁蒸干焚之,芬郁满室。故下段首句云"风飘香屑",殆即帐中香也。其"清夜月"结句,极清超之致。(《南唐二主词辑述评》)

破阵子

东坡书李后主去国之词云:"最是仓皇辞庙日,教坊犹奏别离歌,挥泪对宫娥。"以为后主失国,当恸哭于庙门之外,谢其民而后行,乃对宫娥听乐,形于词句。予观梁武帝启侯景之祸,涂炭江左,以至覆亡,乃曰:"自我得之,自我失之,亦复何恨?"其不知罪己,亦甚矣。窦婴救灌夫,其夫人谏之,婴曰:"侯自我得之,自我捐之,无所恨。"梁武用此言而非也。(洪迈《容斋随笔》卷五)

余谓此绝非后主词也,特后人附会为之耳。观曹彬下江南时,后主预令宫中积薪,誓言若社稷失守,当携血肉以赴火,其厉志如此。后虽不免归朝,然当是时更有甚教坊,何暇对宫娥也?(《瓮牖闲评》卷五)

此词或是追赋,倘煜是时犹作词,则全无心肝矣。至若挥泪听歌,特词人偶然语。且据煜词,则挥泪本为哭庙,而离歌乃伶人见煜辞庙而自奏耳。(《南唐拾遗记》)

东坡谓后主既为樊若水所卖,举国与人,故当恸哭于九庙之外,谢其民而后行,何乃挥泪对宫娥听教坊离曲?然不独后主然也。安禄山之乱,明皇将迁幸,当是时,渔阳鼙鼓惊破霓裳,天子下殿走矣,犹恋恋于梨园一曲,何异挥泪对宫娥乎?后主尝寄旧宫人书云:"此中日夕,只以眼泪洗面。"而旧宫人入掖庭者,手写佛经为李郎资冥福,此种情况,自是可怜。乃太宗以"小楼昨夜又东风"置之死地,不犹炀帝以"空梁落燕泥"杀薛道衡乎?(《西堂杂俎一集》卷八)

南唐李后主词:"最是仓皇辞庙日,不堪重听教坊歌,挥泪对宫娥。"讥之者曰:仓皇辞庙,不挥泪于宗社而挥泪于宫娥,其失业也宜矣。不知以为君之道责后主,则当责之于垂泪之日,不当责之于亡国之时。若以填词之法绳后主,则此泪对宫娥挥为有情,对宗社挥为乏味也。此与宋蓉塘讥白香山诗谓忆妓多于忆民,同一腐论。(《两般秋雨盦随笔》卷二)

柳枝词

毕景儒有李重光黄罗扇,李自写诗一首"风情渐老见春羞……"。后细字书云"赐庆奴"。庆奴似是宫人小字,诗似柳诗。(姚宽《西溪丛语》卷上)

江南李后主尝于黄罗扇上书以赐宫人庆奴"风情渐老见春羞……"。宋时犹传诸贵人家。"见春羞"三字,新而警。(《客座赘语》卷四)

后庭花破子

《后庭花破子》《太平乐府》注:仙吕调。《唐书·礼乐志》:夷则羽,俗呼仙吕调。

此金元小令，与唐词《后庭花》、宋词《玉树后庭花》异。所谓破子者，以其繁声入破也。(《词谱》卷二)

陈氏《乐书》曰：本清商曲，赋《后庭花》，孙光宪、毛熙载赋之，双调四十四字。又有《后庭花破子》，李后主、冯延巳相率为之，则是"玉树后庭前，瑶草妆镜边。去年人不老，今年月又圆。莫教偏，和月和花，天教长少年。"是单调三十二字，俱与古体《玉树后庭花》异，非"璧月夜夜满，琼树朝朝新"，为商女所歌也。杨慎云："无限江南新乐府，君王独赏后庭花。"(《古今词话·词辨》卷上)

三台令

《三台》舞曲，自汉有之。唐王建、刘禹锡、韦应物诸人有宫中、上皇、江南、突厥之别。《教坊记》亦载五、七言体，如："不寐倦长更，披衣出户行。月寒秋竹冷，风分夜窗声。"传是李后主《三台》词。(《古今词话·词辨》卷上)

渔父二首

卫贤，京兆人。仕南唐为内供奉，初师尹继昭，后刻苦不倦，卒学吴生，长于楼观殿宇，盘车水磨，于时见称。予尝于富商高氏家，观贤画《盘车水磨图》，及故大丞相文懿张公第，有《春江钓叟图》，上有南唐李煜金索书《渔父词》二首。(《五代名画补遗》)

杜诗"丹霞一缕轻"，李后主《渔父词》"蚕缕一钓轻"，胡少汲诗"隋堤烟雨一帆轻"，至若骚人于渔父则曰"一蓑烟雨"，于农夫则曰"一犁春雨"，于舟子则曰"一篙春水"，皆曲尽形容之妙也。(《萤雪丛说》卷上)

李煜诗词纪事

《翰府名谈》：李后主诗多悲戚感。如"鬓从今日添新白，菊是去年依旧黄"之类。

《石林燕语》：江南李煜既降，太祖尝因曲燕。问："闻卿在国中好作诗。"因使举其得意者一联。煜沉吟久之，诵其《咏扇》云："揖让月在手，摇动风满怀。"上曰："满怀之风，却有多少？"他日复燕李煜，顾近臣曰："好个翰林学士！"

《野客丛书》：唐人诗句不一，固有采取前人之意，亦有偶然暗合者。如许浑诗："百年便作千年计。"李后主云："人生不满百，刚作千年画。"此类最多。

又李煜暮岁乘醉，书于牖云："万古到头归一死，醉乡葬地有高原。"醒而见之大悔，不久谢世。

《雪舟胻语》：后主《浪淘沙》词云："帘外雨潺潺，春意阑珊。罗衾不耐五更寒，梦里不知身是客，一晌贪欢。独自莫凭阑，无限关山，别时容易见时难。流水落花春去也，天上人间。"

马书注：后主乐府词云："故国梦初归，觉来双泪垂。"又"小楼昨夜又东风，故国不堪回首月明中。"

乾德四年，后主遣弟韩王从善入朝，留京师，后主表求从善还国，不许。自从善不还，四时宴会皆罢。登高赋文以见意，曰："原有鸰兮相从飞，嗟余弟兮不来归。"

《瀛奎律髓》："冷笑秦王经远略，静怜姬满苦时巡。"后主诗也。

《海录碎事》："日映仙云薄，秋高天碧深。"李后主句。

方虚谷云：李后主号能诗，集中多有病诗，憔悴衰飒，宜其亡也。如"夜鼎唯煎药，朝髭半染霜。病态知衰弱，厌厌向五年"之类。

《苕溪渔隐丛话》、《西清诗话》云：南唐后主围城中作长短句，未就而城破。"樱桃落尽春归去，蝶翻金粉双飞。子规啼月小楼西，曲阑金箔，惆怅卷金泥。门巷寂寥人去后，望残烟草低迷。"余尝见残稿，点染晦昧，心方危窘不在书耳。太祖云："李煜若以作诗工夫治国事，岂为吾虏也。"

《希通录》、《东坡志林》载李后主去国之词云："二十餘年家国，数千里地山河。凤阙龙楼连霄汉，玉树琼枝作烟萝。几曾动干戈？一旦归为臣虏，沈腰潘鬓消磨。最是仓黄辞庙日，教坊犹奏别离歌，挥泪对宫娥。"东坡谓后主当恸哭于九庙之下，谢其民而后行。却乃挥泪宫娥，听教坊离曲哉，直是养成儿女子态耳。

《江邻几杂志》：李后主作红萝亭子，四面栽红梅花，作艳曲歌之。韩熙载和云："桃李不夸烂熳，已输了风吹一半。"时淮南已归周。

乔氏《眼泪洗面帖》、《雪浪斋日记》：王介甫问山谷曰："李后主词，何处最佳？"曰："问君能有几多愁，恰似一江春水向东流。"介甫曰："不如'细雨湿流光'最妙。"

论李煜词

一、李煜的一生

南唐的天下是由李煜的祖父李昪打下的。在李昪统治时期，国境扩充到湖北、湖南和江苏、浙江的部分地区。这时正值唐末战乱，中原的一些官宦或文人纷纷来这里避乱，再加上金陵、扬州本就是繁华都市，经济繁荣，自然相对平静，文学事业由此得到发展。陈世修在《阳春集序》中说："金陵盛时，内外无事，朋僚亲旧或当宴集，多运藻思为乐府新词，俾歌者倚丝竹歌之，所以娱宾而遣兴也。"就是在这样的背景下，产生了南唐词。

南唐词的第一个著名词人是冯延巳，他对后来的李煜词产生了一定的影响。冯延巳曾官至中宗朝宰相，著有《阳春集》，存词一百馀首。他善写闲情春愁闺怨，把婉约词风向前推进了一步。

李煜的父亲李璟，即中宗，即位初期尚能一腔抱负，将国土扩展至福建，成为南方的大国。后来与北周作战屡战屡败，因而不得不在公元956年去帝号，称江南国主，奉表称臣于北周。李璟也善于作词，喜爱文学，李煜就是在这样浓厚的文学环境中长大的。李璟的《摊破浣溪沙》很有名："菡萏香销翠叶残，西风愁起绿波间，还与韶光共憔悴，不堪看！细雨梦回鸡塞远，小楼吹彻玉笙寒。多少泪珠无限恨，倚阑干。"可以说，在李煜的少年时代，冯延巳和李璟的词对他产生了重大的影响。

李煜生于南唐昇元元年(937)七夕之日，字重光。初名从嘉，号钟山隐士、莲峰居士等。据《十国春秋》记载："元宗十子：文献太子、弘茂、从嘉(后主)、从善、从镒、从谦、从度、从詹，凡八人可见。其二人遂逸其名。予尝读《闽志》，其中载后主弟良佐修道武夷山，后主命有司建会仙观，封良佐为演道冲和先生。岂良佐即二人中之一，前史籍或不传云。"

《江南别录》称李煜天资聪颖，美风仪，天骨秀颖，神气清粹，幼而好古，为文有汉魏风。在中宗的十个儿子中，李煜聪慧过人，善文善词，很得中宗喜爱，也与中宗的文学爱好是相一致的。因而他就遭到了长兄文献太子的嫉恨，害怕中宗把皇位传给李煜。为了避祸，李煜在这个时期出则游山玩水，吟赏湖山风月；居则闭门不出，或为文，或练字，或绘画。所以这样的磨炼使他具备了多方面的才能。据《清异录》记载："后主善书，作颤笔掬曲之状，遒劲如寒松霜竹，谓之金错刀。作大字不事笔，卷帛书之，皆能如意，世谓之撮襟书。"《砚北杂志》也说："李煜评善书法者各得右军之一体，若虞世南得其美韵而失其俊迈；欧阳询得其力而失其温秀；褚遂良得其意而失其变化；薛稷得其清而失于拘窘；颜真卿得其筋而失于粗鲁；柳公权得其骨而失于生犷；徐浩得其肉而失于俗；李邕得其气而失于体格；张旭得其法而失于狂；独献之俱得而失于惊急无蕴藉态度。"由此可知，李煜不仅善词，而且精通书画理论，这种互相渗透的美学思想，使李煜词更显得博大精深。

公元954年，李煜娶大司徒周宗长女周宪(小名娥皇)为妻。据马令的《南唐书》记载，娥皇"通书史，善音律，尤工琵琶，能歌善舞"。娥皇既美丽，又是才女，当然深得李煜的宠爱。李煜在这样的氛围里，文学才能得到进一步的发挥。

公元961年，中宗李璟去世，李煜继皇帝位，史称后主。封娥皇为皇后，史称大周后。李煜遂了心愿，开始与大周后过着诗酒美人的狂舞生活。他的《浣溪沙》词就是这种生活的写照："红日已高三丈透，金炉次第添香兽，红锦地衣随步皱。佳人舞点金钗溜，酒恶时拈花蕊嗅，别殿遥闻箫鼓奏。"这样的生活当然是要误国的，所以当南唐被北宋灭亡后，赵匡胤就说："李煜若以作词工夫治国，何至为吾所虏乎！"

大周后不久就卧疾不起。据《十国春秋》记载："后主朝暮视食，药非亲尝不进，服不解体者累夕。后疾已革,犹不乱,谓后主曰:婢子多幸,托质君门,窃冒华宠十载矣。女子之荣,莫过于此。葬懿陵,谥曰昭惠。后主哀苦伤神,扶杖而起,自制诔,刻之石。又作书燔之,自称鳏夫煜,其辞数千言,皆极酸楚。"李煜悼念大周后的《挽辞》云:"珠碎眼前珍,花凋世外春。未销心里恨,又失掌中身。玉笥犹残药,香奁已染尘。前哀将后感,无泪可沾巾。"

在大周后病重期间,其妹女英常来宫中探视,与李煜产生了恋情。二人经常背着人在一起幽会,李煜写了许多词记载了这种情况:"刬袜步香阶,手提金缕鞋";"奴为出来难,教君恣意怜"。967 年,李煜与妻妹女英成婚,并于次年立她为皇后,史称小周后。李煜又与小周后过着诗酒美人醉生梦死的富贵生活,南唐另一个头脑比较清醒的词人潘佑就曾讽刺李煜说:"桃李不须夸烂漫,已输了春风一半。"李煜大怒,以后找借口杀掉了潘佑。

公元 975 年,赵宋王朝发大军进攻南唐,李煜命南唐军队"筑城聚粮固守"。十一月二十七日夜半,金陵城陷。李煜曾想自杀,但终究缺乏勇气,遂肉袒而降。据《十国春秋》记载:"宋太祖御明德楼,以江南常奉正朔,诏有司勿宣露布,止令国主等白衣纱帽至楼下待罪。诏曰:上天之德,本于好生。为君之心,贵乎含垢。江南伪主李煜,聚兵峻垒,包蓄日彰。劳锐旅以徂征,傅孤城而问罪。洎闻危迫,累示招携。何迷复之不悛?果覆亡以自掇!昔者唐尧光宅,非无丹浦之师;夏禹泣辜,不赦防风之罪。朕以道在包荒,恩推恶杀。在昔骡车出蜀,青盖辞吴,彼毕闰位之降君,不预中朝之正朔,乃颁爵命,方列公侯。尔实为外臣,戾我恩德,比禅与皓,又非其伦……仍封违命侯。"李煜因出兵抵抗北宋大军得了个违命侯的封号,他深感耻辱。

976 年春天,李煜被押解至宋都城汴京。十月,赵匡胤病逝,其弟赵光义继位,史称宋太宗。十一月,宋太宗改封李煜为陇西公。据史书记载,宋太宗曾强命小周后入宫,扣留数日而不使其归。为此,李煜深觉奇耻大辱,曾对人说每天在这里以泪洗面,度日如年。

978 年七夕,李煜 42 岁生日之际,宋太宗派秦王赵建美赐牵机药,毒杀李煜。王铚《默记》:"牵机药者,服之前却数十回,头足相就如牵机状也。又后主在赐第,因七夕命故伎作乐,声闻于外,太宗闻之大怒。又传'小楼昨夜又东风'及'一江春水向东流'句,并坐之,遂被祸云。"

陆游在《南唐书》中说:后主的死讯传到江南:"父老有巷哭者",说明李煜在仁政方面还是得民心的。《十国春秋》说他多仁政,薄税敛,尝亲录系囚,多所原释。因此,说他是个荒淫无度的昏君,也不符合实际。

李煜的一生,生于安乐,死于忧患。他不是个帝王之才,而是个词人、文学家、艺术家。历史选择他当皇帝,既害了他,又误了国。但恰恰正是他由帝王变成了囚徒,词才由艳丽变成了凄厉。他的人生际遇深得后人同情,他的才华横溢而终遭厄运也

深令后人惋惜。许多后学骚客都为他写哀辞以悼之,我们且看两首。一是周之琦的诗:

　　　　玉楼瑶殿枉回头,天上人间恨未休。
　　　　不用流珠询旧谱,一江春水足千秋。

另一首是谭莹的诗:

　　　　伤心秋月与春花,独自凭栏度岁华。
　　　　便作词人秦柳上,如何偏属帝王家?

二、李煜词的分期

　　对李煜的词,以亡国前后为分期,是学术界长期遵从的定论。其实,这种划分法失之于简单和笼统,没有细致分析李煜词发展的思想轨迹,本文认为,现存李煜词依据思想流向的不同,可以划分为五个时期。

　　(一)未即位时。李煜自幼聪颖敏慧有奇才,很得父亲李璟的偏爱,这就引起了哥哥文献太子的嫉恨。因此,李煜这个时期的词作没有确定的人事,多用来表一时的闲愁和代宫女们抒写情怀,以打消文献太子的疑虑;在艺术上,则有很明显的习作模拟痕迹。如《渔父词》二首,词的意境,学的是张志和的《渔歌子》;《千里雪》的造型,学的是柳宗元的《江雪》。其他借美人伤春不遇以表达自己的闲愁苦闷,则有《阮郎归》"东风吹水日衔山"、《采桑子》"亭前春逐红英尽"、《菩萨蛮》"铜簧韵脆锵寒竹"、《蝶恋花》"遥夜庭皋闲信步"和《柳枝词》"风情渐老见春羞"之类。

　　(二)即位前期。李煜即位后,摆脱了早年文献太子迫害他时的忧郁,心情极为舒畅,开始享受到帝王的尊严和快乐,过着诗酒美人的逸裕生活。在词的内容上,多是写大周后和小周后,尤以他和小周后的私情为主,是他享乐生活的自我写照;在词的艺术上,已明显有了自己,再不像以前那样"意境凡近",而是形成了清丽神秀的独特风格。如《玉春楼》写的"归时休照烛花红,待踏马蹄清夜月",清隽异常,的是诗人情致;《鹧鸪天》二首,被《蕙风词话》评为"境至清绝,无一点尘","皆是至真至正之情,有合风人之旨,即词境词格亦与之俱高";《一斛珠》和《菩萨蛮》两首,写的是他和小周后的幽会,思想内容虽不可取,但"绣床斜凭娇无那,烂嚼红绒,笑向檀郎唾","抛枕翠云光,绣衣闻异香","刬袜步香阶,手提金缕鞋"却是很美的艺术造型,将一个活泼可爱的少女形象跃然纸上。这时期是李煜词艺术臻于成熟的时期。

　　(三)即位后期。大周后病亡后,李煜将小周后立为皇后,他俩成为名正言顺的夫妻,不必像从前那样提心吊胆地幽会。李煜遂了心愿,就在享乐上更加放纵不羁,丝毫不节制自己。反映在词作里，有代表性的就是《浣溪沙》"红日已高三丈透"，写他日以继夜的狂欢生活。他在这个时期，还写了一些悼念大周后的作品，如《谢新恩》"秦楼不见吹箫女"、《虞美人》"风回小院庭芜绿"之类。公元975年，金陵城被宋军攻破，李煜的《临江仙》"樱花落尽春归去"集中反映了他预感将亡国的茫然情绪，凄凉怨艾，被苏辙评为"亡国之音"。

（四）亡国前期。李煜被囚禁后，不仅遭受着精神上的折磨，如宋太祖把他封为违命侯，并讥笑他"李煜若以作诗工夫治国，岂为吾虏也"，而且忍受着人格上的污辱，如龙衮《江南录》记载小周后"例随命妇入宫，每一入，辄数日，出必大泣"。李煜由帝王之尊降为任人欺侮的囚徒，这对他来说，不经一番刻骨铭心的悲恨是难以度过这段屈辱生活的。在人为刀俎、我为鱼肉的险恶现实面前，生活在社会底层的李煜对以前的糜烂生活有了痛切的悔恨，当囚徒的耻辱使他对祖国有了深厚的怀念，这就使他本时期的作品带上了强烈的爱国主义感情色彩。这个时期是李煜一生最痛苦的时期，也是李煜词的黄金时代，他将神秀清丽与深沉悲壮融为一体，产生了许多脍炙人口的传世名作，不论在思想上还是艺术上都达到了炉火纯青的地步。如"小楼昨夜又东风，故国不堪回首月明中"、"问君能有几多愁，恰似一江春水向东流"、"自是人生长恨水长东"等，都是古今中外最典型的离愁造型，堪称传颂千古的爱国名句。《介存斋论词杂著》说："李后主词如生马驹，不受控促。"恰如其分地总结了本时期李煜词的特点。

（五）亡国后期。本时期因种种原因，如去了违命侯，改封陇西公等。心情可能平静些，表现在词作上的特点是情绪转入深沉，语词较为缓和。如《忆江南》"闲梦远"之类。

王国维在《人间词话》中评议说："词人者，不失其赤子之心者也。""故生于深闺之中，长于妇人之手，是后主为人君所短处，亦即为词人所长处。"这个评价是不公允的。赤子之心为词人当有，为人君者亦当有，李煜的亡国并不在于这一点。还有人把李煜的亡国归罪于潜心诗画，这就更是无知之谈。《客座赘语》卷五就曾抱打不平说："后主之好文如此，故非庸主。"爱好文学并不是罪过。李煜亡国的原因很多，而最根本的就是宋王朝的强大和统一大势所趋，即令李煜不沉溺歌舞美人而去专心督军作战也是挽救不了南唐小朝廷的。《南唐书》记载李煜去国归宋时，故国父老数千人哭道以送之；王铚《默记》记载南唐旧臣徐铉拜见囚禁中的李煜时的至恭至敬之情，都说明了李煜还是深得朝野臣民的爱戴。刘大杰《中国文学发展史》说宋师陷金陵，没受到一点南唐军的抵抗，后主对宋军渡江围困金陵事前一点也不知道，这是缺乏历史根据的。宋军从974年出师伐江南，到975年围困金陵长达一年才攻破，南唐军是作了顽强的抵抗，不然为什么要封李煜违命侯呢？澄清这些事实，我们才能不以成败论英雄，对李煜的政绩人品有一个正确的认识。

李煜词内容写了愁——乐——愁三阶段,不过,前期是个人闲愁,是小家子气的儿女私情,中间是皇帝之乐,后期才是大山大河般的爱国之情,标志着他思想上的升华。李煜亡国后,穿戴着白衣纱帽,忍受着人世间最难堪的俘虏生活。《宋史》说:"太平兴国二年,煜自言其贫",他曾与故宫人书云"此中日夕以泪洗面",可以想像他处境的凄苦。从一个享乐的环境里,坠于一个求生不得、欲死不能的境界,他这时才对政治和人生有了重新的认识,感觉到自由和故国的可爱了。这是李煜思想的转折点,也是他词作强烈的爱国主义感情的基础。有人说李煜词没有爱国思想,他的怀念故国和往事,不过是追恋过去皇帝的生活,并没有人民的思想感情,这种观点是失之偏颇的。爱国主义并不是一个模型,而是多层次、多角度的,屈原是爱国,屈原反对的秦始皇也是爱国;岳飞是爱国,岳飞抵抗的金兀朮也同样是爱国,我们不要把爱国主义局限在现代人特定的概念里。请看:"四十年来家国,三千里地山河"、"故国梦重归,觉来双泪垂"、"故国不堪回首月明中"、"无限江山,别时容易见时难"、"雁来音讯无凭,路遥归梦难成"等,这不是强烈的爱国主义感情是什么?当然,李煜不可能有像陆游、辛弃疾、岳飞、文天祥那样的爱国感情,因为他们的生活遭遇不同。但面临着亡国后的破碎山河,不论从哪一点、哪一个角度抒发对故国的思念,都应当视为爱国主义的作品。帝王有帝王的表达方式和爱国内容,遗民有遗民的表达方式和爱国内容,但所产生的客观效果都是一致的。这只是爱国的方式和内容不同罢了,而不是爱国不爱国的问题。

李煜以前,词的内容很狭小,多是表现男女离愁之情,艺术建树也不高,意境浅显俗陋。李煜首先在词中抒发了深沉的爱国主义思想感情,拓宽了词路,开阔了意境,使词摆脱花间派的樊篱而走上健康发展的道路。李煜以后,在词的内容与风格上与他相近的,惟李清照一人而已。他们两个人生活遭遇相同,都有亡国之痛,亡家之哀,两个人对语言的运用,对形象的塑造,都达到了超凡入圣的境地。李清照词的爱国主义思想倾向是众所公认的,而对李煜词的爱国主义主体流向却产生了怀疑,这不能不说是一种偏见,或是长期极"左"思潮留下的后遗症。

三、李煜词的艺术特色

李煜的词有着很美的艺术境界,长期以来受到人们的喜爱而流传不衰。他的前期词着重于对宫廷豪华生活的迷恋,是南朝宫体和花间词风的继续。后期词从醉生梦死的生活里清醒过来,一洗绮罗香泽之态,而为凄厉深沉之音。总体来说,李煜词的艺术特色可以总结为三个方面。

(一)不事雕饰,自然神秀

清代词论家周济在《介存斋论词杂著》中说:"王嫱西施,天下美妇人也。严妆美,淡妆亦佳。粗服乱头,不掩国色。飞卿,严妆也。端己,淡妆也。后主,则粗服乱头矣。"周济以美人作喻,认为温庭筠的词,是经过刻意打扮的,脂粉气很重,人为的因素也很明显。韦庄的词,犹如化淡妆的美人,虽然很美,但总要凭借脂粉等外物。只有李煜的词最美,它犹如天姿国色,不需要人力打扮,虽粗服乱头,也不掩其自然之美。这的确是抓住了李词的基本特色。我们试把晚唐五代时这三位大词人的词进行具体分析比较:如温庭筠的《菩萨蛮》:"小山重叠金明灭,鬓云欲度香腮雪。懒起画蛾眉,弄妆梳洗迟。照花前后镜,花面交相映。新贴绣罗襦,双双金鹧鸪。"这是温词的代表作。他在词里把妇女的服饰写得如此华贵,容貌写得如此艳丽,体态写得如此娇弱,是为了适应那些唱词的宫伎的声口,离不了红香翠软那一套,脂粉气十分浓重,过于雕刻。

再如韦庄的《思帝乡》:"春日游,杏花落满头。陌上谁家年少,足风流。妾拟将身嫁与,一生休。纵被无情弃,不能羞。"《女冠子》:"四月十七,正是去年今日。别君时,忍泪佯低面,含羞半敛眉。不知魂已断,空有梦相随。除却天边月,没人知。"这些词在构思布局上别具匠心,而语言浅白如话,可与那些雕琢为工的词家明显区别开来。

我们再看李煜的两首《长相思》词:"一重山,两重山,山远天高烟水寒。相思枫叶丹。菊花开,菊花残,塞雁高飞人未还。一帘风月闲。""云一绸,玉一梭,淡淡衫儿薄薄罗。轻颦双黛螺。秋风多,雨相和,帘外芭蕉三两窠。夜长人奈何?"这些词语言明净自然,信手拈来,不假思索而成,只用淡笔轻轻一勾勒,就是两个愁美人形象,真是倩魂销尽夕阳前,默默无语立斜阳,具有撼动人心的艺术力量。

近人王国维在《人间词话》里也对这三人的词作进行过精深的评论:"温飞卿之词,句秀也;韦端己之词,骨秀也;而李重光词,神秀也。"这与周稚圭《词评》的评价是相一致的:"余谓重光,天籁也,恐非人力所及。"这些评论确中标的。温庭筠词虽有不少为人传诵的名句,但绝大多数作品都只能堆砌华艳的词藻来形容妇女的服饰和体态,雕琢字句,缺乏意境。韦庄词也有一些佳作,但整体上还没达到高的境界。李煜则不同,他的词犹如画龙点睛,贵在神气,许多作品都是血泪凝成,有魂飞魄动之势,牵人心肺之力。

李煜后期词尤其能超凡脱俗,以雄厚的艺术功力直追唐朝诗坛盟主李太白。谭献评价李煜词时说:"后主之词,足当太白诗篇,高奇无匹。"王鹏运在《半塘老人遗稿》中说:"莲峰居士词,超逸绝伦,虚灵在骨。芝兰空谷,未足比其芳华;笙鹤瑶天,讵能方滋清怨?后起之秀,格调气韵之间,或日月至,得十一于千百。若小晏,若徽庙,其殆庶几。断代南渡,嗣音阒然。盖间气所钟,以谓词中之帝,当之无愧色矣!"王鹏运称李煜为词中之帝,足以与李白媲美,可以说是对李词的最高评价。的确,李词纯真自然,俊美沉郁,在当时是空前的。他以帝王之身最后沦为囚徒,并被毒死,这种遭遇也是绝后的。以其特殊遭遇写其特殊之词,思虑源源如泉溪,气势汹汹如生马驹,不受控促,可谓人中帝王、词中帝王。

(二)感情真挚,深沉凄厉

王国维认为词有真感情才会有真境界,大画家徐悲鸿先生也有名言:"真感是一切艺术的渊源。"纵观李煜的全部词作,不论是他未即位时,做皇帝时,或是沦为囚俘时,都是率真感情的再现。他与小周后的幽欢是真实的,他对大周后的悼念也是真实的,他反思自己的过错是真实的,他对故国刻骨铭心的思念也是真实的。所以刘毓盘《词史》说李煜"于富贵时,能作富贵语。愁苦时,能作愁苦语。无一字不真,无一字不俊。温氏以后,为五季一大宗"。他抓住了李煜词"无一字不真"的最本质的特点。

有人说,李煜词没有爱国主义思想,他爱的不是故国,而是自己过去荣华富贵的帝王生活,所以说他爱国是不真实的。这种观点是完全错误的。爱国主义是一个历史的概念,要受一定的时空的限制。在祖国处于分裂时期,各爱各的国家,各为自己的国家效力,都是爱国主义。所以说,诸葛亮是爱国的,周瑜也是爱国的,司马懿同样是爱国的,虽然他们处于敌对状态。岳飞是爱国的,岳飞的敌人金兀术也是爱国的。另外,每个人爱国的方式也是不同的。李煜是一国之君,我们不能要求他拿着刀枪冲锋陷阵马革裹尸才是爱国。他做了囚俘后,对自己的前半生做了深刻的反思,无一首词不反映出他对故国的生死怀念。我们把李煜与那个"乐不思蜀"的亡国之君刘阿斗作一个比较,就能看出李词是否具有爱国主义真情。阿斗正是因为全忘了故国,才能苟且偷生,了结天年。如果李煜也能像阿斗那样,一刀了断故国之情,他也是能平安度过一生的。尽管他曾发兵抗拒北宋大军,被宋太祖封以违命侯,但宋太祖对他还是友善的,并无加害之意。《十国春秋》记载:"江南国主既入汴,太祖尝因曲燕,问:'闻卿在国中好作诗'。因使举其得意者一联,煜沉吟久之,诵其《咏扇》诗云'揖让月在手,动摇风满怀'。上曰:'满怀之风却有多少?'他日,复燕煜,顾近臣曰:'好一个翰林学士。'"宋太宗赵光义刚继位时对他也是有好感的。《十国春秋》记载:"太平兴国二年,后主自言其贫。宋太宗命增给月薪,仍予钱三百万。太宗幸崇文院观书,召后主及南汉后主令纵观。谓后主曰:'闻卿在江南好读书,此简策多卿旧物,归朝来颇读书否?'后主顿首谢。"如果后主能这样平平稳稳地读书赏景,他是一定能善终的。而他却念念不忘自己的故国,近乎哀号地抒发失国之恨,这怎能不引起宋太宗赵光义的怀疑呢?赵光义从"小楼昨夜又东风"、"一江春水向东流"等词句里看穿了李煜的心思,为了不留后患,他终于动了杀机。所以说,李煜是为艺术而献身的,是为真情而献身的,也是为故国而献身的。

"在古典文艺作品中,不论它表现出哪一个阶级的世界观,它本身总蕴藏着一种人类共有的东西,蕴藏着涉及整个时代各个阶级的人们并激励着这些人们的东西。无论哪一个时代都有那春光明媚的爱情的欢乐,那孤独无慰的母亲的悲哀。情谊友爱,为反对不公正和阴险狡诈的恶行而进行的斗争,英雄气概,大胆妄为,畏怯以及背叛等等,这些东西都完美地表现在绘画、雕塑、音乐、诗歌中,它们也不能不激励下一时代的人们,不能不引发后代人的赞美或愤怒、欢乐或悲哀的情感。"康士坦丁诺夫的这段话用在李煜词的品评上,是再合适不过了。

(三)善写情态,善用白描

李煜善于抓住人物一瞬间的情态,摄入一个特写镜头,来表现人物的性格,挖掘人物内心的深层情感。如《一斛珠》:"晚妆初过,沈檀轻注些儿个。向人微露丁香颗。一曲清歌,暂引樱桃破。罗袖裛残殷色可,杯深旋被香醪涴。绣床斜凭娇无那,烂嚼红绒,笑向檀郎唾。"最后三句把一个活泼可爱、调皮捣蛋的少女形象刻画得惟妙惟肖,她撒着娇,把红丝绒嚼烂,吐向自己的心上人。读之如见其态,如见其人,如闻其声。再如"刬袜步香阶,手提金缕鞋",写小周后赴幽会时小心翼翼、提心吊胆、缩手缩脚的情态,活灵活现。"抛枕翠云光,绣衣闻异香",写少女睡觉时不老实的神态,也很生动。

李煜的词犹如李白的诗,清水出芙蓉,天然去雕饰,信手拈来,随口吟出,自成妙句,自成妙词。他善用白描手法,勾画出一个动人的艺术境界。如:

无言独上西楼,月如钩。寂寞梧桐深院锁清秋。

——《相见欢》

闲梦远,南国正清秋。千里江山寒色远,芦花深处泊孤舟。笛在月明楼。

——《忆江南》

云鬓乱,晚妆残。带恨眉儿远岫攒。斜托香腮春笋嫩,为谁和泪倚阑干。

——《捣练子》

另外,李煜还善于运用比喻,一语激活全词,给人留下生动的形象。如:"离恨恰似春草,更行更远还生。""问君能有几多愁,恰似一江春水向东流。""还似旧时游上苑,车如流水马如龙。""剪不断,理还乱,是离愁。""雝雝新雁咽寒声,愁恨年年长相似。"这些生动的比喻妥帖精警,点石成金,启人思绪。

四、李煜在词史上的地位

由于晚唐五代以来一些词人在艺术上的不断探索,积累了丰富的创作经验,才使得李煜在此基础上继续提高,所以,李煜首先是继承了前人词的优良传统,然后才发展创造,形成了自己的独特风格。

第一,李煜改变了晚唐五代以来词人通过一个妇女的不幸遭遇,无意流露或曲折表达自己心情的手法,而直接倾泻自己的深哀与剧痛。这就使词摆脱了长期在花间尊前曼声吟唱中所形成的传统风格,而成为词人们可以多方面言志述怀的新词体,对后来婉约派及豪放派在艺术手法上都有影响。

第二，李煜改变了以前词人刻画人物形象时浓笔复勾的写法，而是直截了当地抓住特点，用白描的手法抒写他的生活感受。还善于运用贴切的比喻将抽象的感情形象化。语言更加明净优美，接近口语，完全摆脱了花间词人镂金刻翠的作风。

第三，王国维在《人间词话》中说："词至李后主而眼界始大，感慨遂深，遂变伶工之词而为士大夫之词。"李煜特定的人生际遇，使他词的写作范围由前人的闺情而扩展到家国之恨，用悲哀感伤的语言来写他凄凉的身世，为后代词人开创了一个新的意境。他写眼中景、耳中声、意中人、家国事，拓宽了词的表现功能。正由于他的开创性贡献，才有了北宋以秦观为代表的文人词的成熟。词有了广度，也就有了深度，有了感人肺腑的艺术力量。

论李煜诗

李煜被宋太宗药杀后，南唐旧臣徐铉奉命为其写有墓志铭，墓志铭说李煜著有文集三十卷，杂说百篇。可惜书多散失。《全唐诗》仅存其全诗18首，断句16句。现在我们着重分析这些存诗存句的思想内容和表现形式。

一、李煜诗的思想内容

现存这些诗句，按内容大体可以分为三类：感时伤怀诗3首，悲逝悼亡诗9首，叹病愁苦诗3首。另外还有咏史的、送别的、赠人的等。

王国维《人间词话》说："阅世愈浅，则性情愈真，李后主是也。故生于深宫之中，长于妇人之手，是后主的为人君所短处，亦即为词人所长处。"这种评价的确中肯。作为诗人，李煜多愁善感，对人情体会入微，对世故漠然不知，所以他能把自己的真感情、真性格表现在诗词里。这得益于他阅世浅，思想单纯，主观意识浓厚，尚没有沾染上人世的各种杂念和恶习。作为人君，李煜的确是一个不称职的君主，身上的缺陷太多，他好声色，喜歌舞，沉迷于诗酒美人，对国事漠然视之。对他这种荒唐误国的行为，南唐诤臣潘佑、李平等人曾多有讽吟和规劝，而最后导致的是李煜杀了他们。李煜并非不知道南唐王朝处于累卵之中，从他记事时起就屡遭后周和北宋的入侵，国土被一天天地蚕食。按说，他应当振作精神，有所作为，而却是昏昏然终日，过着醉生梦死的苟安生活。这一点，他与其父李璟有相像之处。李璟也是善于作词，疏于治国。难怪宋太祖说李煜"若以作诗工夫治国，岂为吾虏也"。《毛诗序》云：诗为心声，诗言志。我们比较一下李煜与别的帝王作的诗：汉高祖《大风歌》云："大风起兮云飞扬，威加海内兮归故乡，安得猛士兮守四方。"宋太祖咏日出诗云："欲出未出红刺刺，千山万山如火发。须臾拥出大金盆，赶退残星逐退月。"再看看陈后主的诗："午醉醒来晚，无人梦自惊。夕阳如有意，偏傍小窗明。"李后主的词："红日已高三丈透，金炉次第添香兽，红锦地衣随步皱。"兴邦之音与亡国之音油然可见。北宋王朝已虎视眈眈逼近国门,李煜还在欣赏宫女用帛缠足,纤小弯曲如新月,轻歌曼舞,在金制莲花上飘飘然有帝子水仙乘波之态,从此开了中国妇女缠足之恶风。如此荒唐颓废,国不亡何待?据传城破之日,李煜还在静居寺中听经,仓皇中肉袒出降,白衣纱帽待罪于明德楼下。从此便被囚禁起来,受到百般侮辱,过着日夕以泪洗面的日子。

清代诗人赵翼说:"国家不幸诗家幸,赋到沧桑句便工。"情感世界的大起大落,帝王囚徒的巨大反差,必然会激起李煜城府不深的真实性灵,一任心中感觉尽情宣泄,从而使其诗词都呈现出独特的风貌。

(一)感时伤怀

这些诗主要有《九月十日偶书》、《秋莺》、《渡中江望石城泣下》三首。

《九月十日偶书》:"晚雨秋阴酒乍醒,感时心绪杳难平。黄花冷落不成艳,红叶飕飗竞鼓声。背世返能厌俗态,偶缘犹未忘多情。自从双鬓斑斑白,不学安仁却自惊。"李煜与潘岳的禀赋经历极为相似,潘岳多才多情,丧子亡妻,李煜亦如是。相同的人生际遇,使李煜无形中与潘岳一样吟风咏月,惜玉怜香,哀子痛妻,悲逝悼亡,对人生产生了惊惧的情绪。这种情绪既有个人的不幸在内,又有家国危在旦夕的烦愁在内,伤时之感油然而生。

《秋莺》诗写秋莺"老舌百般倾耳听,深黄一点入烟流",其鸣声百啭千啼。然而,却让人有"栖迟背世同悲鲁,浏亮如笙碎在喉"之感。想必秋莺也同自己一样孤独失意,背世不群,国败家哀吧。最后两句"莫更留连好归去,露华凄冷蓼花愁",似是劝慰秋莺,实是警醒自己,莫再流连尘世,还是超脱于愁苦之外吧!

《渡中江望石城泣下》记述了李煜一族三百口人被迫北迁去国的悲惨时刻:"江南江北旧家乡,三十年来梦一场。吴苑宫闱今冷落,广陵台殿已荒凉。云笼远岫愁千片,雨打归舟泪万行。兄弟四人三百口,不堪闲坐细思量。"直到国破家亡,李煜才从梦中醒来,才体味到了做俘虏任人宰割的痛苦。与北宋誓死抵抗未必能取胜,但总比坐以待毙要强得多。李煜尚拥有南唐半壁江山,如能发愤图强,还不知是谁做一统帝王。可恨的是他没有这种雄心壮志,只能坐在漂舟里"细思量",去为自己家族的处境哀愁了。

这些感时伤世的诗作,都是作者真实心情的流露和抒发,不粉饰,不矫造,有很强的感染力。

(二)悲逝悼亡

这类作品主要有《挽辞》、《悼诗》、《感怀》、《梅花》、《书灵筵手巾》、《书琵琶背》等9首。

公元964年,李煜次子仲宣只有4岁就夭亡了,其妻大周后娥皇悲苦难忍,不久亦病故,时年仅29岁。中年丧妻亡子,对李煜这个本来就很敏感的诗人打击很大，他写了大量的诗、词、文来抒发自己心中的伤感。这9首悼亡诗，除一首单悼其子，两首母子合悼外，其余6首都是痛悼亡妻昭惠国后的。

其中《感怀》两首最有代表性："又见桐花发旧枝，一楼烟雨暮凄凄。凭阑惆怅人谁会，不觉潸然泪眼低。""层城无复见娇姿，佳节缠哀不自持。空有当年旧烟月，芙蓉城上哭蛾眉。"睹物思人，见花而想到自己爱妻的花容，但到哪里去寻觅她的倩影呢？风物虽在，人已亡故，今日之烟月愈是姣美，愈似昔年，便愈断愁肠。没有人能知晓我凭阑远眺的真实心态，我只能在"芙蓉城上哭蛾眉"，真是情真意挚，失态之声哀戚感人。

《挽辞》两首亦很有特色："珠碎眼前珍，花凋世外春。未销心里恨，又失掌中身。玉笥犹残药，香奁已染尘。前哀将后感，无泪可沾巾。""艳质同芳树，浮危道略同。正悲春落实，又苦雨伤丛。稚丽今何在？飘零事已空。沈沈无问处，千载谢东风。"这是两首母子合悼诗，"珠碎"喻夭儿，"花凋"喻亡妻，玉笥之中还留有小儿尚未及服完的药，香奁之上已沾上爱妻不能再掸掉的尘。结句把前哀与后感凝成一体，将失子之悲与丧妻之痛一并流泪，把忧思无尽的两人两苦情表达得穷哀极恸。

(三)叹病愁苦

这类诗主要有《病起题山舍壁》、《病中感怀》、《病中书事》等三首。

《病起题山舍壁》"山舍初成病乍轻，杖藜巾褐称闲情"，写他于城居之外，另辟山舍，而山舍刚刚落成，病体便忽觉轻松，更体现出对山居的由衷喜爱和对凡尘闹市的厌倦。结句"谁能役役尘中累，贪合鱼龙构强名"，反问自己岂能为庸碌纷扰的尘世所累，鱼龙混杂去追求所谓的强名。

《病中感怀》抒写病中情怀，忧思缠绵："憔悴年来甚，萧条益自伤。风威侵病骨，雨气咽愁肠。夜鼎唯煎药，朝髭半染霜。前缘竟何似，谁与问空王。"说自己早已憔悴不堪，病非自今日始，只是近年来更趋严重罢了。诗里寄寓着对国势倾颓的叹惋，而又束手无策无可奈何。愁病交加，无所排遣，便只好求助于佛，幻想从了解前缘中得到解脱，从询问空王中得到指点。

《病中书事》写自己"病身坚固道情深，宴坐清香思自任"，"赖问空门知气味，不然烦恼万涂侵"。病中闲坐，思绪万千，任其驰思，对人生道义情理的领略也就愈见深刻了。自己已从空门找到了人生的真谛，要不然尘世的烦恼就会从四面八方袭来。此诗与上首诗相比，显然带有不少亮色。

这些诗体现了禅宗哲学思想，参破时空，破除我执，使主体进入无意识无目的的无生状态，而超越生灭和轮回。把握永恒、解脱痛苦，正是中国古代诗人痛苦生死意识的归宿，李煜的这些诗也正是他人生观的一个写照。

二、李煜诗的艺术特色

(一)以小见大，短语长情

刘熙载在《艺概·诗概》中说:"以鸟鸣春,以虫鸣秋","借端托寓也"。郁达夫在《散文二集导言》中也说:"一粒沙里见精神,半瓣花上说人情。"可见以小见大,以少总多,是诗词常用的写作技巧。李煜的《书灵筵手巾》、《书琵琶背》这两首悼亡诗,都从小处着眼,而抒写无限深情。手巾、琵琶都是寻常物,而又都是亡妻的旧物,从这里睹物思人,展开丰富的联想,倾注深沉的哀思,正是以实写虚,形象化地借小物述浓情。李煜的许多诗都是这样,以少总多,情貌无遗,睹一事于句中,反三隅于字外。

(二)情景交融,虚实相生

虚实相生是李煜诗的又一特色,所谓虚与实,就是理情为虚,境形为实。我们以他的《送邓王二十弟从益牧宣城》诗为例:"且维轻舸更迟迟,别酒重倾惜解携。浩浪侵愁光荡漾,乱山凝恨色高低。君驰桧楫情何极,我凭阑干日向西。咫尺烟江几多地,不须怀抱重凄凄。""君驰桧楫"、"我凭阑干",都是实写,但这并非全部意义,实写的目的是要表达那看不见的东西,即两个人无限的思念无限的怀想之情。李煜这首诗,倘一味以虚笔写别离情,定会给人以枯燥、干巴、抽象、乏味之感。若始终以实笔写别离境,又会使人觉得堆砌滞塞沉闷无生气。只有将"君驰桧楫"的具体形象与"情何极"的感情抒写结合起来写,做到虚实相生,才能达到情景交融之化境。

(三)一叠三叹,由数见意

使用叠字叠词表情达意,是《诗经》常见的艺术手法。如:"昔我往矣,杨柳依依。今我来思,雨雪霏霏。""鸡鸣喈喈,风雨凄凄。鸡鸣胶胶,风雨萧萧。"通观李煜的18首诗,叠字、叠词如"役役"、"迟迟"、"斑斑"、"沈沈"等,俯拾皆是。而双声叠韵尤富声情。仅《送邓王二十弟从益牧宣城》一首诗,就使用了"荡漾"、"乱山"、"阑干"、"向西"、"咫尺"5个双声叠韵词,还使用了"迟迟"、"凄凄"两个叠音词。这不能不说是作者着意为之,以造成语言的声律美。而其艺术效果则正如刘勰所言:"声转于吻,玲玲如振玉。辞靡于耳,累累如贯珠。"

李煜的诗还善用数字。数和形关系密切,又与事物息息相通,数字用得好,对诗的意境便有极强的表达功能。《渡中江望石城泣下》这首诗才8句,就有6处用到数词。如"三十年来梦一场","兄弟四人三百口",将三十年三百口之大数与一场四人之小数,分别两两相对,交互见义,加强了悠悠三十年,浮生如一梦,今日家国破,助少拖累多的蕴意的表达。再如"云笼远岫愁千片,雨打归舟泪万行"这联,千片与万行相对,穷千尽万,夸而不失其真,宣泄淋漓酣畅,表现力极强。

李煜研究主要文献

《南唐二主词》	陈振孙	
墨华斋本	春吕远	
《十名家词集》	侯文灿	
《粟香宝从书》	金武祥	
《南唐二主词笺》	刘继增	
王国维校补南词本	沈宗崎	
《南唐二主词汇笺》	唐圭璋	
《南唐二主词校订》	王仲闻	人民文学出版社
《李璟李煜词》	詹安泰	
《李煜李清照词详解》	靳极苍	四川文艺出版社
《南唐李后主词诗全集》	柯宝成	山西高校联合出版社
《李煜词选注》	邓魁英	吉林文史出版社
《李煜秦观词研究》	王晓枫	山西人民出版社

《李煜集》名言警句

△浪花有意千重雪,桃李无言一队春。(《渔父》)(第001页)
△眼色暗相钩,秋波横欲流。(《菩萨蛮》)(第008页)
△数点雨声风约住,朦胧淡月云来去。(《蝶恋花》)(第011页)
△梦回芳草思依依,天远雁声稀。(《喜迁莺》)(第013页)
△斜托香腮春笋嫩,为谁和泪倚阑干?(《捣练子》)(第014页)
△深院静,小庭空,断续寒砧断续风。(《捣练子》)(第015页)
△绣床斜凭娇无那。烂嚼红绒,笑向檀郎唾。(《一斛珠》)(第019页)
△归时休照烛花红,待踏马蹄清夜月。(《玉楼春》)(第022页)
△抛枕翠云光,绣衣闻异香。(《菩萨蛮》)(第025页)
△寻春须是先春早,看花莫待花枝老。(《菩萨蛮》)(第027页)
△离恨恰似春草,更行更远还生。(《清平乐》)(第030页)
△最是仓皇辞庙日,教坊犹奏别离歌,垂泪对宫娥。(《破阵子》)(第036页)
△多少恨,昨夜梦魂中,还似旧时游上苑,车如流水马如龙,花月正春风。(《忆江南》)(第040页)

△千里江山寒色暮,芦花深处泊孤舟。(《忆江南》)(第 043 页)
△胭脂泪,留人醉,几时重?自是人生长恨水长东。(《乌夜啼》)(第 047 页)
△独自莫凭栏,无限江山。别时容易见时难。流水落花春去也,天上人间。(《浪淘沙》)(第 049 页)
△剪不断,理还乱,是离愁。别是一般滋味在心头。(《相见欢》)(第 050 页)
△问君能有几多愁?恰似一江春水向东流。(《虞美人》)(第 057 页)
△莫翻红袖过帘栊,怕被杨花勾引嫁东风。(《南歌子》)(第 069 页)
△月照静居唯捣药,门扃幽院只来禽。(《病中书事》)(第 088 页)
△炉开小火深回暖,沟引新流几曲声。(《病起题山舍壁》)(第 090 页)
△浩浪侵愁光荡漾,乱山凝恨色高低。(《送邓王二十弟从益牧宣城》)(第 092 页)
△云笼远岫愁千片,雨打归舟泪万行。(《渡中江望石城泣下》)(第 094 页)
△老舌百般倾耳听,深黄一点入烟流。(《秋莺》)(第 096 页)
△挼让月在手,动摇风满怀。(残句十六则之三)(第 097 页)
△病态知衰弱,厌厌向五年。(残句十六则之四)(第 098 页)
△鬓从今日添新白,菊是去年依旧黄。(残句十六则之七)(第 099 页)

图书在版编目（CIP）数据

李煜集／（南唐）李煜著；王晓枫解评．—2版．—太原：三晋出版社，2008.4（2015.9重印）
（中国家庭基本藏书·名家选集卷）
ISBN 978－7－80598－943－3

Ⅰ.李… Ⅱ.①李…②王… Ⅲ.①古典诗歌－作品集－中国－南唐（937—975） Ⅳ.I 222.743.2

中国版本图书馆 CIP 数据核字（2008）第 054764 号

李煜集

原　　著：（南唐）李　煜	解评者：王晓枫
责任编辑：朱　屹	审订者：朱　屹
封面设计：敬人工作室	版式设计：敬人工作室
责任校对：朱　屹	责任印制：李佳音

出版发行：山西出版传媒集团·三晋出版社（原山西古籍出版社）
地　　址：太原市建设南路 21 号
电　　话：（0351）4956036（咨询）　　4922268（邮购）
传　　真：（0351）4956036
网　　址：http://www.sjcbs.cn
邮　　编：030012
E－mail：sj@sxpmg.com

印刷装订：山西出版传媒集团·山西新华印业有限公司
（本书如有破损、缺页、装订错误，请与承印厂联系调换　0351－4120948）

开　　本：787mm×960mm　　1/16
字　　数：200 千字
印　　张：11.5
版　　次：2008 年 4 月第 2 版
印　　次：2015 年 9 月第 5 次印刷
书　　号：ISBN 978－7－80598－943－3
定　　价：18.00 元

版权所有，翻印必究。本书图文未经书面授权，不得以任何方式转载或公开发表。